张莉———

著

众声独语

"70后"
一代人的
文学图谱

SPM
南方传媒 | 花城出版社

中国·广州

图书在版编目（ＣＩＰ）数据

众声独语："70后"一代人的文学图谱 / 张莉著
. -- 广州：花城出版社，2024.3
ISBN 978-7-5749-0187-2

Ⅰ．①众… Ⅱ．①张… Ⅲ．①中国文学－当代文学－
文学评论 Ⅳ．①I206.7

中国国家版本馆CIP数据核字(2024)第021359号

出 版 人：张　懿
责任编辑：杜小烨　欧阳佳子
责任校对：卢凯婷
技术编辑：凌春梅
封面设计：L&C Studi

书　　名	众声独语："70 后"一代人的文学图谱
	ZHONGSHENG DUYU："70HOU"YIDAI REN DE WENXUE TUPU
出版发行	花城出版社
	（广州市环市东路水荫路 11 号）
经　　销	全国新华书店
印　　刷	广州市岭美文化科技有限公司
	（广州市荔湾区花地大道南海南工商贸易区 A 幢）
开　　本	880 毫米 ×1230 毫米　32 开
印　　张	13　2 插页
字　　数	260,000 字
版　　次	2024 年 3 月第 1 版　2024 年 3 月第 1 次印刷
定　　价	69.00 元

如发现印装质量问题，请直接与印刷厂联系调换。
购书热线：020-37604658　37602954
花城出版社网站：http：//www.fcph.com.cn

唯有文学能持续地清晰地记录我们
力争卓越的过程。

——约翰·契弗

目 — 录

中编

人和命运的相互成全

下编

我们这代人的怕和爱

结语

以文学立身，以文学立心

再
版
序

　　《众声独语》这本书所记下的是"70后"一代作家的文学
世界、文学审美及文学追求，是对一代人文学精神图谱的勾描。
六年过去，这本书已经成为"70后"作家的基础研究资料，我想，
这大半要归功于这一代作家的成长与崛起，毕竟"70后"一代
已经是当代中国文学中坚力量。

　　坦率说，重读这本书的书稿，对于我来说是不太平静的阅
读旅程。——今天看来，这本书也是我作为青年批评家的成长
记录。读这些文字的感受该怎样形容呢？有如坐着时光机般重
回往昔，许多事历历在目，许多情感刻骨铭心。我能清晰记起
读到某部作品时的愉悦，能想起当年读到某部作品的失望；会
想到哪句话是在何种情境中写下，也会想到写作某篇评论时的
季节天气，温度以及气息；我记得为给某篇论文起题目时的苦

心冥想，也记得为找到某部作品的切入点而辗转难眠，当然，也包括当年写出一篇评论后的那些小开心……想来，所有这些回忆却都尘封在天津那座城市里了，我只能远远地看着那些记忆中的时光和自己——离开天津越久便越珍惜这本书，这里有我在天津工作、生活时的种种印迹。

当然，此次再版与初版有了许多不同——我加入了《乔叶论》，是她发表《宝水》后我所写下的，当时还没有获得茅盾文学奖；还加入了2017年我与葛亮关于"语言与时代"关系的对谈，那年，他还没有动手写《燕食记》。在我看来，这些加入是必要，它记下的是同代人的互相瞩望，也是同代人的及时勉励。

"唯有文学能持续地清晰地记录我们力争卓越的过程。"这是作家约翰·契弗的话，我喜欢。我以为，这句话对于作者的我和作为研究对象的"70后"作家们都是适宜的，因此，我特意将它作为题记。

特别感谢花城出版社张懿社长的鼎力支持，感谢责任编辑杜小烨、欧阳佳子女士的辛勤编校，没有你们的努力，就没有这本书的如期问世。

2023年，北京

一个人的众声，一个人的独语

感谢每一位"70后"作家，因为读了他们的作品，才有了这样一部书。

那已经是十年前了，我刚刚博士毕业，开始着手做当代文学批评。我希望以自己的方式进入文学现场，认识那些新作家和新作品。我希望"空着双手进入"，不依靠推荐和向导。"我很高兴与普通读者产生共鸣，因为在所有那些高雅微妙、学究教条之后，一切诗人的荣誉最终要由未受文学偏见腐蚀的读者的常识来决定。"这是约翰逊博士为普通读者下的定义，第一次读到，我就被那个"未受文学偏见腐蚀的读者"的命名击中。

在当年，对一位渴望成为"未受文学偏见腐蚀的读者"的青年批评家而言，从"70后"作家入手无疑是最好的选择。因此，从2007年下半年开始，翻阅文学期刊，翻阅刊登文学作品的都市报纸，翻阅以书代刊的新锐杂志成为我日常生活的一部分。而在其后几年时间里，我沉迷于寻找那些陌生而新鲜的面孔：一个一个辨认，写下密密麻麻的阅读笔记，也写下最初的惊异、惊喜、感慨，或者失望。

每一位作家都是新的，每一部作品都是刚刚出炉的。要怎样判断这部作品的价值；要怎样判定这部小说的艺术品质；应该怎样理解这位作家的艺术追求；他的写作道路是怎样的；他以前是否受到过关注；要如何理解这位作家的受关注或受冷落；前一年他写了什么，下一年他又写过什么……日复一日，年复一年。在我的电脑里，建立了许多以"70后"作家命名的文件夹，几年下来的追踪记录，已然变成了他们最初的文学年谱。那真是美妙的、难以忘怀的、被好奇心鼓动的阅读旅程。那些被辨认出来的作家作品、那些不经意间形成的庞杂文学记录，是构成这部"'70后'一代文学图谱"的重要素材。

多年的工作逐渐使我意识到，我在试图以自己的方式为那些新作家塑形；我要寻找到他们作品里那些潜藏着的、正在萌芽的艺术品质并进行阐释；我要尽可能及时地给每一位新作家最初的、最为合适的理解和定位；我要以与作家一起成长的态度来理解他们。我深知，我的批评出自同时代人视角，属于同时代人的批评。——在此书中，我记下的是十年来他们如何一个字一个字地把自己从庸常生活中"救"出来；我记下的是十年来他们如何以文学立身，如何一步步成为当代文学中坚力量的创作历程；我也以此记下我的"自救"，记下我与一代作家的同生共长。

每一篇文字都非迅速写就，它们经历了长时间的观察、沉淀，反复打磨。尽管有的文字是一万字，有的只有短短的三千字。大部分作家论的写作时间都跨越多年。比如路内论。2008年，我曾经写下《少年巴比伦》带给读者的惊喜，也写下自己的好奇："十年之后，路内的路是怎样的，他会写出什么样的作品？"之后几年，我读到《追随她的旅程》，读到《云中人》，也读到《花街往事》……直至八年后《慈悲》出版，这篇作家论才得以完成。

另有一些作家，我写了两次，因为这位作家的创作变化极为明显，而我以前的看法已经不能概括。关于徐则臣的是《使沉默者言说》（2008）和《重构"人与城"的想象》（2013）；关于鲁敏的是《"不规矩"的叙述人》（2008）和《性观念变迁史的重重迷雾》（2009）；关于葛亮的是《对日常声音的着迷》（2014）和《以柔韧方式，复活先辈生活的尊严》（2016）……在章节排列上，我选择将其中一篇文字作为附录附在作家论之后，以呈现我对这位作家的全面理解。当然，还有几位作家，我十年来一直在读她/他，一直想写，却苦于找不到恰当的切入点，于是，有关他或她的理解只能在我的文档里，等待来日完成。

"你写这些有什么意义？""你这样做是值得的吗？"十年间，总有些刺耳的声音时不时响起，有时候这声音很微小，但更多时候它们很尖锐，刹那间就会击中我，使我深感无助。无数次在心中与那个声音搏斗，无数次在虚无中挣扎再爬起。最终，我选择不争辩，写下去，一如既往。

时光是什么呢？时光是淬炼者，它锻造我们每个人，并把痕迹重重地打在我们的脸上，我们的身体里，我们的作品中。每一部作品都是写作者灵魂的拓印，每一部作品都代表写作者的尊严。多年的文学批评工作使我越来越谨慎，时刻谨记着要对自己的每一个字、每一个判断负责，要庄重、严肃、不轻慢，即使这些文字的读者寥寥无几。

也许，我们并不是幸运的一代，但是，那些曾经用心写下的文字依然会在某一时刻闪光，它会向每一个读到的人证明：在此时此地，有过一些严肃的写作者，他们认真地写过，认真地活过，从来没有因为困难放弃过。约翰·契弗说："唯有文学能持续地、清晰地记录我们力争卓越的过程。"是的，此书中每一篇或长或短的文字里，记下的都是我们这代人的文学生活，其中包含我们挣脱"泥泞"的渴望，也包含我们向着文学星空拔地而起的努力。

此书名为《众声独语》。首先，它是关于"众声"之书，书中收录了二十多位"70后"作家的声音，范围跨越海峡两岸，也跨越文体边界。我希望尽可能不遗漏那些低微的、边缘的、偏僻的声音，那有可能是被我们时代忽略的、最有力量的声音。事实上，此书中写到的一些作家，廖一梅、余秀华、绿妖、刀尔登、缪哲、谭伯牛，以及来自台湾的甘耀明、来自澳门的太皮并不是我们常常谈起的作家，却是我喜爱和珍视的同行。因此，无论篇幅长短，我都将每一位作家单独列出，尽可能呈现他们最独特的那一面。这也意味着这本书的趣味芜杂、多元、广博，它致力于呈现作家们文学追求的"差异"而非"相同"。在这里，"众声"意味着声音的高低起伏、嘈杂多样，而非众人一腔，或众人同奏一曲。

　　"独语"则来自书中《先锋气质与诗意生活》一节。"它们不是高亢的，响亮的，它们是由人心深处发出的。这种低弱的、发自肺腑的声音与高声的喧哗，构成一种强烈的比照关系、对抗关系。" 我喜欢"独语"一词，在我心里，它是一个人的兀自低语，是一个人的刻舟求剑，也是一个人的秉烛夜行……扰攘浮世，"独语者"们各说各话，各有所思，各有所异，这才是文学中最为迷人的风景。当然，以"独语"为题还有另一层意思：它是我一个人对"众声"的描摹，是我个人对"70后"一代写作的呈现与理解，是属于我自己的"独语众声"。

　　今天，文学式微已是不争的事实。但是，即便如此，文学也从来不该自认是小圈子的事情。它是我们文化生活的一部分，它应该与我们的社会生活血肉相连。事实上，中国新文学向来就有与大众传媒密切互动的传统。这是我对文学与传媒关系一以贯之的理解，也是我十年来一直为报纸撰写专栏或书评的重要动力。我希望尽可能拓展文学批评的平台，尽可能使新锐作家获得更广范围的认同。因此，书中的大部分文字都选择在《新京报》、《南方都市报》、"澎湃网"、"腾讯网"、《北京日报》、《北京青年报》、《信息时报》等受众广泛的大众媒体上发表。当然，这些文字近年来也在微信上流传。

值得安慰的是，今日读来，我对大部分"70后"作家作品的理解依然未变；而书中关于"70后"研究的两篇综论及魏微、鲁敏、徐则臣、李修文、葛亮、张楚等人的作家论也已经成为相关研究的基础文献，引用率颇为可观。

是为序。

2017 年，天津

作为现代社会的一分子，缺少公共意识的个人生活都是被损害的与不健全的，而作为写作者，缺少公共意识的写作也是匮乏和没有力量的。优秀的作品，应该给一个黑夜中孤独的个人以精神上的还乡，或者让我们感到作为个人的自己与作为社会存在之间的血肉关联。

————

《在逃脱处落网》

在逃脱处落网

——论"70后"写作的个人化与公共性

"一代作家遇到了问题"

当我讨论"70后"一代小说家的创作，我想首先要对研究对象有所定义。跟其他同行相近的是，我讨论的"70后"小说家指的是出生于20世纪70年代的那批人，他们中既包括当年的魏微、金仁顺、戴来、朱文颖、周洁茹、李修文等，也包括新世纪以来为诸人所识的鲁敏、徐则臣、乔叶、盛可以、张楚、黄咏梅等。在诸多文学报纸杂志上，同行们都总结了70年代出生作家的共同创作特征，历史背景的模糊，热衷书写日常生活，泛意识形态化，以及延长了的青春期等——这几乎成为共识。共识意味着其后的讨论越来越困难重重。一方面，作为批评行业的从业者，我很认同诸多批评界同行对"70后"小说家的批评与质疑，但是，另外一方面我也愿意坦率承认，我也认同这些同龄人作品中的诸多审美价值判断，当我阅读他们的作品时，是投入的、有同感的——这种认同感让我感到安慰和作为文学读者的美好。当然，这样的感受也给予了我警惕，是什么使"70后"小说家们写作追求不约而同，又是什么使作为阅读者的我潜在地认同他们的审美趋向和价值判断？

"70后"作家创作遇到的困境，也是新时期文学三十年发展的一个瓶颈：从先锋写作、新历史主义到新写实主义、晚生代/新生代写作，中国文学已经被剥除文学的"社会功能"和"思想特质"，它逐渐面临沦为"自己的园地"的危险。"70后"作家参与建构了中国当代文学近十年来的创作景观——如果我们了解，90年代以来，中国文学一直在强调"祛魅"，即解除文化的神圣感、庄严感，使之世俗化、现实化、个人化，那么"70后"作家整体创作倾向于日常生活的描摹、人性的美好礼赞，以及越来越喜欢讨论个人书写趣味的特征则应该被视作一个文学时代到来的必然结果。

想当年，以魏微、戴来、金仁顺等作家为代表的"70后"女作家曾给予我们陌生的"新鲜"。她们沿着60年代出生作家那逃离政治意识形态的写作轨迹前行，而十多年后，在个人化写作泛滥的今天，她们，以及和她们一起成长起来的一批同龄作家并没有开辟出另一条路，给予我们强有力的冲击。相反，在成为当代中国文坛的中坚力量的路上，他们一直保持着的创作姿态不期然落入了以金钱为主导的新意识形态牢笼里："个人化"写作姿态和方式，正是一个金钱社会所乐于接纳并推崇的。

也许个人叙事与个人化的趋向只是外在表征，内在的变化是作家之于社会现实的和解，是"我已不再与世界争辩"，是作家只把写作潜在地视为个人行为而与我们所处的公共社会无关。可是，文学写作真的可能"躲进小楼成一统"吗？正如李修文所说，一代作家遇到了问题，这个问题困扰的不仅是写作，甚至是我们的全部生存：我们的个人是否与社会无关，我们的个人化写作是否仅仅与个人有关？我们的写作是个人的还是公共的，我们该如何理解个人与社会的关系，一如我们如何理解文学写作的个人化与公共性？也许，我们应该重新理解与认识作家写作的个人性与公共性，应该认识到个人写作之于社会的公共性特质和公共责任。

美好日常生活的建构与"合时宜"的书写

"70后"作家以他们近十年来的创作建构了一种与日常叙述有关的美学。这自有其文学史意义。在先前的新写实主义中，日常生活的光环与美好被消解得七零八落，在这个意义上，魏微、戴来、徐则臣、鲁敏、田耳、张楚、李浩、海飞、黄咏梅等人对日常生活的叙述有其特定的意义。比如，魏微的《大老郑的女人》，它是那么美好。大老郑是来自福建的房客，他和弟弟们借住在"我"家的小院里，勤劳地工作忙碌。没有名字的女人使得大老郑的生活变得温暖、充满生活气息，这是"岁月中的爱情"。但真相也随之浮出水面。她在乡下有丈夫，有孩子。她，非良非娼。大老郑和女人最终从小院搬走，消失不见。复杂的、难以名状、无从界说的男女情感以一种模糊的、半透明的光环般模样呈现在我们的脑海中。这些情感与经历无法用道德与非道德、合法与不合法、对与错来区分。情感永远不会有如廉价电视剧般充满着严格的二分法，也无法如数理公式般清晰明朗。魏微用这种平淡的诗意记录着时间，以及时间里发生过的正大、庄严情感。魏微以一种舒缓、平和的叙述还原了平凡人情感的神性。

比如，徐则臣的《跑步穿过中关村》。敦煌的职业既熟悉又陌生，之所以熟悉在于我们在北京的天桥上总能看到他们的身影；但又陌生，你不知道他们的生活如何，他们有家吗？他们被警察追赶时，想到的是什么？对我们来说，那完全是隔膜的另一个世界。借用当代文坛最火的说法，敦煌是不折不扣的"底层"代表。但是，你在敦煌身上绝对闻不到那股子熟悉气息：怜悯，自我怜悯，对贫困生活的炫耀和对社会的诅咒。你也看不到这群人身上想当然的拉斯蒂涅式的向社会恶狠狠索取的劲头。在敦煌身上，你看到一个人。一个内心充满渴望的、有血性的、有温情的男青年。他没学会浑不懔，还没学会完全"黑心"。你不由自主地去理解他，以前你是不会也不屑于理解的。

但当你理解时，你会发现，无论卖过假证，还是碟片，其实他都不是我们想象中的社会治安的"不安定因素""坏人"。当你和他站在一起看世界时，那些公务员和城市人群及高耸入云的高楼大厦都变了模样，至少不是我们通常认识到的模样。小说家诚实地书写了人性格上的宽广与暧昧。

比如，鲁敏的《离歌》，几乎所有的研究者和读者都提到了这部小说的美好。主人公是两个老人。三爷在河那边，他是在人去世之后扎纸人的人，他有着扎纸的好手艺。彭老人七十三了，在河这边。去三爷那边的桥塌了，彭老人惦念着要修桥。三爷看尽人间的生死，为死去的人送最后一程。一个年轻的孩子，一个胖大婶，还有很多人。他们活过，但死了——三爷想到他们的活着，也见到他们的死。这个彭老人惦记着自己的死，要三爷在他死后给他扎个水烟壶，要把软布鞋给他带上，还要带上庄稼果实。最后，彭老人为他讲了自己当年……彭老人离世了，三爷按着他生前的愿望一一照办。小说的结尾是，"水在夜色中黑亮黑亮，那样澄明，像是通到无边的深处"。小说写的是死亡，写的是活着的人如何死，如何面对死，我们所有的人就这样死死生生。小说重新讲述了人在死亡面前的从容、淡定及尊严，《离歌》以关于重述"离去之歌"的方式，完成了一种向中国式生活与中国式死亡哲学的致敬。

温暖的、显示人性光辉的创作还出现在张楚《大象》、乔叶《最慢的是活着》、田耳《一个人张灯结彩》、海飞《像老子一样生活》、哲贵《安慰》、朱山坡《陪夜的女人》等，他们以描摹生活的美好并使之发出光泽的方式来显示他们对于日常叙事的钟爱，也显示了他们之于新写实主义写作的巨大不同。我以为，在重温生活之美和人性之美方面，"70后"作家做出了他们的贡献。

对生活的理解与对人性的理解方面，"70后"小说家也显示了他们与"60后"作家以及"80后"作家的不同。与其后的"80后"作家相比，"70后"小说家温柔敦厚，他们对生活充满着温情。即使面对令人齿冷的黑暗，他们也愿意为那"新坟"添上一个花环，他们对人性与生活永远有着同情的理解，他们对人间亲情还有着最后的眷恋，而没有陷入金钱世界的冰冷。每当我阅读这些同龄人的作品，总会有温暖与认同伴随。他们在尽最大可能表达一代人之于生活与人性的认识。而如果把这样温暖与美好的书写放在一个人情日益淡漠的时代里，它自有其宝贵的一面。与20世纪60年代出生作家笔下那黑暗的、令人无法呼吸的暴力和黑暗人性书写不同，"70后"小说家笔下的人性有着其复杂的意味。"60后"作家普遍喜欢一种"向下"的文学，他们尖锐而咄咄逼人，而"70后"作家是富有宽容度和弹性的，他们与社会和世界的关系是善意的、和解的，即使与另外一个半球上的同龄人相比，应该说他们依然具有仁爱和温和的美德。

"70后"小说家普遍喜欢搁置历史背景，即使是他们书写自己的少年时代，比如路内的《少年巴比伦》及《伴随她的旅程》，他都几乎使用了一种提纯的方式讲述那个被爱、亲情及成长的叛逆所充斥的岁月。他们中的不少人如此喜欢耽溺少年时光，用那么大的精力在少年时代的故乡建立起自己想象中的乌托邦，例如徐则臣的花街系列、鲁敏的东坝系列及张楚的樱桃镇等。他们本能地以少年往事对抗着当下日益稀薄的人情事理，也以往日的美好来观照他们之于当下的不满。某种程度上，这样的叙事是非宏大叙事的，是对现实有所疏离的。但是，是不是正是这种对历史背景的简化处理，对当下生活的刻意回避，他们的少年往事系列反而显示了写作力量的日益单薄？"历史"全面隐退，保留在文本中的只是"'现在进行时'的非历史性的成长"[1]。

日常生活的书写固然使我们认识到日常的美好与光泽，但是，这不约而同的审美趋向事实上也遮蔽了我们对身在的现实世界的重新认识——对日常生活的反复讲述和对个人感受的无限留恋，使文学与现实世界的关系发生了深刻的变化。

"从古代到先锋派的探索，文学都努力再现某种事物。再现什么？再现真实。但真实并不是可再现的，正是因为人们企图不间断地用词来再现真实，于是就有了一个文学史。"[2]这是1977年罗兰·巴特在法兰西学院主持文学符号学讲座时所说的。正如有论者所言，日常生活叙事都是对现实的一种描绘和发现，同时也是对现实的一种重写和改造，它在某种程度上改变着现

---

1 李敬泽：《穿越沉默——关于"七十年代人"》，《当代作家评论》1998年第4期。
2 旷新年：《写在当代文学边上》，上海教育出版社，2005，第91页。

实的面貌，也赋予了现实新的形态，或者说，使世界呈现为新的现实。"任何对于社会生活的叙述都不可能是'纯粹'和'中性'或者'客观'的，它同样表达了一种主观选择和意识形态。它只不过是提供了一种新的'现实'，一种新的'真实'而已。"[1]

在日常的书写中，小说家们其实也是在不知不觉间建构另一种现实真实，即温暖的、甜美的、人性美好的生活幻象。有时候你不得不怀疑，这样的文学是否有某种生活甜点的味道？热衷于对细节的刻画和日常生活的反复描写的趋向和时尚值得警惕。在《王安忆的精神局限》中，何言宏对王安忆创作中指出的问题几乎具有普遍性："在根本上，我们却很难对王安忆小说中的哪一个具体的细节留下深刻的印象。不管是人物刻画、日常事象，还是日常经验，抑或是日常景观，王安忆所提供的大量细节至今没有震撼过我们，并为我们深刻记忆，这无疑是王安忆的日常生活写作最大的遗憾，也说明了她的写作存在的问题。"[2]不得不说，如果把上文中王安忆的名字换成"70后"作家，批评依然是成立的。而这样的写作也意味着，"将一个作家的艺术责任与社会责任割裂开来，'封闭'于所谓的'象牙塔'中制作一些虽然精美，但却没有力量、没有承担、没有关怀的'文学精品'"[3]。

1　旷新年：《写在当代文学边上》，上海教育出版社，2005，第91页。
2　何言宏：《王安忆的精神局限》，《钟山》2007年第6期。
3　何言宏：《王安忆的精神局限》，《钟山》2007年第6期。

文学写作的个人化与公共性

应该重新追溯 70 年代出生作家初入文坛时的历史背景。只有认识到了来路，才能更清醒地思索我们的归处。

"70 后"小说家最初为人所识，始于 90 年代中期。即使当时他们并未曾进入文坛，但是，他们的阅读谱系和文学观念也从那时候开始被建构。没有一个人可以超越他所在的时代——整个"70 后"，都成长于两种意识形态的巨大断裂处：中国社会开始由高度集中的计划经济体制向市场经济体制转型，正是在此时期，"70 后"小说家在他们的少年时代开始告别计划体制的社会，要慢慢适应那个欢呼经济体制到来的时代——他们在一个巨大裂缝中完成着自己的世界观，就精神立场而言，常常可能是进退两难。

也是在这一时期，出现了"纯文学"热潮，出现了文学的"去社会化"热潮。之后，新生代、晚生代小说家的集体突显，王朔作品的流行及新写实主义小说的被追捧。这是一次隐性的，习焉不察的革命，它带给当时正在成长的新一代青年以诸多与前辈不同的文学观、世界观与价值观。新时期以来的文学观念，始终具有精英意识、批判精神，可是，站在历史潮头的那个书写者的自我主体，面对突然而至的另一种价值体系开始崩溃，作家身上的社会意义的一面开始逐渐被卸载。与民族、国家、政治等范畴有关的写作观念开始向虚无主义、反讽、消解及嘲笑一切的姿态勇敢迈进。最重要的是"个人"的突显，以及一种消解社会意义的运动的到来。罩在个人头上的一系列神圣光环——启蒙、精英、民族国家、历史等都开始被消解，"个人"的意义似乎变得纯粹与物质。

在《南方都市报》举行的"三十年来之中国文学的启示"论坛上，批评家李敬泽以在场者的身份颇为深刻地提出了自己对当代小说的看法。在他看来，现在的一些小说创作不过是像木头一样的写实而已，既无自己见解又无自己独特的表达方式，令人厌烦。在他看来，中国小说有两个志向的沦丧，一方面是对时代的复杂性缺乏认识，"包括一些成熟作家，他们的作品对当下竟没有问题可以提出，小说思想贫乏，作家对于世界独特意义的思考没有了，小说家和群众打成一片，他们的思想太像庸人"。另一方面，小说家的艺术志向在丧失，"对表达和意识的探索，比 20 世纪 80 年代大大倒退，回首往事，似乎 80 年代被遗忘得一干二净，从未来过一样。我们现在很多作者对世界既无见解，也无自己独特的表达方式，形成的基本印象就是'老实得像木头一样的写实'，再加上'一个半吊子愤怒小文人'和'前农民'意识"[1]。李的看法犀利而具有启发性，令人不得不深思。

2000 年，在关于"70 后"小说家创作的对话中，施战军对这一代人的"合时宜"的写作姿态提出了质疑："时宜"是写

---

[1] 李敬泽：《有些小说像木头》，https://ent.sina.com.cn/x/2009-04-14/23092472400.shtml，访问日期：2009 年 4 月 15 日。

作者最应该怀疑的东西。1998 年前后，70 年代人的写作的确精神指向尚在，相对于父兄辈一些代表性作家过于鲜明的精神指向，他们另辟蹊径，采取的是更符合年轻人审美取向和现实生态的路数。如今这种路数已被人们熟悉甚至俗化，需要更深入地确立和展开，尤其是探索艺术方式的多种可能性。[1]

这样的批评之声依然适用于今日之语境。在当下，对于日常的反复书写和日常美学的反复讴歌正在不断地吞蚀着这世界本来应该有的异质声音。共同的生活场景，共同的美学理念，共同的生活感受，共同的以个人写作为名的经验的重叠，当代文学进入了异常同质化的怪圈里。被视为理应对文坛最具新生异质力量的"70 后"，是一群这么"乖"的孩子，没有越轨的企图，没有冒犯的野心，没有超越可能性的尝试。

这种合时宜的写作姿态或许会获得暂时的掌声和叫好声，但是，在文学创作中的合时宜应该警惕，因为它可能伤害的是我们的创造力、疼痛感及给抽屉写作的勇气。如果一代作家面对生活和世界只有同一种感受和看法，被生活本身牵制着，没有愤怒，没有伤怀，一切仿佛应该就是如此——当一个作家不再有独立思想见解、当他们关于写作技巧的探索开始停滞不前，当他们都满足于讲一个好的故事、讲一个赚人眼泪的故事时，恐怕便是我们坐下来反思的时候了。如何理解日常生活，如何理解个人书写，如何理解个人与社会的关系，都摆在了我们的

1　宗仁发、李敬泽、施战军：《被遮蔽的"70 年代人"》，《南方文坛》2000 年第 4 期。

面前，我们无法回避。

该如何理解写作的个人化？该如何理解写作日常？该如何理解写作本身？也许应该从现代文学的发生说起。一个文学史常识是，现代文学的意义是发现了作为社会存在的人和作为社会存在的文学。中国现代文学强调知识分子的公共责任，文学的思想性。这也意味着现代写作者与古代写作者的不同，就是不仅要做蝴蝶，还要做牛虻。这是现代文学与那种"宁可不娶小老婆，不可不读《礼拜六》"的通俗文学的本质不同。

80年代的中国文学是中国现代文学发展以来的一个黄金时期。在那期间，伴随着许多的文本实验。这种实验一直延续到了90年代初的个人化写作。"60后"作家们愤怒地向体制提出了反抗，尤以韩东、朱文为最。在朱文的《我爱美元》《人民需要不需要桑拿》等作品中，他以一位反抗所有现有价值观的年轻人面容出现，对于个人主义的书写，对于卸载文学作品中过于沉重的社会意义方面起到了先锋作用。他们写身体，无论是做爱还是嫖妓，都带有夸张的满不在乎，而这样的满不在乎恰也表明了体制之于他们身体的烙印。它虽然是"个人化"写作，但其实也是政治性的与思想性的，它触摸到了整个时代最隐秘和最深入的脉搏跳动，影响着一代人对人与社会的重新认识，它是将个人生活放之于社会去理解与认识的，具有深刻的公共意识。

与当年的80年代文学写作相比，当代文学写作的个人化并没有落后，但语境已然不同。

如果说，60年代小说家是以个人主义的姿态成功使中国文学逃脱了一种政治意识形态严重的生存状况，70年代出生的小说家的个人姿态便显得暧昧不清，毕竟，在他们的创作语境里，"个人"与自我并没有先前新生代小说家所面对的场域。当年，我们的个人化面对的是僵化的意识形态，今天我们面对的是金钱意识形态。从那一张意识形态的大网成功逃出的小说家们，不期然落进了这一张网：无边无际的金钱意识形态的网。这张网鼓励我们每个人成为消费的个体，互无关系的个体，它钝化、平庸化我们的触觉与感受力，影响我们对世界的复杂性的认识，影响我们对世界的深度与广度的认识。这样的文学，正是无所不在的金钱社会意识形态所欢迎的。这个意识形态鼓励你成为消费自由的个人，并用一种生活的安逸目标来潜移默化地腐蚀我们作为个人的那部分公共意识。那么，当我们在书写中迷恋物质生活，强调作为物质个人的那部分自由和安逸时，是不是有可能忽略或遗忘了对精神性的追求？而这种忽略和遗忘是不是已然如这个金钱意识形态所愿，逐渐成为它的一部分？

文学写作是一个人社会行为的一部分。无论今天我们怎样强调个人性，但，一个事实是，写作成为你面对社会的态度和理解世界的方法。就像我们无法揪着头发使自己轻松地脱离地球一样，我们的写作也无法离开中国的历史与现实——我们的文字，的确总会传达并注解着我们与现实世界所发生的种种关系。因而，当我们搁置现实和搁置历史时，那可能也并不意味着我们只是不想提到，而意味着我们的逃避和拒绝承担，以及放弃与世界的争辩。而这，便也是我们"去社会化"和"去公共意识"的结果了，这是我们面对世界的态度——我们的书写，不期然构成了这生活中无所不在的新的经济意识形态的一部分。

当代文学逐渐卸载社会意义的过程，也是"知识分子"在公众领域逐步消失的过程。90年代初以来，像鲁迅那样的"有机知识分子"在这个社会中完全消失，批评家和学者都退守到了校园。更多的读书人不再重视自己的社会性和公共性——这也意味着，当我检讨当代文学创作的平庸时，也包含了作为"70后"批评从业者的自我批评——无论是作家或批评家，我们很少有人意识到自己的知识分子性质，而这样的身份意识，其实出生在50年代、活跃在80年代语境里的作家、批评家那里却是存在的。今天看来，那种关注社会的写作姿态，那种强烈的现实感，以及渴望与时代和社会对话的写作方式可能正是新一代作家所需要学习和传承的。"时时维持着警觉状态，永远不让似是而非的事物或约定俗成的观念带着走。"这是萨义德在《知识分子》中所言，在中国的文学语境里，依然有适用范围。

作家是知识分子中的一员，对知识分子身份意识的自我消解及个人写作行为公共意识理解力的不够，正是导致今天中国文学创作整体平庸化、工具化、虚弱化及去社会意义化的原因所在——把这全部指认为"70后"作家的问题并不公平，事实上，这是整个中国文学普遍存在的问题。当然，我的意思也并不是说，在当下张扬"个人"一定会导致个人与公共生活的脱节，或者一定会使我们陷入原子化和动物化的境地。但是，当整个社会只关注作为物质存在的个人而忽略精神上的不健全时，作为写作者，是否应有所思考，对表象有穿透力和理解力？

从渐渐进入中年的那些"60后"作家作品——余华《许三观卖血记》、毕飞宇《平原》、苏童《河岸》、陈希我《大势》中你会发现，那批当年为我们提供了那么多先锋经验的、60年代出生的小说家依然在试图直面惨烈的、永远不应该忘记的历史，他们依然在不断地渴望从历史中汲取反省，尽管这些作品可能有些并不那么令人满意，但是，在如何整体性地关注历史与社会方面，他们显然有更多的思考——这些人，正走在成为具有社会意识的作家的路上。

也有一批"70后"的同龄人，他们也在尽力寻找文学与艺术在一个社会里应该有的那部分"社会意义"和"公共意识"。例如，"70后"民谣歌手周云蓬，在他的歌词与音乐中，你别指望能获得某种抚慰或麻醉或催眠的功效——他的歌声中包含着痛楚中的温柔，尖锐中的体恤，以及内化为血液中的对现实的深切关怀。比如，那首《中国孩子》，你无法不联想、不愤怒，不得不无言、沉默、感喟——他正尽力使他的歌远离麻醉剂，使歌声入世。而在汶川地震浩如烟海的诗歌中，朵渔的《今夜，写诗是轻浮的……》则显示了一位诗人在一个喧嚣狂热的情形之下所应有的清醒与冷静。而贾樟柯的电影《小武》《站台》之所以优秀，就在于他提供了与张艺谋、陈凯歌及整个时代文化的异质声音和想象。文学作品，无论怎样隐晦，都有着作家对世界和社会的价值判断，显然，以上提到的这些同龄人，面对巨大无边的现实，并没有轻易忽略自己的公共身份，没有放弃自己的发言权。

什么样的文学，什么样的路

　　"可是近三十年来，这个'多数'的农民，在中国这么一大片土地上，活得如何卑屈，死得如何悲惨，有一个人能注意到没有？除了笼统地承认他们的贫和愚，是一种普遍现象，可是这现象从何而起？由谁负责？是否有人能够详详细细地来解释过？……对于这个'多数'的重新认识与说明，在当前就是一个切要问题。一个作家一支笔若能忠于土地，忠于人，忠于个人对这两者的真实感印，这支笔如何使用，自不待理论家来指点，也会有以自见的。若不缺少这点对土地人民的忠诚与爱，这个人尽管毫无政治信仰，所有作品也必然有助于将来真正民主政治的实现。"[1]

　　沈从文以一种坚决的姿态表达了对文学作家的社会责任的强调。几十年后读来，它依然令人感慨。在 80 年代整个重写文

1　沈从文：《七色魇（魔）题记》，《自由论坛》周刊，1944年11月，转引自解志熙《考文叙事录——中国现代文学文献校读论丛》，中华书局，2009，第212-213页。

学史的过程中，沈从文一直被视作"自由主义者"，远离所谓的强调社会性的宏大叙事——事实上，沈从文并不是一个"去社会化"和"去公共性"的小说家，即使是在写作杰出作品《边城》时，他依然有着对现实的真切认识。"我并不即此而止，还预备给他们一种对照的机会，将在另外一个作品里，来提到二十年来的内战，使一些首当其冲的农民，性格灵魂被大力所压，失去了原来的质朴，勤俭，和平，正直的型范以后，成了一个什么样子的新东西。他们受横征暴敛以及鸦片烟的毒害，变成了如何穷困与懒惰！我将把这个民族为历史所带走向一个不可知的命运中前进时，一些小人物在变动中的忧患，与由于营养不足所产生的'活下去'以及'怎样活下去'的观念和欲望，来作朴素的叙述。"[1]

已经有作家开始意识到极端"个人化写作"的危害力。李修文反省说，一代作家可能陷入了对"个人"的崇拜与迷信，"我们热衷于在具体的文本里创造"个人"，却忽略了在写作之外塑造一个更强大的自身，说到底，我们没有脆弱，没有恐惧，没有一反到底的坚硬，所以，只能陷入无边无际的焦虑"[2]。徐则臣则思考如何通过文学作品"解决"中国问题。在讲演录《"70后"的写作及可能性之一》中，他提到1998年的诺贝尔文学奖得主若泽·萨拉马戈的话："我的每一本书都试图回答一个问题，

1　沈从文：《〈边城〉题记》，载《沈从文全集》，北岳文艺出版社，2002，第59页。

2　李修文：《鲜花与囚笼——是"70后"，也是"新生代"》，《山花》2009年第3期，第138页。

澄清一个疑问，理清一种想法，表明我是如何在这个世界存立的，是如何理解这个世界的，抑或我是如何对这个世界感到不解的。"那么，在他看来，"中国当代社会是青年作家的基本生活场域和根本的精神处境，中国问题，也就是当代社会与人的关系问题，也必然是作家面临的重要问题，他们的任务是，如何通过文学作品理解和表达他们独特的有价值的见解"[1]。

"70后"作家的文学生存环境也是造成今天这样共性写作的潜在诱因："在2008年的时候，你把文摘、月报、选刊翻个遍，翻完了你会感到他们的趣味和判断基本一致而且一以贯之。某些作家是必选的、某些作品是必选的，而你完全知道他们和它们为什么正好就被选出来，几乎没有意外。"[2]这种对异质文学的排斥，事实上也是造成成千上万人只写一种类型和美学风格小说的动力所在。

所以，这便是2009年第1期的《读书》上张承志那篇文章何以难忘了。在《选择什么文学即选择什么前途》这篇文章中，他讲述了日本猖狂官僚石原慎太郎的文学背景：1956年，石原慎太郎的作品《太阳的季节》获得了日本的最高文学奖芥川奖。当年的获奖意味着对一种生活态度和文学价值的肯定，半个世纪后，面对成为东京都知事的石原慎太郎，日本有知识分子开始重新思考那次文学评奖及曾给予某种文学价值的肯定。鉴于

1　徐则臣：《"70后"的写作及可能性之一》，《山花》2009年第3期，第142页。
2　李敬泽：《"短篇衰微"之另一解》，载《2008年短篇小说》序，春风文艺出版社，2009。

此，张承志想到了中国的文学与社会，他说，"良风美俗"之破坏，在中国正如摧枯拉朽。"何止'都政'，从教育到医疗，堕落使一个古老的文化心慌意乱。金钱鼓动的贪欲和疯狂，把'三聚氰胺'兑入牛奶，兑入医院和大学。不用说，蔓延的劣质文艺更是大受青睐。"[1]因此，张承志对那位有所检讨的日本评委的话记忆深刻："一个民族如何选择文学，就会如何选择前途。"[2]

如果说张承志从一个社会接纳、宽容及纵容某类文字的角度表达了忧虑的话，那么1944年的沈从文则从写作者角度表达了作家对写作"去社会化"的担忧，他将关注社会与民生视为作家之"良心"："一个有良心的作家，更不能不提出这个问题：关心老百姓决不能再是一句空话，任何高尚的政治理论和政治设计，若不能奠基于对这个多数沉默者的重新认识，以及对于他们的真爱，都不免成为空泛，只能延长这个民族的苦难，增加这个民族的堕落。这种新的情感的产生，显然不是单凭现代政治标榜的主义所能见功，实有待于重新找寻办法。在这种情形下，我们自会觉得，一个文学作家所应负的责任，远比目前一般政治理论所要求于作家的责任还更艰巨。"[3]

作为现代社会的一分子，缺少公共意识的个人生活都是被损害的与不健全的，而作为写作者，缺少公共意识的写作也是

---

1 张承志：《选择什么文学即选择什么前途》，《读书》2009年第1期，第88页。
2 张承志：《选择什么文学即选择什么前途》，《读书》2009年第1期，第88页。
3 沈从文：《〈七色魔（魇）题记〉》，《自由论坛》周刊，1944年11月，转引自解志熙《考文叙事录——中国现代文学文献校读论丛》，中华书局，2009，第212-213页。

匮乏和没有力量的。优秀的作品，应该给一个黑夜中孤独的个人以精神上的还乡，或者让我们感到作为个人的自己与作为社会存在之间的血肉关联。我的意思是，真正的个人化写作与公共性特征不可剥离，它们是互为你我，彼此包容。

2011 年，天津

异乡人

"与大众的、科学的语言相对应的，是来自人的低语，一个人的独白，是独语者的诉说。它们不是高亢的、响亮的，它们是由人心深处发出的。这种低弱的、发自肺腑的声音与高声的喧哗，构成一种强烈的比照关系，互相映衬。并不是声音高亢的就必然是重要的。对比之下，个人的声音更具力量，那来自独语者的表达是文雅的，是抒情的，以及，诗意的。"

———

《先锋气质与诗意生活》

异乡人

——魏微论

> 它时而穷，时而富；它跳动不安，充满时代的活力，
> 同时又宁静致远，带有世外桃源的风雅。它山清水秀，偶
> 尔也穷山恶水；它民风淳朴，可是多乡野习民。她喜欢她
> 的家乡，同时又讨厌她的家乡。有一件事子慧不得不正视
> 了，那就是这些年来，故乡一直在她心里，虽然远隔千里，
> 可是某种程度上，她从未离开过它。

> ——魏微《异乡》[1]

1997 年 4 月，文学杂志《小说界》发表了署名魏微的短篇
小说《一个年龄的性意识》，这小说令人惊异，它"那么短，

1　魏微：《姐姐和弟弟》，山东文艺出版社，2005。除特别注明外，本文小说都出自
　　此小说集，不另注。

那么尖利又那么平实，还那么不像小说"[1]，——叙述人对身体及女性的认识和看法未尝不是犀利的，但态度温和端正，认识都建立在诚实探讨问题和对身体写作的真切思索的基础之上，——一位青年作家就此逐渐为人所识。

魏微的作品并不丰富，她用字简洁，写得慢，讲求写作质量，但气质独特。她是"70后"的代表作家，也可能是最早被"经典化"的70年代作家，小说《大老郑的女人》获得鲁迅文学奖短篇小说奖，《化妆》获得了第二届中国小说学会短篇小说奖。除此之外，魏微也还有另外的小说作品令人印象深刻，不断被阐释：《在明孝陵乘凉》《父亲来访》《异乡》《乡村、穷亲戚和爱情》《姊妹》《家道》，以及她的长篇小说《流年》（又名《一个人的微湖闸》）。面对这样年轻的有特殊文学气质的作家，诸多批评家[2]都纷纷有话要说：郜元宝认为"魏微可以说是中国新一代青年作家的一个典型：他们终于告别了因为逃逸政治意识形态宏大叙事而痴迷于形式探索与陌生化叙事的'先锋派'，回到亲人中间，回到中国生活的固有的形式与内容"[3]；施战军认为魏微小说"叙事格调清朗"；[4]张新颖认为魏微小说"明白人情物理"，呈现了一个"完整的世界"；李丹梦认为"我们已不自觉地把魏微放在了传统的衍生段：不是从西方硬性嫁接过来的，而是从'本

---

[1] 张新颖：《知道我是谁——漫谈魏微的小说》，《当代作家评论》2003年第1期。
[2] 这些评论除文中列举之外，还包括何平：《魏微论》，周景雷、王爽：《打开日常生活的隐秘之门》，徐坤：《魏微：从南方到北方》等。
[3] 郜元宝：《回乡者·亲情·暧昧年代》，《当代文坛》2007年第5期。
[4] 施战军：《爱与疼惜——呢喃中的清朗》，《南方文坛》2002年第5期。

土'生长出来的。当卫慧等人用过度的激情描写割断历史、沉醉于当下时，魏微却在调整自己的历史位置，力图接续上传统的脉搏"[1]。

正如已有研究者指出的，"还乡"之于魏微是重要的，我甚至将之视为魏微写作的核心，她借助于故乡小城书写她之于生活的独特感触和发现。——在不断地找寻故乡的书写中，魏微小说不期然检视和记录了以小城为核心的当代中国社会伦理的急剧变迁。这是魏微小说的独有气质。她无时无刻不怀念她的小城街道，小城里的父母，以及小城的岁月。或许这应该叫作乡愁？但也不仅仅是，至少不是这么简单。小城既是家乡与来处，也是想当然的归处和安息之地。这有点儿像现代化城市中人总喜欢将山村当作家园一样。可是，小城只不过是想象中的罢了。但魏微并不总会让小城只成为背景的，她的人物总是要在离开后又重新面对，她关于故乡的小说魅力在于"归去来"。一如郜元宝所言，"正是在不同形式的'回乡'过程中，魏微为我们呈现了她笔底人物的感情秘密，而这些感情秘密确实也只有在城乡之间的撕裂和缝合中，才得以诞生"[2]。——在外面的大城市，这个来自小城的姑娘是贴着标签的"外地人"，外地之于她是异乡。那么重回小城呢，小城却早已飞速发展面目全非了，她依然是陌生人，并不容于家人。

异乡感是魏微的关键词。她有部非常耐人寻味的短篇小说

1　李丹梦：《文学"返乡"之路——魏微论》，《山花》2008 年第 1 期。
2　何言宏：《王安忆的精神局限》，《钟山》2007 年第 6 期。

《异乡》，讲的是一位远离故土的青年女性重回故乡的故事。这令人想到现代文学初期的著名经典作品《故乡》。鲁迅书写了重回故乡后的震惊体验，魏微亦是如此。只是，她的人物是位青年女性，使她感受到巨大震惊的是她的邻里和她的父母看她的目光及对其身体的揣测。无论是否有意，作为现代文学传统的一部分，某种程度上，这部沿袭了鲁迅"归去来"模式的作品是对经典作品的一次重写和重构。事实上，和《异乡》中的子慧类似，魏微小说的叙述人总是流动的，夹杂在一个并不安稳的时间和空间里，进而，对故乡的执迷书写便成为渴望寻找安稳信任及由此而衍生的亲情、爱情的隐喻。异乡感磨折着每一个人物，也磨折着叙述人，这使魏微的小说远离了那种甜腻的亲情、温暖小说底色，也使我们得以更逼近她小说内在的核心。

异乡感既是个人与故土之间的相互难以融入，也是对身在世界的诸多价值观的不能认同。《化妆》中的嘉丽"化妆"冒险与情人相见，使她永远地成为这个时代的异乡人。——这个时代认可的是多年后重逢的光鲜，为彼此留下美好的念想。但她执拗地希望爱情"富贵不能淫，贫贱不能移"。重新体验贫穷的女人不仅被前情人鄙视，也被她所处的这个时代打击。也许还有另一种异乡感，那是一种永远在别处的异乡感，它困扰每一个有着平凡而千篇一律生活的人。如《到远方去》中的中年男人，《一个人的微湖闸》中的杨姊，他们内心都分明有着某种强大而不可遏制的欲望与力量，这样的欲望与力量使他们成为各自生存环境中的异者、孤独者、不合群者、异乡人。在看似安稳的面容之下他们都有颗不安稳的心。魏微书写着这个时代卑微而敏感的不安分者，以及他们内心那无可排遣的异己感、异乡感，她也借由这样的人物，为一个时代的都市里讨生活者画像与立传。

在当代文学的阐释中，许多研究者已经意识到了日常生活的美学正在日益困扰着当代作家的创作。魏微也被视作这种日常生活美学制造者的一部分。魏微的许多创作谈自然证明了她的美学观念的确有所特征，但那种日常生活的"温暖"却不一定全缘于魏微。魏微的温暖只是表象：还没有哪个女作家可以写出魏微之于土地和小城的那种既爱又厌，还没有哪位女性写作者写出魏微之于故乡和异乡的惶恐。一如60年代出生的作家无法忘记他们童年时"文革"的那些记忆一样，成长于90年代的魏微永远纠结于那个断裂的记忆，纠结于计划经济向市场经济的转变的一瞬，——那岂止是一个时间上的转变，还是价值观的崩塌，是人生观的断裂，是爱情观的开始变形，甚至，也是亲情扭曲的开始。魏微不断地书写着那个渐变的故乡和被时代摧毁得面目全非的"小城"，她的文字常常令人重回昨日：我们每一个人，不都是这个飞速旋转时代的异乡人？每一个人，内心不都有个他乡与故乡？

归去来：故乡与异乡

《异乡》讲述了一位在外漂泊的青年女性回到故乡时的震惊体验。从小城来到都市的女青年子慧，和她的女友一起被房东当作可疑的外地人审视，"小黄关上门，朝地上啐一口唾沫说：'老太婆以为我们是干那个的。'"而这个时代，正是中国人热衷离开的时代。"他们拖家带口，呼三喝四，从故土奔赴异乡，从异乡奔赴另一个异乡。他们怀着理想、热情，无数张脸被烧得通红，变了人形。"身在异地，饱受歧视，四处奔波讨生活，回忆熟悉温暖的小城成为子慧的习惯，受到委屈和不公时，她便突然想回家，回到她的小城去，因为那里"青山绿水，民风淳朴"。她常常向他人讲述着她的故乡，"青石板小路，蜿蜒的石阶，老房子是青砖灰瓦的样式，尖尖的屋顶，白粉墙……一切都是静静的，有水墨画一般的意境"。离开家乡的子慧最终选择回家看看。"现在她不太情愿人家拿她当吉安人。她在外浪迹三年，吃了那么多苦，为的是什么？为的是洗心革面不做吉安人，她要把她身上的吉安气全扫光，从口音、饮食习惯，到走路的姿势、穿着打扮……一切的一切，她要让人搞不懂她是哪里人。"

在故乡，子慧的第一次震惊体验来自他人的目光。"她拐了个弯，改走一条甬道，走了一会儿，突然感到背后有眼睛，就在不远的地方，无数双的眼睛，一支支地像箭一样落在她的要害部位，屁股、腰肢……到处都是箭，可是子慧不觉得疼，只感到羞耻。……天哪，这是什么世道，现在她连自己都不信任，她离家三年，本本分分，她却总疑神疑鬼，担心别人以为她是在卖淫。"女主角站在故乡的土地，却感觉到比身处他乡更为冷清。而更大的震惊则源自她的家庭，她的父母。她回到家，自己的行李箱已经被打开，内裤胸罩都被检查了。

"你生活得很不错，"母亲走到子慧面前，探头在她的脸上照了照，声音几同耳语，"你并不像你说的那么惨，你有很多妖艳的衣服，可是一回到家里，你却扮作良家妇女——"母亲伸手在子慧的衣衫上捏了捏。

"我三番五次要去看你，"母亲坐回桌子旁，重新恢复了一个法官的派头，"都被你全力阻挠，这意味着什么？意味着你知道我是去偷袭你。三年来我花了几万块钱的电话费，心里也疑惑着你是个妓女。"

因为在外生活并不窘迫，母亲直接将女儿视作了妓女。——这来自母亲的不信任，给予子慧的震惊远胜于来自大都市陌生人那里的歧视。小说书写了小城对年轻回乡者的深刻怀疑，也书写了一种伦理关系因此"不信任"而遭受到的破坏。这种不信任由何而来？或者，因为中国传统文化中对女性身体的看守，但更大的原因则在于大环境中对于"暴富者"的深刻怀疑。——

因不法手段暴富者在当代中国甚为普遍，这使得小城对"远方"产生了警惕。《异乡》中子慧所获得的震惊体验，是一个青年女性因身体所遭受到的巨大不公的表现，——她穷，容易被人视作可能会出卖肉体；她不穷，也容易被人视作依靠肉体赚钱，——这样的想象，是城市外来女性生存出路狭窄的现实性投射，也是一个时代对有财富者、暴富者的完全不信任的表征。《异乡》的字里行间，都潜藏有一位青年女性在故乡与异乡所受到的双重创伤，也潜藏了关于中国社会时代和价值伦理的巨大变迁。

《异乡》还有个姊妹篇《回家》。如果说《异乡》中魏微书写的是清白的回乡女性如何被人猜忌和不接纳，那么《回家》则书写的是真的妓女的离去与归来。这两部小说形成了有趣的参照关系。警察送小凤一干人等回家，着意希望这些身体工作者以后清白做人。但家乡和故土并不接纳，母亲也不。

母亲说，凤儿，娘只你一个女儿……娘全指望着你了。不管怎样，找个人嫁了是真的，只有嫁了人……你吃的那些辛苦才算有了说法。要不你出去混一遭干吗？……你出去混一遭，为的是嫁人。小凤笑道，依你说，我在乡下就没人要啦？母亲拍打芭蕉扇子站起来，自顾自走到屋里去，在门口收住脚，迟疑一会道，难啦！

"不管怎样"——母亲并没有和小凤挑明了说，她们心照不宣。小说人物自有对小凤等人皮肉职业的鄙视，但同时也可能是一种默许。母亲鼓励女儿再出去受罪，去混，找个人嫁了，表明对贫穷的恐惧远超过了对贞洁的看重。小说最后，小凤带着另一个姐妹李霞共同离开，则显示了青年女性离开故乡做皮肉生意行为的绵延不绝。对于这些贫穷土地上的女性，也许只有走出去赚钱嫁人才是最好的选择，用什么样的方法赚钱已不足论，钱是否干净也是次要的，人们更看重的是结果。《异乡》中母亲的怀疑和武断，《回家》中母亲的不接纳和鼓励出去，都是对寻找家园的青年女性的打击。因"离去—归来"模式，魏微将乡镇中国的社会现状做了一次有效的注解。

应该讨论故乡在魏微这里的含义，也许它只是都市人最普遍意义上的乡愁，但也不仅仅是。一如郜元宝所说：

> 魏微只是文学上的"回乡者"，并非一度时髦的文化怀乡病患者。她的立场既不在乡村，也不在城市，而毋宁寄放在超乎乡村与城市之间的某个更加虚无的所在。乡村固然给了她记忆的蛊惑和温情的慰藉，但恰恰在其中也包含着乡村所特有的冷漠与伤害；城市令她感到陌生，充满危机陷阱，但隐身城市之中，又使她获得还活在人间的坚硬的真实。这种两头牵扯而又两头落空的遭际，正是魏微

反复描写的当下普通中国人的感情困境。[1]

是的，魏微写出了都市人情感的普遍性："多少次了，她听到一个声音在召唤，温柔的、缠绵的、伤感的，那时她不知道这声音是回家。她不知道，回家的冲动隔一阵子就会袭击她，那间歇性的反应，兴奋、疲倦、烦恼、轻度的神经质、莫名其妙……就像月经"。

从《异乡》很容易想到鲁迅的《故乡》。1921年，现代文学之父鲁迅发表了他的杰出作品《故乡》。叙事人二十年后回故乡，记忆中的故乡与眼前这个故乡发生了深深的断裂，这使他处于深刻的震惊体验当中。故乡的破败和童年玩伴闰土的凄苦生活使小说家感到痛苦，有着一轮明月的故乡只是"我"想象中的了。这是一幅典型的回乡图景，也是近八十年来中国知识分子回乡的普遍经验，而书写这种震惊体验时，归去来的模式非常重要，这是鲁迅作品中常有的叙事模式。

魏微小说中有"想象性的故乡"，民风淳朴，世事清明，生活着爷爷奶奶和亲人们。《回家》《异乡》以及《乡村、穷亲戚和爱情》等小说也都有类似于鲁迅小说中的"离去—归来"模式。只是，不同在于，魏微书写了作为回故乡者的窘迫，一位回故乡者所受到的审判，以及一位回乡者被亲缘伦理的质疑和抛弃。这多半缘由故事的主体是女性，声音和叙事视角都是

1　何言宏：《王安忆的精神局限》，《钟山》2007年第6期。

女性。魏微写作《异乡》时可能并未曾想到《故乡》，但这部读者耳熟能详的作品无可逃避地成为魏微书写的"前文本"，构成了魏微写作的强大传统。某种意义上，《异乡》和《回家》都是对这一经典性文本进行互文式写作，也是后辈作家与前辈作家的一次隔空致敬。这令人想到同为"70后"的电影导演贾樟柯的电影。在贾的电影中，他的家乡汾阳是他的主角，借此，他书写了一个不断变化时代里一个小城的沦落和变迁。魏微的小城也是如此，只是，魏微重新面对小城的方式没有贾樟柯那样直接，那样斑驳和复杂。无论怎样，乡镇中国的灰色现实通过这些邻里如箭的目光获得了放大，外面的世界对这个封闭的小城意味着洪水猛兽了。子慧的异乡感通过父母亲的审问和盘查获得了放大。浪漫意义上的温暖故乡在此刻早已被剥离殆尽。

依我看来，魏微作品故乡系列的意义在于，借由女性的际遇，我们看到"故乡"在我们眼皮底下发生了何等的巨变，经由一个女人的离去与归来，我们得以见证乡镇中国人际、亲情及伦理冲突之下的崩坏。

"乡村、穷亲戚和爱情"

除去异乡感，贫穷是魏微小说的另一个关键词，这在《异乡》和《回家》中都有所体现。虽然这两部小说书写的是回家而不得，但事实上，它还书写了一个时代的到来。这是一个以鄙视和痛恨贫穷为乐的时代，也是唯金钱为是的时代。魏微对贫穷的认识却卓有不同。她将贫穷视作个人的起点。这在《乡村、穷亲戚和爱情》中可以清晰地认识到。小说也是一次回乡，但这次回乡所获得的体验与反观自身和反观来路有关。"我"的爷爷来自农村，因为闹革命进了城，我也就成了城里人的后代。但节假日时，常常会有亲戚们来送土物产，在"我"的成长过程中，常常会遇到穷亲戚们上门……奶奶的去世使"我"有机会来到了乡下。"你没有到过乡野，你也不是乡村子弟的孩子，——假如你的爷爷奶奶没有葬在这里，你就很难理解这种感情。它几乎是一触即发的，不需要背景和解释，也没有理由。你只需站在这片土地上，看见活泼、古老的世风，看见一代代在这里生长的子民，你就会觉得，有一种死去的东西在你身上复活了。""我"，经由给爷爷奶奶上坟，将"我"与土地和"我"与贫穷的关系做了一次梳理，——"我"是城里人，但也是乡下人，正因如此，"我"才有了割舍不断的穷亲戚。

这是值得称道的小说，气质纯正，态度端然，它得到了许多研究者的真诚赞扬：

　　魏微的《乡村、穷亲戚和爱情》是我在 2001 年所读到的最好的短篇之一。温婉而柔韧的情感线条，满带感情而朴实的语言，理性而欲言又止的人物关系，隐忍的高尚，以及年轻作家少有的节制……这些，共同构成了这篇小说的忧伤面貌。它是我们这个时代少数能令人感动的小说，尤其是在许多作家都热衷于进行身体和欲望叙事的今天，魏微能凭着一种简单、美好并略带古典意味的情感段落来打动读者，的确是让人吃惊的。[1]

"我"一瞬间爱上了陈平子——远房的穷亲戚，这是拟想的，更重要的是，建立起与土地血肉不断、与贫穷源远流长的关系。"和贫苦人一起生活，忠诚于贫苦。和他们一起生生息息，最终成为他们中的一分子。这都是我的想象，可是这样的想象能让我狂热。""我看见空旷的原野一片苍茫，这原野曾养育过我的祖父辈，也承载着我死去的亲人。我看见村人们陆陆续续地收工了，他们扛着锄头，走在混沌的天地间；走远了。我微笑着，只有我自己知道，我的心收缩得疼。"魏微对贫穷的态度和这个时代唱了个大反调：谁愿意承认祖上贫穷，谁又愿意和贫穷的人相爱相守？只有成为这个时代的异乡人，只有诚实地面对出身，才可以获得真相。这需要勇气。

《化妆》是魏微一次有勇气的书写。这不是温暖得令人落泪的旅程，而是有关情感、贫穷、困窘的探寻。十年后拥有了律师事务所的嘉丽，在重新遇到她初恋情人时，开始了一次冒险的"化妆"。嘉丽在旧商店里选购廉价服装，借用桑塔格在《疾病的隐喻》里的话来说，服装，这个从外面装饰身体之物其实

1　谢有顺：《短篇小说写作的可能性》，《小说评论》2007年第5期。

是嘉丽对自我之新态度、新认识。不仅换了衣服，同时也换了身份——离异的下岗女工。见面后，科长相信了嘉丽外表所代表的一切，并且还想当然地把她归为了靠出卖身体而生存的女人。睡是睡了，但科长不会给她钱，一是在他眼里她是卑微的，二是在他看来，钱在很多年前已经给过了。

小说关乎爱情。女主人公嘉丽以一种昔日重来的方式对曾经的情感进行审视。叙述人则用消解物质的方式，慢慢地剥离"爱情"光环——因为化妆过的身份，昔日情感发生了本质的变化，并且，更为可怕的是这一次化妆似乎把曾经有过的情分也全都毁了，科长把当年给她的钱当作了这次肉体交换的报酬。小说还关乎贫困。年轻的嘉丽渴望远离贫困，但当她富足时，她又渴望再一次趋近贫困，以期获得最纯粹的情感。这对贫困的趋近，直接导致了嘉丽一切不愉快的、晦暗的经历——商业伙伴对她面不相识，逃票受到羞辱，白领们对她不屑一顾，在大酒店里受到大厅保安的无情盘问……当然，还有前情人的最终唾弃。

金钱是巨大的怪兽，我们都被它裹挟。嘉丽与情人见面有多种选择，但她选择了其中最为决绝的方法。嘉丽显然是这个世界上的自寻痛苦者，她明明可以活得轻松，拥有金钱和社会地位的她完全可以对许多事一笑而过。嘉丽的痛苦令人想到丁玲《莎菲女士的日记》。在当年，莎菲痛苦于那个有钱的男人是否值得爱，是否真爱她。她衡量他爱她的标准不是金钱和体面，而是他的思想是否浅薄。而今天，嘉丽的痛苦在于不断地、神经质地用将情人礼物进行估价的方式来判断他是否爱她。恋爱时用礼物价值几何来估价爱情但又不希望情人用此等方式来估价她。分手多年她获得了金钱后，她又要剥离一切，寻找以贫贱面目相见的可能，她渴望那个男人爱一个一贫如洗、年华不再的她。——物质时代的嘉丽，纠结、疼痛、不安。

这样的"化妆"相见，好比鸡蛋碰石头，一定会碰得头破血流。嘉丽是偏执的，这是勇敢者也是不识相的人，她获得了真相：贫穷的她被情人鄙视，被所有人鄙视。如果联想到现而今宁愿在宝马里哭而不在自行车后面微笑的择偶宣言就不难发现，《化妆》将爱情与金钱、身体及岁月之间"目不忍睹"的关系进行了一次重写。

这是独具匠心之作，"《化妆》——贫困、成功、金钱、欲望、爱情，一个短篇竟将所有这些主题浓缩为繁复、尖锐的戏剧，它是如此窄，又是如此宽、如此丰富"[1]。——"化妆"是动作，是有着连续性行为的动作，它有如电影里的镜头般慢慢地被接近、定格、放大，直到被凝视。在荒谬而又真实的经历中，生活张着血盆大口吞没了嘉丽的一切幻想，钱，金钱，让她在他们面前出丑，也让他们在她面前出丑。如果没有物质的装饰，嘉丽在这个世界获得的这一切，尊严、尊重、爱情，全部都会失去——被物质吞没的生活，变得如此苍白、不堪一击。"化妆"是一个有意味的象征、一个深度揭示。它早已不仅是衣饰的化

1　李敬泽：《向短篇小说致敬》，《为文学申辩》，作家出版社，2009。

妆，更是身份的错位，它应该被理解为两个名叫嘉丽的女人因身份不同而导致的相反际遇，她们互为他人，又互为异己。——魏微将这个时代人与人之间最本质、最势利的关系，通过一个女性的情感际遇表达了出来。

性、女性、性别

《化妆》不只书写性，关于性与金钱、身体与金钱的关系也无处不在。魏微小说的别有气质之处在于她笔底的性不只是性，身体不只是身体，女性书写也不只是女性书写。当嘉丽以贫穷的衣着叙述着她的经历——下岗、离异时，科长的怜悯中分明开始有了鄙夷，甚至怀疑她以一种最廉价的方式赚取生活下去的资本。科长的猜测和想象击垮了嘉丽，也足以令每一个在困窘中的女性备感绝望。这样的际遇，在《异乡》中也有。房东担心她是"那种"女人，母亲把她的行李箱打开以寻求可疑的迹象——子慧被误读、想象、猜忌、鄙视。

嘉丽说出下岗女工的身份后，为什么科长立刻想到这个女人的生活靠的是廉价的肉体交易呢？为什么子慧到了外地便被人猜疑过另一种生活？问题不在于现实中这些外地女青年和下岗女工是否真的从事这种职业，而在于她们"可以"被很多人轻蔑这个事实。这样的想象也影响了女性的自我想象——贫困时期的嘉丽在与科长幽会时多次想到自己可能的商品处境，无意识地把科长给不给钱、给多少钱在内心进行一次比较，她甚至不敢用科长给她的三百块钱，因为在嘉丽眼里，钱一旦被使用，感情就变了味道。"异乡"是现代人的无家可归感，是现代人面对物欲世界的无可奈何，不也是女性面临着被商品化的想象无处逃遁的心境吗？在这个以财富和地位为评判标准的物质世界里，离异的下岗女工，外地的女青年——那些被主流排斥在外的边缘群体，不是异乡人又是什么？

"嘉丽扶着栏杆站着，天桥底下已是车来车往，她出神地看着它们，把身子垂下去，只是看着他们。"这是一切都结束之后的嘉丽。化妆的她再一次被路人们的眼神所打败时，风在小说的结尾吹来。那是有关愤怒、悲伤及绝望的风。子慧在被误解后也有从楼上跳下去的冲动。但她们最终是不会跳下去的，内心的挣扎只会在刹那间产生——大部分女人都不是刚烈的、反抗的，她们只是普通的一群人，她们除了以敏感、柔软的内心感知到来自外在的威胁与排斥之外，她们还会恢复到原来的生活中去。

关于性的书写，魏微有无师自通的本领——她书写性不煞有介事，而是举重若轻，一如《在明孝陵乘凉》。小说写的是一个女孩子的成长，这样的成长当然和男人及初潮有关。这一切不过是日常的性罢了。但魏微却写得神秘和辽远，她将一种日常的性和作为重大事件的性巧妙地结合在了一起：三个小伙伴的一切都发生在明孝陵里，而那里，躺着的是千百年前的帝王和后妃，以及不为我们所知的性与高潮。帝王当年也有着同样的"第一次"，性及快感。明孝陵的久远和小芙与百合刹那间的成长就这样巧妙地共同存在于一个空间和文本中，这样对性的认识，显示了魏微在最初开始写作时与众不同的性观念——相比于传说中的皇帝与后妃，平凡人的性才是她所关注的。这潜在地表明魏微的性是存在于民间的自由立场里。《大老郑的女人》中非良非娼的女性是令人感兴趣的，她用身体安慰那个男人，这样的性在社会中是不被承认和接纳的，但这样的性却有着强大的生命力，它让人想到沈从文的《丈夫》。凡夫俗子的性，穷苦人的性和快乐——与那种尖叫的女性身体相比，魏微小说人物的性正大自在，具有极强的生命力。

性的压抑是生命力的压抑，魏微小说中有一群人是为此而困扰的。比如储小宝，比如杨婶。这是一群敏感的人，他们很容易听到内心的声音。尽管魏微讲述的并不只是女性的性，但不得不承认，关于女性，她的体察与认识更为锐利。如果将《回家》《异乡》《一个人的微湖闸》，以及《一个年龄的性意识》归在一起，说魏微书写的是女性的身体，以及女性身体的际遇并不过分。魏微没有躲避自己的女性身份，她的大部分小说是从女性及女童视角出发进而抵达隐秘的书写。

李丹梦在魏微论里颇为有力地分析魏微作品的女性主义意识。尤其提到了魏微小说的"父亲"情结。关于这方面，我与她有某些共识。"父亲"体现在魏微小说《寻父记》和《父亲来访》两篇小说中。比如《父亲来访》，"父亲"的目光、"父亲"的肯定和否定对于人物和叙事人而言都是如此重要。"父亲"可能还意味着一种传统、一种习惯、一种行为方式和行事风格。

"父亲"常常说要来，但终不能成行。原因是如此多，每个原因在今天的我们看来是如此不能理解，但在那个时代却又有着无比的合理性。"父亲"终究不能到来在于"父亲"的惯性，那种生活方式的执迷，这导致他走出家乡的艰难。小说家不断地叙说着"来访"及与之相伴随的企望和期待，有点儿像等待戈多的意味，具有某种显在的象征性。一种难以挣脱的惯性控制住了他，而他未曾想逃脱。女儿也意味着另一种价值观和判断吧，甚至是另一种行为与生活方式，是自"父亲"身体而来又背离"父亲"的那一种。她对于"父亲"的态度是如此矛盾，敬畏但又不能理解，她恼火又向往。"父亲"成为她的阴影，她渴望与"父亲"相遇，又是如此渴望逃离。有如她惯性地向往着以往的生活，但又惯性地躲避与背离一样。看起来叛逆实则保守，看起来保守，但内心又常常有尖叫声传来。这是尴尬的所在，模糊不清，暧昧不清，魏微小说典型地书写了这样一代人的感受和处境，但恐怕也是许许多多今日中国人的感受吧？

不过，魏微小说的另一种气息不应因"父亲"情结而遮蔽。她书写了姐妹情谊，她将"父亲缺席"之后的生活写得生气勃勃，有力量。《家道》里的母女是边缘人，是家道中落之人，她写了从生活中坠落谷底的母女的世俗和坚忍，以及由她们的视角望去的这世间百态、人世炎凉。《姊妹》也一样。她将一种女性生存状态抽象化和象征化，写了女性与男性关系的另一种可能。尽管这可能是女性主义的，但却不一定归于身体写作，也许她只是在书写一种女性情谊，一种你中有我、我中有你，一种既爱又恨、相谐相守的关系。而这种关系可能并不是以身体的靠近或疏离为终点，亦并不以之为起点。

魏微的性别意识殊为强烈和敏感，是作为艺术工作者的天赋使然。这不仅表现在《一个年龄的性意识》中的痛感把握，也包括她的另一部小说《乔治和一本书》。乔治房间里有很多书，他常常在女人面前拿来英文版的《生命中不能承受之轻》。"乔治轻轻念上一段。他的英语发音异常准确，鼻音很重，像个地道的英国绅士。""现在托马斯的情人向托马斯的妻子发出了托马斯的命令，两个女人被同一个有魔力的字联系在了一起……服从一个陌生人的指令，这本身就是一种疯狂。"接下来，乔治道："现在该我说了。脱！"他说的是中国话，温和而坚定，甚至带有权威的口气。他从佳妮的眼里看到了特丽莎崇拜的神情。这神情，从他屋里穿过的每个女人都有。——乔治做爱前喜欢朗诵《生命中不能承受之轻》的一段话，这成为他性生活中的重要步骤，是不可或缺的前戏。他纯正的英语和纯正的西方性观念完全掠夺了那个时期的女孩子，她们不假思索地与他上床，仿佛在跟现代化的生活做爱/接轨一样。

这是线条并不复杂但又颇有意蕴的作品。魏微将一个伪西方人来到中国大陆后的艳遇写得别有意味，变成了一种象征，一种时代的症候。魏微的叙事语调依然是娓娓道来，但分明带有某种戏谑的表情。这种表情在魏微小说中并不常见，它很宝贵，因为这种戏谑不轻率，充满智性。乔治最终遇到挫折——因为没有朗诵英文版《生命中不能承受之轻》做前戏，乔治在征服女人的战役中"异常孱弱"，在性爱中失败了。连同表情、腔调、声音、台词。当所有的外在光环都已褪去，当乔治被还原为一个只有自然属性的男人时，他失去了他的最基本能力。这是一次卓有意味的失去。这是一次卓有意味的失败。当假洋鬼子被还原为一个人时，他失去了他的征服能力。他不能再征服他人。他只有带着他的满嘴的洋文和名词，以及由此而产生的一种莫名其妙的虚弱光环才能所向披靡！写这部小说时，魏微只是个初出道的写作者，但其中对于那个"以西方为是"的年代内核把握却令人印象深刻。魏微借由一个人的性，书写了一个时代的虚弱。

就普遍性而言，上面提到的《父亲来访》也有。"父亲"来访意味着一种旧有方式的不断瓦解，而这并不能用市场经济的到来解释一切，包括交通方式的转变，比如火车的提速会不会改变"父亲"来访的方式呢？如果说"父亲"来访在当时只意味着一种生活方式和价值判断困扰着叙述人的话，今天看来，"父亲"是否来访还意味着一个时代的现代化速度。在一个不断提速的时代里，"父亲"的来访还会那么难吗？"父亲"来访固然书写了对一种生活观念的困守，但事实上恐怕也书写了一种生活方式及出行方式在客观上对一个人的禁锢。

魏微不是通常意义上的女性写作者，她的写作并不以狭隘的"尖叫""女性身体"为写作宗旨。事实上，在最初，她就与拿身体当旗号的女性写作保持了严格意义上的区别。魏微的写作是将一种社会性别意义上的写作有力地推动了一步。她书写了青年女性，那些流动在社会里的青年女性生存的困窘和不安，她书写了贫苦女性注定需要面对的种种尴尬，她关注这个社会上"被窥视的身体"和"被金钱化的身体"，她对社会给予女性的严苛和责难给予了深刻关注和深切书写。尽管她并没有大张旗鼓地标榜什么，但这样的书写远比那些标榜更为有力和痛切。因而，魏微的小说尽管书写的是个体女性的回乡际遇，但这些小说分明具有隐喻的色彩，具有某种广泛意义。

"我喜欢把一切东西与时代挂钩，找个体后面那博大精深的背景和底子。个人是渺小单薄的，时代是气壮山河的，我们得有点依靠。"这是魏微在《一个年龄的性意识》里的一段话。在这段话中，包含了一个书写者对个人与时代的思索。她在当时也许是懵懂的，但她后来的写作表明，她在努力地表达她个人之于时代的思索。——魏微小说以一个青年女性的视角切入了一个时代，切入了这个时代给予贫穷者、异乡人切肤的疼痛和困扰，并以一种细节的放大和描摹方式，使这种疼痛和困扰变成了某种普遍性。

余论：阳台上的观看美学

魏微说话方式独特。不是嘈嘈切切错杂谈，她舒缓、沧桑，不疾不徐。这独有的女性叙述声音是迷人的，容易让人想到写随笔时的张爱玲，想到写《呼兰河传》时的萧红，或者想到写《我的自传》时的沈从文。但也不一样，它清明端静，独属于魏微而非别的什么人。现代白话文的方式成就了她的写作，使她成为经典的致敬者，在"先锋"过后回去找到了自己的路。——魏微不是与时俱进的人，她的写作也从不寻找轰动且耸人听闻的方式，所以成为大众作家的可能性并不很大。她和她笔下的人物一样，坚固执迷，忧伤敏感。这个人眷恋亲情，眷恋故土和小城，那么在意亲人的看法，父亲或母亲的一个眼神。这使她注定不可能成为那种"革命"作家，不具有通常意义上的"先锋"，但她孤独的生活理念反而在某种程度上成为"一个人的"视角和景观。

小说家很喜欢在阳台上看世界：

> 我们站在阳台上看风景。我们看见了阳光，以及阳光里的粉尘，邻居的衣衫在风中飘舞。小街的拐角传来卖茶叶蛋的吆喝声……我对女友说，我发觉自己是热爱生活的，它对我们有蛊惑力。我轻轻而羞赧地说着这些，发觉眼泪

汪在眼里。

　　我每天都站在这阳台上看风景，其实我看见的是人。隔着一层层的空气、灰尘、阳光和风，我看见了人的生活。我和他们一样生活在市井里，感觉到生活的一点点快乐、辛酸和悲哀……然而我只是看着他们。有一天，我突然醒了，大大地吃了一惊。原来多年来我就是这么生活着的，站在阳台上，那么冷静、漠然。我甚至因此而感激南京，它和我一样不很"热烈"，然而具有感知力，常常感到悲哀。

　　阳台上的观看者，旧日小城故事的忆者，是魏微小说叙事人的典型形象。而在她的小说中，也有着"倚着栏杆，心情很明净"的画面。站在哪里看，是一个小说家进入世界的视角——尽管魏微常常将她的小说人物置于"此在"，但大多数时候她是在彼岸的，或者是时光上的彼岸，或者是地点里的他乡，这形成了一种独有的在阳台上观看的美学。有时候，为了使自己所见更为精微，这个在阳台上的人恐怕还使用了"望远镜"吧？这种视角与叙事方式使《大老郑的女人》，使《一个年龄的性意识》《一个人的微湖闸》具有了一种典雅的美，也使《姊妹》和《家道》独有沧桑之意。要知道，这样的美学视角和叙事手段对魏微是多么重要，它是魏微的宝藏，她对此驾轻就熟。

　　这样的美学或许已然变成了束缚。《李生记》有瑕疵。写到生活困顿的李生最后如何走上楼顶结束生命时，魏微的望远镜似乎不能再精准和明晰，她的调焦出现了问题，尽管我能深切了解她渴望认识和记下这个时代无数个李生的命运。而新近发表的《沿河村纪事》亦是如此。魏微有着不断改变自己的努力并践行着，在这部迥异于她其他作品风格的小说中，她摒弃了原有的叙事和熟悉的书写腔调，给人以陌生感，但那个匆匆在村中调查的研究生叙述人显然不足以支撑这部小说。——在这部小说中，魏微显然渴望重新书写当下的村庄，以及它们从前和未来的路，但她的"阳台上的观看美学"并没有在这篇小说中焕发出光泽。

说到底，阳台之外的"他们"毕竟并不只是我们的风景，还是血肉相连的姐妹弟兄。"我会走过许多城市，这是真的，我可能会在一些城市生活下来，租上一间有阳台的房子，临街，可以看得见风景（人的生活）。我可能会结交一些市民阶层的朋友……"或许多年前她就意识到要离开自己的阳台，回到土地上，回到人群中来，回到当下与此在，也一直践行着。那么，或许也并不是阳台上的美学制约了魏微，而只是魏微式书写方式重新出发时还没有寻到最佳的与写作内容相谐的结合点？

2010 年，天津

附录：我们时代平凡女性的史诗

——读魏微《烟霞里》

　　我是用两天时间安静读完《烟霞里》的。读完后坐在桌前很久。想到二十多年前，魏微在《一个年龄的性意识》里的话："我喜欢把一切东西与时代挂钩，找个体后面那博大精深的背景和底子。个人是渺小单薄的，时代是气壮山河的，我们得有点依靠。"在我看来，这段话里包含了一位年轻书写者的万丈雄心，包含了对个人与时代关系的思索。也许，当时她是懵懂地靠本能写下这些话，但她后来的写作表明，她一直在探索，在气壮山河的时代面前，如何书写一个人的生存。

　　《烟霞里》中，魏微终于成功地将三十年前的雄心付诸实践。这部层峦叠嶂、深情缱绻的长篇小说，读来让人百感交集。这种百感交集在于，这部作品里有她一以贯之的美学追求，有魏微人到中年后对于世事的洞彻理解，是她日常美学书写的集大成之作。某种意义上，《烟霞里》是一位中年女性的生活感慨，是作家写下的关于我们时代平凡女性生活的优美之诗，深具女性声音、女性视角、女性气质。这是独属于当代中国女性的长河小说，在百年女性文学发展史上具有里程碑意义。

一

　　小说以编年体形式讲述名为田庄的女子的一生。从她一岁出生开始，一直写到她上中学、上大学、去广州，结婚、生女，然后四十岁因突发疾病去世。田庄并不是有戏剧命运的人（除了她中年夭亡的结局），因此，如何为她作传是一个难题，而另一个难题是，如何将这个普通人的一生写得风生水起。或者说，如何将田庄生活的细部进行打磨使之有神采，是魏微面临的挑战。很显然，《烟霞里》完成了一次有难度的书写。魏微将田庄的生活写成了一条波澜不惊但又气象万千的长河。

　　如果将田庄的生活史比作一条河，那么，这条河的风光是平坦辽阔而又水光潋滟。是日常之河。写一个人的四十年生活，很容易陷入她的个人成长经验和家庭兴衰起伏写作，但那不是魏微想要的东西，她所要写下的是大时代的背景下，我们每个人如何成为自己。因此，从田庄的一岁开始说起时，作家便细密写下时代的变化，叙述过程中视点慢慢位移，我们看着孩子的出生，我们看到家庭的变化，再看到田庄的小家庭，逐渐意识到一个人的日常生活如何随时代而动，与时代相互映照。

小说写的是个人史，一个人四十年来在中国社会的成长经验，这是整个"70后"的成长经验，其实也是"50后""60后"的成长经验。小说重要且珍贵处在于，她将主人公所经历的大历史和她的日常生活紧密契合，将历史的波澜壮阔和质感折射在日常细节里。这是《烟霞里》卓有意味处，这种意味需要慢慢品读。

要从一个小女孩儿的感受说起，写得澄明但又让人感慨。那是田庄还叫小丫的时候，和父母一起离开老家。"那天清晨，父女俩离开了，五婶一直把他们送到村口。父亲骑上脚踏车，小丫坐在后座上，不时朝立在村口的五婶扬扬手。五婶慢慢小了，看不见了。那一刻，小丫恍然大悟，觉得五婶既是在清晨，也是像在黄昏。走到高岗上，再拐个弯，就算出村了。小丫把手扶着后座，回头瞥了一眼村子，终其一生，她都记得自己这一瞥，那般庄重。可是这一瞥，与其说她瞥的李庄，毋宁说她瞥的是故乡。确切说，她瞥的是词汇里的故乡，是千百年来，经过千万人唠叨过的、被压得很重很重的那个故乡。"这里既是个人视角，但又有旁观者的理解，既是当时感触，又含有后来者的回望。还有那段儿童印象中的家庭场景："家不是一个整体吗？除了爸爸妈妈，还有弟弟，还有她家的小院子，堂屋、锅屋、灶台、豁嘴碗，拉风箱的声音，灶膛里的火烧得很旺，有炸裂声。父亲劈柴的声音。母亲呵呵笑。院门口的小园地里，种着青椒、西红柿、青菜、萝卜、黄瓜。还有清晨和傍晚。点灯时分她最高兴，煤油灯的气味好闻极了，常常她会深呼吸。"

四十年时光早已走过，生活中的那些点点滴滴早已沉进记忆深处，《烟霞里》所做的，是打捞我们曾经的记忆，唤醒我们曾经的情感。那些似乎已经忘却、已经沉没在时光深海的碎片在她那里被重新复活、拼贴。读《烟霞里》，有如进入时光机，重新回到往昔，回到那些再也回不去的从前。尤其是那些情感。有些情感随着时间会褪色、会包浆、会面目全非，魏微带领我们重新辨认、辨识。比如，田庄出生时刻，父亲初为人父的细微又激荡的情感："那一刻，他从未体验过的情感突然降临，这情感广大无边。在孩子还未成型时，他已生成极致，落地一照面，他就有温柔缱绻，虽然那时他未有留意，这情感，就一个字。这个字在中国人读和写没问题，说出来确实不容易，羞死了个人。这个字与他对妻子对父母的都不一样，具体他也说不上，好像是天生的，无条件无目的，具有单向性，不求回报。很多年后，每当父亲读到歌咏伟大的父爱、母爱文章时，就会想起1970年12月的那个清晨，他的大女儿出生，他站在雪地里，感动到哭泣。那天他真是稀奇，或许是初为人父的原因，有一种紧张的新鲜。"

这样的情感如此微末又如此重大。作家毫发毕现地为我们再现了那样的情感和内心的波澜，尤其是关于田庄还没有记忆时的生活，鲜活生动，历历在目，让人有强烈的共情。——世界上原本没有田庄这个人，但魏微以她真切而深具感染力的讲述使我们相信，世界上有田庄这个人，我们和她一起真切地走过我们所经历的四十年。她所打捞的，是我们时代平凡女性的共同记忆，共同成长历程。

二

大约十三年前，我曾经在《魏微论》里写到过魏微的叙述方式，"魏微说话方式独特。不是嘈嘈切切错杂谈，她舒缓，沧桑，不疾不徐。这独有的女性叙述声音是迷人的，容易让人想到写随笔时的张爱玲，想到写《呼兰河传》时的萧红。但也不一样，它清明端静，独属于魏微而非别的什么人。现代白话文的方式成就了她的写作，使她成为经典的致敬者，在'先锋'过后回去寻找到了自己的路。——她和她笔下的人物一样，坚固执迷，忧伤敏感。这个人眷恋亲情，眷恋故土和小城，那么在意亲人的看法，父亲或母亲的一个眼神。这使她注定不可能成为那种'革命'作家，不具有通常意义上的'先锋'，但她孤独的生活理念反而在某种程度上成为'一个人的'视角和景观。"

我以为，这种"一个人的视角和景观"一直在她的作品里，一方面，她会紧贴着她的人物，和她的人物亲密无间在一起；另一方面，小说中的叙述人还会远远地观照着她的叙述对象：

这世上的一切，凡落进她眼里的，都是她的，都活了。午饭后，她会一个人上街，走满大街的陌生面孔：好看的、难看的、年轻人、师奶、蹒跚老人、收破烂儿的、开豪车的……人人都跟她有关系，是一个整体。那边走过来一个其貌不扬的中年人，苦着脸；又有一个北妹，透着些乡气，又有一个老太太，面无表情。田庄一个个看过去，端详他们的样貌，想着这些面孔可能被爱过，那一刻，她简直为之动容，这些丑的、美的、年轻的、年老的、有钱人、穷人，现在全是一种人，爱的光辉曾照他们，荣耀上身；曾欢喜、心疼；曾被人从尘土里扒拉出来，被人确认过，说，你跟他们不一样。……她立在街角，看着大街上川流不息的人群，盛夏的光影落在他们的脸上；有一刻她像魇住似的，想着几十年后，这些脸孔都消失了吧？今天襁褓中的婴孩，几十年后也都成了老人。但唯因爱过、被爱……啊，她想哭。

在叙述角度而言，魏微显然是个"阳台上的观看者"，隔着空气、尘土和阳光看对面，——尽管魏微常常将她的小说人物置于"此在"，但大多数时候她是在彼岸的，或者是时光上的彼岸，又或者是地点里的他乡。这是她的"阳台上观看"的美学。《烟霞里》的写作，也采用了这样的视点。隔着岁月有间距地去观照田庄、田庄身边的人，以及田庄身上所发生的一切。

由此，写一个人的成长史的小说便不再只具有"个人性"，相反，具有了一种旁观的冷静、体贴感，进而有了某种对人类命运的整体性感叹和认知。小说中有许多段落极为动人：

> 她也不知道自己为什么乐，可能是那一种年轻旺盛的气息。在她12岁那年，她已经嗅到了有一点汗味，是夏天的味道，带一点青葱气，又是春天的味道，蓬勃的，暧昧的，丰富的，花枝招展的，哎呀，好极了。是从小姨开始，田庄才真正留心到姑娘这个物种。并为自己有一天当姑娘做准备，原来姑娘这么好的，首先是好看，真的，没有哪个姑娘不好看的。很多年后，父亲也说，年轻人都好看，确实，人人都好看过，都美过。

这样的打量，有欣赏、有品评、有赞叹，是发自内心的疼惜。甚至，阅读时会常常觉得她跳出了一时一地去观照，有了某种对时代和地域的超越性。

用"一切景语皆情语"形容《烟霞里》是合适的，魏微把对日常生活和普通人的爱寄予在叙述声音里。你会发现，她所描写的这些事、这些人，都带着写作者的体温。每一个人的生活，包括夫妻怄气，人和人之间吵架，她都有一种赞叹，是对生命能量的赞叹和欣赏。比如，她写孙月亮的生活：

"每天清晨，天蒙蒙亮的时候，孙月亮骑着三轮车，车上放着几筐馒头、包子、豆浆、牛奶，温热温热的，用白棉被紧紧压住。这样的生活，她过了好些年，无论春秋寒暑，她都风雨无阻。这中间，她迎朝霞，看晚霞，毛毛细雨，天雾蒙蒙一片，像烟霞。真是好景致。一路上她跟人打招呼，说，三爷早！遛弯儿呢？对，这一阵都去体育场，客流量多，多走几步路不怕的，又累不死人！

说，二婶吃晚饭了没？我吃了，卖馒头的还能饿着自己？——转头看了看擦肩而过的姑娘，真是好看——还行吧，二婶，比不上拿工资的，但好歹不会挨饿。我跟你讲，人还是要动起来才有精神。好嘞，我也得回家看孩子写作业去。"

带着情感的叙述声音是属于女性的，这种女性声音和女性特质的情感共同参与并构成了魏微作品的文学特质。体贴、理解而又温和的文学质感使得这部作品气质卓然。而如何书写人与时代的关系呢，有时候作家直接写大的历史事件，但更多的时候，是书写大时代在人心中的映照。个人的世界由此宽阔，人的世界也由此喧哗起来。比如，田庄来到广州后所感受到的："满街都是广东话，听不懂。可是熟悉的腔调，跟粤语歌里一样。穿得也时尚，香港最新款的时装，隔不上几天就穿来广州了，满大街都是，还便宜。女仔"港里港气，红唇、大波浪；也有飒爽短发，一袭黑裙，回眸一笑时，妩媚不输于王祖贤，张曼玉。"

当然，小说也着重赋予人的情感以庄重性。人到中年的田庄有一场精神恋爱，遇到了林有朋，——一个女人三十七八岁的时候，遇到了那个男人，恰好那个男人也觉得她好，两个中年人互相欣赏对方，但是并没有发生身体关系，只是互生好感。但却已是人到中年，情感没有办法持续，只能这样散去，因为双方都有家室有孩子，再加上朋友们的劝说，两个人便再也不见面。后来田庄的生命就结束了。这是无疾而终的情感。在我们的日常生活中，这种情感不过是倏忽一瞬，作家却把这种稍纵即逝的情感写出了一种恒长。

"万里红端严肃容。想起两人都是压势的人，一直攒着、压着，未得释放，如此，心里才会掀起滔天巨浪。换句话说，纯粹的爱情必是唯心的，隐而不发的恋爱，才有可能促成伟大的爱情，没有琐屑、计较、背叛，没有私欲、伤害、幻灭；不曾占有，才是最完整的占有；世间未见雪泥鸿爪，心里才是漫山遍野。啊，无为才是最大的作为，无形大于有形，直通无限、无垠。

"这对普通男女，因为隐忍、克制，未谈成的恋爱里才会生出来郑重，使得爱情有一种庄严相，挺严肃。又因田庄不几年即去世，林有朋不再隐忍，对她的惦念转化成绵长深情，由此，我们斗胆推导出'永恒'二字，希望不致亵渎这个词。毕竟两人阴阳两隔，田庄以短命换来了一场爱情，虽然她的死跟爱情没半毛钱关系。"

什么也没有发生，但却似乎都发生了。这样的爱情是爱情吗？似真似幻而又令人心惊。魏微所看重的，并不是情感的结果，而是情感的曾经发生，也由此，小说记下了爱情照亮人生命的瞬间。——如果说普通人的一生都是平淡而波澜不显的，那么，作家打捞那些不显的波澜使之真正成为波澜，进而写出了我们日常情感的质感。也许这些在大历史面前实在算不得什么，但在我们普通人生命中，这样的浪花即使微末，却也深沉，却也耀眼，却也值得回味终生。读《烟霞里》的愉悦感，在于静心，在于沉浸，许多的复杂，许多的暧昧，许多的丰富，都在那些时光的碎片里了，魏微将碎片织成时光之锦，其中交织闪烁，让人心有戚戚的便是关于中年人命运的感喟。

三

2023 年 1 月，在《烟霞里》的分享会上，我提到，《烟霞里》之于魏微的意义，有如《呼兰河传》之于萧红。《呼兰河传》的部分章节和作品中的重要人物，在萧红不同的短篇作品里都出现，但当她以《呼兰河传》为名将这些作品重新结构时，《呼兰河传》便显示出了不同的文学气象。《呼兰河传》也最终成为萧红美学的集大成之作，先前的写作便都变成一位优秀作家的练笔和为写出杰作所做的准备。也是在这个意义上，长篇小说之于小说家的重要性便显现了出来。同理，《烟霞里》中的各个章节也都有着魏微青年时代写作的痕迹，但是，当这些章节和人物以田庄的一生结构在一起时，魏微小说便拥有了新的气象和气度。

换言之，以往魏微的小说，多是关于某个人的片段生活，而当她把对日常的理解和对普通人生活的理解勾连在一起，使这样的生活变成"云蒸霞蔚"时，《烟霞里》和魏微的日常生活美学便"成"了。这个"成"，一方面意味着魏微的日常生活美学在《烟霞里》获得集大成般的展示；另一方面则在于，魏微对于人和时代的关系，个人和现实、时代的关系，在《烟霞里》中得到了全方位、整体的、深入的展现。当然，《烟霞里》也由此成为中国女性文学发展史上的重要代表作品。

要特别提到的是，小说写下了田庄作为女性的一生，写下了她和世界的关系，也写下了她和母亲、和奶奶，母亲和奶奶，母亲的姐妹之间的复杂女性情谊。尤其是小说关于田庄与母亲孙月华关系的书写，实在令人难以忘记。田庄一直在努力走出"原生家庭"的困扰，一直渴望成为母亲的"反面"："三十年啊，田庄长成今天这个样子，也做了母亲；实在她都不知道自己是怎么长成的，不合她妈的要求，是按她妈的反面来自我塑造、自我修复、自我疗伤，她一生的精力全用在对她妈的纠错上，太无意义了，全消耗了。童年，人生的故乡啊，某种意义上，田庄终生没走出故乡。她要做一个跟她妈相反的人，一个更美好、成熟的人。一个懂得施爱的人；一个不打小孩，也不辱骂小孩儿的人。一个在家庭关系里不滥用权力的人，也不施以专制、压迫；她心心念念的都是妈。"田庄母女的相亲相爱又相知相斥的关系，读来心惊。诚如书中所言，"田庄终其一生都致力于做她妈的反面，那也像镜子一样，母女面对面，她举起右手，落在镜子里就是左手。她能走多远呢？能在多大程度上改变自己，做一个新生的人？她是她妈的女儿啊，她对她妈的纠错，落在自己身上，就是一辈子拧巴，跟自己犯别扭"。田庄是拧巴的女儿、叛逆的女儿，但是，当她真正做了母亲后，重新认识了母亲："及至王田田出生，她一身而兼两职，母女合二为一，这身份使得她横冲直撞，慈柔、痛苦且感念，仿佛时光倒流。事实上，自从女儿呱呱坠地，把她抬成母亲，她才想起自己的女儿身份。这身份被她忽略许多年，现在得以强化。只有当了妈，才配当女儿。"

如果说她对母女关系有着血肉相关、紧密相连的书写，那么，她对于女性友情的书写和理解，也读来让人动情：

"从前是穷开心，及至中年，人生况味出来了，一个人兜不住，须找人一块儿共度。闺密的意思是在这里，她懂。有时，话都无须说透，只需开个头、欲言又止，她就说：'你不用说了，我明白。'彼此是肚里的蛔虫。

……

"友情是世上最动人的情感之一，弥补了亲情、爱情的巨大缺陷，不以占有为目的，不必每天相处，逃过了日常损耗。而女人友谊必是超越了雌竞、芥蒂、胜负、输赢等人性恶疾，她需要忘我无我的精神，关乎平等、理解、体谅、慈悲、默契，它不是江湖义气，不是有人说了闺密坏话，我就必得发飙掀桌子，这个也挺动人，但更动人的是超乎此上的价值认同。是诤友，也是同道。"

"闺密的相处，非但男人看不懂，很多女人也看不懂，她们太知轻重，人生的山高水长全在眼里，她们须不停歇地赶路，奔波于职场、男人间，忙得跟花蝴蝶似的，有人眼里只有权贵，俗称'精准社交'，有人是上下敷衍、四面打通，时不时送点小礼物，民主投票时就不会吃亏。人生对她们而言，不过'成功'二字。也有的女人，视男人为职场，眼里容不得异己，恨不得全世界男人的目光都落在她身上，单把她一人照亮。我们怯怯问一句，你吃得消吗？"

这些对女性之间友谊的讲述，逃离了文学作品中"塑料姐妹花"的刻板印象，真挚诚恳但又卓有洞见。读这部作品不由得感叹：原来我们这样活过，原来我们生命中曾经有如此美妙的时刻。这正是田庄这一人物的魅力所在，我们从她短暂的一生里，真切感受到了她的活过、她的爱过、她的被爱过。魏微将这个女性生命中所拥有的那些不凡情感深印在了每个读者的内心深处。

另外，我想说的是，田庄不是传奇人物，但正是这样的非传奇生活才和普通读者达到了共情。《烟霞里》的特质并不是戏剧性而是日常性，不是传奇而是非传奇。为普通生活赋形，写出大时代里普通人身上的霞光，"烟霞里"的命名意义也便在这里。四十年，在整个历史长河中何其短暂，作家通过"烟霞里"的命名刷新了我们对普通人和普通生活的理解。

四

《烟霞里》让人百感交集处甚多，我尤其看重作家所记下的来自中年女性的感慨和况味，既有时代性，同时也有超越性。还是引用田庄自己对命运的那些感受吧："公园里绿树成荫，桂花沁鼻，田庄深深嗅了嗅，把眼看向远天，云蒸霞蔚的傍晚，她看了好久，那一刻她有一种强烈的安稳感、动荡感，美而脆弱的，人人都在不测中，出门买菜都能叫飞砖砸死！也包括她的婚姻、家庭，她的丈夫或许在幽会，今晚提出离婚都有可能，但是她并不怕，兵来将挡，水来土掩。一切都在她的预估中。公园外传来市声。她觉得挺好，至少这一刻，晚霞成绮，她把身子往木椅上一靠，安安稳稳，人间甚好！"

这是田庄对人生、对动荡、对婚姻、对日常的认识，这位中年女性知性而深具理解力，行踪随时代漂泊但却自有定力、通脱和通透。生活中，田庄并不起眼，但是，对人世的迁移、对人间的逻辑却也有她的不服众、不跟从，有她的包容、接受和看破。很多时候，不过是因为理解、因为性子温和，因为对人世的懂得，所以选择了"不说破"。

魏微的写作，也有这样的对世界的包容、懂得和理解，由此，她将平凡女性的生存赋予了文学之光，这固然是我们时代女性的传记，更是我们时代平凡女性的史诗。

2023 年，北京

女性视角与新乡村故事的讲法

——乔叶论

　　读《宝水》的过程是愉悦而感慨的，能充分感觉到这是作家用全部生命经验进行写作的作品，它贴切而深具感染力，读来动情动意。这部作品无论对中国乡土小说还是中国女性文学来说，都深具意义。它书写了乡土中国的巨大变革，同时也以敏锐的女性视角展开叙事，写出了乡村女性的困境、觉醒、成长、蜕变。尤其要提到乔叶小说里与日常有关的迷人调性，实在让人念念难忘。人性幽微处的复杂、热气腾腾生活里的痛感，都逃不过她的慧眼。质朴、切实、恳切、温厚、对世界和生活的深情厚意使《宝水》熠熠闪光。谁能忘记乔叶笔下那些满怀热情的人和生活呢，从《宝水》里，我们感受到生活之所以为生活、村庄之所以是村庄、家乡之所以是家乡的秘密。

　　以"宝水"为题，当然有着多个含意，但它首先是一个具体的村庄，而小说所全力描绘的，则是村庄所发生的重要变化。因此，作为村庄的空间在《宝水》中便有了多重意味，它是内容，也是形式，同时也是小说组织情节的重要手段。我以为，某种意义上，《宝水》以女性视角构建了一种新的乡村空间美学，以一种家常的语言表达，以一种传统小说的形象迭现与情节复沓，完成了一种新的乡村故事的讲法。

一

　　小说中，"福田"对于地青萍意味着过往，也意味着痛苦，而"宝水"则意味着新的治愈之所。对村庄空间的聚焦打开了小说的故事向度，也成了故事发展的关键因素。从情节结构上看，《宝水》由村民的日常生活连缀而成，小说情节并不像一般的小说那样不连贯，不同人物的故事最终能够聚合为一部具有整体感的作品，它所依赖的是村庄作为空间的组织作用。因为大部分的故事都发生在宝水村和福田村，因此，某种意义上，作为空间的村庄不仅为作家提供了书写山乡巨变的重要场景，也为小说提供了一种结构时间的方式。

　　这让人想到赵树理的《李家庄的变迁》《三里湾》，孙犁《铁木前传》、周立波《山乡巨变》，柳青的《创业史》等。写乡村变革，聚焦于一个村庄的变革，这是作家普遍使用的方式。乔叶的《宝水》也是如此。在宝水这个空间里，人们的生活经验、生活意识与生活向往都是这部小说重要的表现内容。

名为"宝水"的空间里，山村之美是基础，是起笔。而这种山村之美，首先是与它的自然风貌、四季风物有关。"野杏花跟着漆桃花的脚，开起来也是轻薄明艳，只是花期也短，风吹一阵子就散落了。和它一起开的山茱萸花期却长，也是来宝水之后我才识了它的面，乍一看跟黄蜡梅似的，只是比蜡梅的气势要大。它是树，开出来便是花树，不管大花树还是小花树都披着一身黄花，黄金甲似的，每个枝条每朵花都向上支棱着，十分硬气。且有一条，风再吹它的甲也不落。"[1]落笔细微，逐渐点染，是这部作品构建山村美景的方式。所写的风景不是观光客视角，而是与风物耳鬓厮磨后的日常所见。因为熟悉村庄的日常，所以那些不起眼的灯台草、远处的香椿、地下的茵陈，都来到了她的笔下。当然，虽然是寻常所见，但也并不因为熟悉而没有了惊奇感。

事实上，描绘宝水村的风景时，叙述人有一种内在的惊奇，这是对风景的惊奇发现："起初，红还不是秋山的主调。画屏一般的坡峰宛若一块巨大的调色板，赤橙黄绿青蓝紫皆以一种不可理喻又无可挑剔的气势铺洒开来，其风韵还随着时辰变化无穷。按雪梅喜欢的比喻，晨昏时岚气浓重是国画，正午阳光明丽时是油画，而光影模糊无界处则是莫奈。莫奈还说过，画的立体，来自它的阴影，人也是这样。萍姨，你说他咋说得这

1　乔叶：《宝水》，北京十月文艺出版社，2022，第80页。

么好呢。……这样的星星宛若梯田、石板和核桃树，在宝水村自是常见的。晚上出门散步，但凡发出感叹的必定是客：哎呀，快看天上的星星。上次看到这么大的星星还是在西藏呢。"[1]

引人入胜的风景是自然的，但宝水之所以成为美丽新乡村并非只因为这些"自然"，宝水村之美更在于建设者们的精心构建。孟胡子是小说中浓墨重彩的乡村建设者，也是小说中乡村新风景的构建者之一。小说讲述了他对何为乡村之美，何为新乡村之美的思考与认识："咱扎囤时，能不能想想这三四个囤咋排列更好看，能不能编几小辫玉米，在苇箔上外头挂出来，或者再配上几串红辣椒，小小一点缀，俏他一俏。还有咱们的山楂，你晒时也不要泼泼洒洒往地上一搁。你要么晒到咱的大簸箕里，要么铺块布，最好是净面白布，衬着咱的山楂圆溜溜红艳艳的，这都能成景儿。类似这些事，咱都要犯犯思想，都要虑虑进到客眼里头是啥样，能不能叫客想去拍照留影，能不能叫看到图的人也想来咱山里看，这就有了意思，拐弯抹角地都能给咱钱。"[2]

孟胡子的美学观念有意识地为村民们打开新窗口，也为他们想象美丽新乡村开拓了新的空间。美的认识影响着村人们的理解力，小说讲述了乡村妇女在抖音里探索如何展现乡村新景。"小媳妇又愁说不知道该拍啥，秀梅惊讶道，咋会没啥拍哩？啥都值得拍。做饭，烧地锅，在地里种菜摘菜，对着口形唱歌

1 乔叶：《宝水》，北京十月文艺出版社，2022，第402页。
2 乔叶：《宝水》，北京十月文艺出版社，2022，第361页。

唱戏，这都中呀。下雨时拍雨水滴答到花草上，拍姊妹们打着花伞排一排，不是也中？等下雪了拍得更卓。我跟你说，除了下刀子不拍——不对，下刀子更得拍，谁见过下刀子呀，那播放量肯定爆啦，哈哈哈。"[1] 从这样的对话中不难看出，在秀梅眼里，村庄的美在于村庄的日常生活，村人们的做饭、烧地锅、在地里种菜摘菜、对着口形唱歌唱戏，都构成了独属于宝水的动态风景。当然，在这里，村民们是被观看的对象，同时也不再只是被观看的对象，他们主动参与风景的构建，主动成为乡村风景的设计者、拍摄者、主动展现者。做抖音直播的"三梅"，了解在大众传媒时代如何呈现乡村的日常生活，也懂得如何使日常变成被观看的景观。换句话说，小说中通过如何构建和呈现乡村美景，展现了作为新时代农民的主体性和能动性。而孟胡子对新美丽乡村这一空间的描画，也带动村民们逐步认识到一种社会进步的方向。

宝水使地青萍深刻感受到了何为新乡村，也使她完成了自我治愈，以"宝水"为圆心的生活，显示着人们家园意识、乡土意识在新的时代悄然更新。事实上，小说也讲述了南太行地区人们生活空间的不断变换，小说并不只是聚焦宝水这一个村庄，随着地青萍这一人物的流动，我们看到了宝水村、福田村，也看到了四通八达的乡镇以及繁华的省城，而这样的空间变换则展现了新的时代里人际伦理的变化、时势的变化。《宝水》中，

1　乔叶：《宝水》，北京十月文艺出版社，2022，第366页。

空间的变换和流转让人意识到，小说虽然仍是以作为地方的宝水为主要表现对象，但世界和视野却是打开的，总体结构上有着乐观的历史意识。

要特别提到小说中人们在村委会门前晒太阳的情景，这是作家着意描绘的公共空间，是村民们谈天说地、互通消息的地方，更是孟胡子在这里以拉着家常普及何为乡村之美的所在："一群人正坐在村委会的矮墙上晒太阳。要说这里还真是个晒太阳的好地方，尤其是半上午，太阳一出来就照到了这。村委会后面的小土凹如两条大粗胳膊，从两边虚虚地抱过来，把这块地方稳稳地拥在了怀里，妥帖地聚着了气。老太太们无论胖瘦，一个个都穿得厚墩墩的，像是一群老孩子。张大包的妈穿着很端庄的蓝黑色对襟罩衫，戴着大红绒帽，围着蓝底紫花的围巾。张有富媳妇手里端着块豆腐，穿着满是英文字母的拉链帽衫，已经洗得到处起球，显见得是捡拾了晚辈的。坐在轮椅上的赵先儿媳妇穿的外套却是民族风，袖口一圈福寿，胸前一溜儿牡丹。"[1]在这个闲适而又和谐的空间里，人们所谈的是新的话题和新的思考。而村民们关于何为村庄之美的思考，也是在这里生发和讨论的："张大包这时也走过来，说是接他妈回家。问孟胡子，在网上看新闻说有些美丽乡村升成了景点，村里人都不在村里住了，来村里就是工作，上班来，下班走，你说咱村会不会也成这？孟胡子道，反正眼下是不会。村景再美，美的

---

1 乔叶：《宝水》，北京十月文艺出版社，2022，第482页。

芯儿还是人。全靠人气儿来养这美哩。要是没人住，那还叫啥美丽乡村？大包妈说，光来村里上班，不在村里住，那过的不是假日子？大包说，城里人好来农村看这假日子，咱就把这假日子演给他们看嘛。孟胡子道，你还当你是演员哩。你咋不去拍电影哩。又都笑。"[1] 可以看到，作为村庄的空间图景的展现推动着村人们情感共同体的形成，也在引导村民们接纳、思考关于乡村建设的想象以及担忧。

如果一个村庄只是为了被观看和被展览而存在，如果村民们的生活成为一种演出，那便是背离了美丽乡村的真正意义。——村庄之美与村民的日常生活之间的关系是怎样的，这是浸润在书中的重要问题。当村庄成为被观看对象时，村民们的生活该如何保持日常。又或者说，当日常被作为景观被观看时，村庄本身的安宁会不会被打扰，村民们会不会成为"演员"？"看着他们笑的样子，我却突然想，如果宝水也真有这么一天，村里人来这里都只是朝九晚五地上下班，或许还会按时按点打卡，甚至还会有什么企业文化，他们之间再也没有鸡毛蒜皮的牵扯，也再听不到他们说这些话……忽觉荒唐。"[2]《宝水》写下了村民们的疑惑和思考，这是村庄作为主体性的发问，也是由小说本身的内在视角决定的，而深具反思能力的内在视角正是这部小说与其他乡土小说的重要不同。

1 乔叶：《宝水》，北京十月文艺出版社，2022，第 483-484 页。
2 乔叶：《宝水》，北京十月文艺出版社，2022，第 484 页。

二

　　为什么《宝水》如此受关注？重要的原因是，作家在构建这一广阔画面时，写出了我们这个时代的时与势，以及每个人在时势之下的改变。小说从总体性的视野全方位书写下了时代的静水深流之变如何在每个人身上发生，构建了中国乡村的新图景。

　　只有当一种总体性视野介入写作，才能跳出具体且有限的联系，也才能看到更为广阔的天地与世界，看到人与乡土、乡土与社会之间新的关联。乔叶选择了地青萍作为叙述人。作为一位来自农村的省报记者，退休后回到乡村办民宿的际遇，地青萍把村里村外的世界串联起来，也将农村人视角和知识人视角结合在一起，进而拥有了一种超越性视野。

　　事实上，小说中两个视角一直交替出现，一方面会写本地人怎么看，同时也会写外村的人怎么看，既包括对何为传统的思考，也包括对何为现代的理解，这两个视角都是在作品里共时出现，有时还会互相发问，但是，并没有分开对峙，而是均衡杂糅在地青萍这个人物身上。整个村庄的变化都是与地青萍相连。她既是村里人，又是村外人，既看到村庄的美和质朴，也看到村庄本身的问题和需要变革之处。

　　比如《宝水》中写到年轻人肖睿和周宁来宝水支教。他们给乡村孩子进行生命教育和死亡教育，但村民们却不喜欢，觉得晦气。城里来的青年向地青萍感叹太愚昧太落后了，她则提醒他们要考虑到每个人的处境。还比如研究者进入村庄进行调研，小说中也有这样的讲述："下午他们就让小曹带着串了几家，说是入户调研。晚上便听秀梅唠叨说村民们对他们的调研嗤之以鼻，说他们不会说话，聊的都不是人家爱听的，什么留守儿童、空巢老人之类的。有人没好气怼他们道，敲锣听声儿，说话听音儿，你们问来问去的意思，就是觉得俺们过得不好。跟恁说吧，俺们的日子没有拍电影恁好，也没有恁想的恁不中。"[1] 这是写作者站在村庄内部的讲述，是站在村庄内部看待外地人的调研。村民们固然对入户调研有着刻板化理解，但也显示了调研中村民们的主体性，对调研者的话语方式提出了质疑。

是站在村庄内部思考，还是要作为外庄外界保持疏离态度，这是地青萍的两难处境。这位从村子里走出来的人，曾经努力想摆脱农村人的身份，但回到乡村又时刻意识到自己与村庄的血肉相连。"不止一次，碰到有游客问我，你不是这村里人吧？我说我是。他们说你肯定不是。为什么？看着就不像。和他们在一起这么长时间，我常常觉得自己很像是了，常常觉得自己已经知道了这么多事，认识了这么多人，每一栋房子是谁家的我都清楚，对他们彼此间的枝枝叶叶也所知甚多，这不就已经融入村子内部了么？和这个村子还有什么距离呢？可是，外来者们的判断却让我的这种幻觉瞬间破碎。"[2] 宝水是地青萍的缅怀之地、叹息之地，也是渴望逃离城市生活的家园。一方面它

1　乔叶：《宝水》，北京十月文艺出版社，2022，第302-303页。
2　乔叶：《宝水》，北京十月文艺出版社，2022，第210页。

有传统和不开化的一面，另一方面，它又潜藏有无限的生机与活力。地青萍在乡村生活所感受到的种种细节唤醒了读者之于乡村的复杂情感，写出了乡村的复杂含义。

《宝水》的写作让人想到孙犁的乡土小说创作。早在1942年，孙犁认识到所处的时代正在发生变化，而这个变化会波及一切东西、每一个人。那么，作为一位作家，应该关注新的现实，新的现实包括新的人，新的人际关系，新的时代的发展趋势。也就是说，写村庄变化，要落实到每个人身上。《宝水》写乡村各个阶层的人，从县长、镇长到外来者，到村民，更聚焦于乡村女性，乡村女性生活是作为巨变中的细小波澜被展现的。

在当代文学史上，中国农村取得的伟大变革，往往都体现在农村女性命运的变化上，她们在婚姻上的自主，她们在公共生活中的贡献等，都在乡土变革题材作品里得到充分展现。《宝水》中，乔叶继承了这样的书写传统，她以女性视角书写当代中国乡村所发生的巨变，书写巨变中那些女性的命运：女支书的泼辣和聪慧，青年妇女们的网上直播账号，遭遇家暴的农村妻子反戈一击，留守女童内心的波折和渴望向上……这样的书写使读者深刻认识到，乡村女性既是新乡土生活的推动者同时也是受益者。

大英是新时代的村庄干部，她带领村庄人一起建设新乡村。但这个人并不是凭空出现的，她有着她的历史和过往。她的公公是曾经的村主任。这样的人物关系，可以看到村庄的人际，但更重要的，看到的是村庄建设是一种事业，是一种代代相继的工作。这个女村主任，有着她的委屈，但也有她的强悍。小说中她以借助大喇叭的形式讲述了自己的过往，"这句狠话说过，缓了一缓，她的声调里突然带了哭腔，道，想起我刚过门第二年，我公公带着人修路，叫炸药崩住，人碎成了多少片，到了也没有拼成个囫囵个儿。满村的老少爷们都来戴孝，说他是好干部，为村里人送了命，世世代代都会记住他的功德。如今我也当了这个干部，不敢说能像他老人家一样做下恁大的事业，可我也能顶天立地说一句，我知道啥大啥小，啥轻啥重。我没有给他老人家抹黑，也没亏过自己的良心。"[1]这是大英在工作中所感受到的苦楚，当然，小说中也写到了她作为母亲和婆婆的种种难以为外人道的煎熬，尤其是女儿的际遇，如何深深地成了她的内心创伤。

三

书写宝水村女性命运时，小说使用了中国传统小说中的"形象迭用"方式。所谓"形象迭用"这一说法，是浦安迪在《中国叙事学》中提出的，在他看来，中国奇书文体"形象迭用"（figural recurrence）的章法，即行文中人物、情节、地点、场景等周而复始反复出现的现象。[2]这种情节的反复，并不是指情节的相同，

---

1 乔叶：《宝水》，北京十月文艺出版社，2022，第407页。
2 ［美］浦安迪：《中国叙事学》，北京大学出版社，2018，第114页。

082

而是指相似性的故事在小说中反复发生，构成一种奇异而又新颖的复现场景。有时候，这些相似性的故事可能发生在不同的人身上，但有时候，这些情节会发生在一个人身上，只是时间、地点不同，程度不同而已。

《宝水》在故事情节上也采用了某种深有意味的反复方式，比如关于村庄里的家暴问题。小说主要聚焦于香梅的受害。因为婚前曾经与他人有过恋爱关系，婚后她遭遇了丈夫的打骂，这样的打骂最终成了村庄里的"常事"，旁人拉不住也劝不住。而香梅自己也逆来顺受。为什么不反抗，香梅有自己的说法。"在外头，他要是敢打我，我就敢报警。侵犯妇女权益呀，家暴呀，都能说得通。可在这里，那些道理都派不上了用场。满村去看，男人打老婆也从没人报警。都不报，我也就不报。在这里就不兴这些个。也不知道是为啥。"[1] 小说写了村庄里对家暴的容忍以及不能容忍，同时也写男女之间的不平等像土壤一样蔓延在村庄里。叙述人带领读者对宝水村里家庭内部夫妻关系进行深度凝视："在村里，多大本事的女人，比如大英，再忙也得回家给光辉做饭。比如秀梅，即便峻山是上门女婿，饭食做好了，第一碗也要先端给他吃。要是吃米饭炒菜，就得把肉菜堆到男人那边。烩菜呢，就把肉多挑出来些给男人。总之都得是低在男人下头，不这样好像就不成个规矩。一句话，男人主贵。男女平等的口号喊了这些年，在外头倒还容易平等，可在村里也

---

1 乔叶：《宝水》，北京十月文艺出版社，2022，第349页。

083

就是喊喊，难落到桩桩件件的实事上。要说也都不是啥大事，都是些鸡零狗碎，可日子长了就没了气势。打一回打两回，打多了也就麻了，也就认了命。真的，也不知道咋的了，在这里就可容易认命了。"[1]

七成对香梅的殴打，构成了村庄里的重要事件，在不同章节里多次点染，也使地青萍深感震惊："小时候在福田庄，见过不少女人挨打。当闺女的被打的少，嫁人成了媳妇后被打的概率就高得多。那时在懵懂中就只是把这当个热闹瞧。长大后听到家暴的事也没有多触动，就只是当新闻听，而这新闻其实也没什么新劲儿。家暴这个词，似乎也只是一个词而已，从不曾让我这么生气过。而如今目睹香梅挨打怎么就能让我哭呢？这泪水意味的是什么？仅仅是同理心么？还是因为这事就发生在眼前，七成的棍棒抡过的风都能刮起我的发丝，他的脚还踢到了我的腿肚子，这些近在咫尺的伤害让我有了唇亡齿寒的惊惧和愤怒？"[2]反复讲述和反思，是对村庄土壤的质询，而最终则有了香梅对七成的爆发和反抗。

不仅仅是家暴事件，还包括性侵事件。"性侵"在周宁的故事里出现，在大英女儿的故事里出现，有时是在女孩子的童年时代，有时候则是在她们少年或者成年时代。故事的讲述通常只是在女性之间的日常对话中，看起来只是一个人的过往遭际，并没有构成一个完整的有戏剧性的冲突，但是，通过这样

1　乔叶：《宝水》，北京十月文艺出版社，2022，第350页。
2　乔叶：《宝水》，北京十月文艺出版社，2022，第349-350页。

的讲述，却能看到这些事件在一个人内心深处所引起的震荡。从上面的例子可以看到，《宝水》讲述女性命运时，并不是以事无巨细的描写和叙述构建所有事件，而是采用从不同视角、时间丰富所叙写的事件。这让事件得到多维度的、更为深层次的展现，有时，甚至也会让同一个事件在不同时期的处理有了鲜明的对照意味。

作家之所以能够从不同角度叙述这些相似故事，女性视角和女性声音是重要的，女性之间的隐秘谈话推动了这样的故事迭合，某种意义上，作家在有意识地构造这些故事的相似性，——相似的女性处境情节的复沓出现使《宝水》拓展了故事叙述的方式，从不同维度丰富了事件的内涵，在显示出人物来历的同时，也显现出了人物与村庄之间的成长关系，形成了今昔映衬的效果。

四

什么是这种反复讲述情节的意义？各种细小的、相近的、互相呼应的情节连接贯通，最后汇合到总的情节结构当中。有如历史长河中的溪水一样，最终构成了乡村巨变的汹涌波浪。当然，也要特别提到，《宝水》中的情节看起来旁逸斜出地反复出现，但并没有弱化事件的因果关系，反而给人以新鲜的惊奇之感。即使情节在不同女性的讲述中出现，但仍然有着时间的先后顺序。小说以四个章节"冬—春""春—夏""夏—秋""秋—冬"结构，个人故事被严密地编织在了统一的叙述时间之中，这样的时间也并不是循环的而是不断向前的。

正如前面所说，《宝水》中的叙事方式保留了传统小说文体的某些特征，趋向于赵奎英所认为的"空间化的统一"。这种"空间化的统一"一方面指总体结构上，小说时间从头到尾呈现出一种循环往复的特点，往往出现"首尾大照应"的情况；另一方面则指的是"'反复重现'所蕴含的内在相似性、类同性，让看似没有多少因果关系的情节片段或者说'缀段性'结构获得了一种'艺术的统一性'"。[1]《宝水》在书写新时代农村女性生活的巨大变化时，其实正是在于使用了"空间化的统一"的叙事方式，进而达到了一种"艺术的统一性"。

除了情节反复选用，《宝水》中也有着一种方言、语词的反复使用，造成了一种独特的节奏形式。比如小说中多处出现了"怪卓哩""办得卓""维"等地方方言，叙述人在使用时也在解释这个词语的来处和意义，讲述为何成为村人们常使用的日常用语。还比如小说中多次出现"就都笑。""又都笑了。""都笑了。"笑的状态在作品里大量重叠出现，既呈现了语言的家常性，同时又是农村人生活的日常状态，进而把人们内在生活的变化写了出来。

从日常生活中进入，是《宝水》的美学趣味。除四章节的

---

1 赵奎英：《从语言与空间看中国传统艺术的精神与结构》，载《语言、空间与艺术》，北京大学出版社，2018，第274页。

标题以四季为题之外，小说中的小标题也有着这样的美学追求，比如第一节是"落灯""失眠症""我信你""眼不好，心不瞎""极小事""景儿都是钱""脏水洗得净萝卜""真佛与家常""人在人里，水在水里"，"过小年"，等等，这些标题是细小而微的，但又遍布每个人的生活。从小处着眼，小说最终抵达的，是讲述乡村大地上所发生的巨变与深变。在这个意义上说，构建一个村庄的美学空间只是《宝水》的起点，小说所着意描绘的是中国村庄里的新伦理建设，新生活建设；小说家所致力于的是在人与人的广泛关系之中观察时代变化，展现人在这一场巨变中的主体性和能动性。

今天，讨论《宝水》之于中国乡村书写的意义，角度多重，路径多重，但无论从哪个角度上说，都会认识到这部作品之于中国乡土小说史上的重要贡献：看到村子内部和村子以外，看到乡村之美和乡村之美的设计者与建设者，看到细小而微，也看到广阔深远；看到村庄的白天与夜晚，也看到年轻者与年老者，男人与女人；看到村庄的过去、现在以及未来，也看到农民们真实的渴望、向往、欢笑；看到美丽乡村里不对着记者、对着镜头的那部分生活……这正是乔叶在《宝水》里完成的。由此，《宝水》成了弥足珍贵的我们时代乡村巨变的见证之书。

2023 年，北京

有内心生活的人才完整

——张楚论

张楚在唐山滦南小城做公务员。这是个过着双重生活的写作者，一如《七根孔雀羽毛》后记中所言，他已经将自己变成了"怪物"。关于他的白天，我们每个人似乎都能想到一些，在那个偏僻小城的税务局办公室里，他写材料、做简报，按时上下班，沉默、低调，极力避免成为人群中的怪异者。到了夜晚、假期，到了他不属于公务员的另一个时光隧道里，张楚便以"书写"过上另一种生活。

新的中篇小说集《七根孔雀羽毛》收录了他最新的七部中篇，每个故事都与一个小城有关。这个小城偏僻、封闭、保守，但也活跃、繁华。和中国土地上无数小城镇一样，这里是当代中国社会最敏感的神经系统，有各种各样的人和故事，每个人物都有他们各自的生命轨迹和内心生活。《七根孔雀羽毛》的问世表明，张楚已经逐渐成长为小城镇人民内心生活与精神疑难的见证者和书写者。

对小城生活想象的重建

小说《梁夏》令人印象深刻。一个叫三嫂的帮工爱上了老实农民梁夏，他断然拒绝了她的身体诱惑——这是一个秉承朴素性道德观念的农民，他只忠诚于自己怀孕的妻子。第二天，女人诬告他强奸，要求他赔偿。没有人相信梁夏的辩白。他告到村里、告到镇里、告到县里、告到市里，他不断辩解，跟他的邻居、哥们儿解释，但都不能为自己讨得清白，反被哄笑。梁夏的故事有点像男版的《秋菊打官司》。但绝不像那个故事那样线条清晰。梁夏面对的不是女人、不是政府，而是整个社会氛围和生存境遇。他每说一次"她想搞我"，都要面对人们奇怪的反应和促狭的表情。梁夏要求与女人对质，众人更有兴趣听女人讲各种体位，看她拿出来皱巴巴的小手绢，女人说得越仔细人们听得越兴致勃勃，没有人在意真相，没有人在意一个男人的清白，梁夏因此处于荒诞的境遇。小说的结尾，三嫂在夜晚表达了对梁夏的不舍后悬梁自尽。这个结尾保全了女人，作为小说家，张楚相信人，相信爱使之恨，也相信爱使人柔软、完整。女人死后，梁夏的感觉如何？"有那么片刻他觉得世界安静极了，所有的喧嚣都被这麦秸垛挡在了耳朵的外面，他甚至痴痴地想，要是能一辈子这样躺在麦秆里，该多好啊。"

张楚的笔下是一群我们自以为了解却完全不了解的人，阅读张楚小说会使我们深刻认识到我们对小城人民内心生活的想象何其贫乏、充满隔膜。张楚笔下的这些人完全不是什么底层和卑微者，他们活得良善、活得节俭、活得困窘、活得道德，也活得自我。在他那里，这些人的生活是有质感和可信的，他在重建我们对小城生活的认知和想象。

《七根孔雀羽毛》中的人物似乎都钟爱小物件，比如"七根孔雀羽毛"，比如"大象"，比如"微型蔷薇"……当他们摆弄这些物件时，他们的生命似乎获得了神启。一如《夏朗的望远镜》里的夏朗，他为蛛网般的生活围困，但因为有了对望远镜的痴迷，这个人便有了精神上的光泽。对"物件"的钟爱，某种程度上正是人内心生活的具象。

有古典主义情怀的写作者

写作是公务员张楚找到的属于他的望远镜。他拥有他完整的精神世界：笃定、执着、心无旁骛。这位小说家像极了这个时代的手工业作坊里的师傅——他会不厌其烦地书写日常中的细部生活，直到它们闪现出我们平素不易察觉的亮度和异质。他写风景、写气息、写味道，写男人与女人，写人与人之间微妙和暧昧的心意相通，写人生活着的那个大自然和大自然中的小生灵们：蝉鸣、纺织娘的叫声，以及麦子的气息。他小说里的人物可以靠在草垛上闭眼，感受阳光。这是一个手工业者的感受，也是具有古典主义情怀的人才有的触觉。张楚的细腻、安详使他成为这个时代难得的沉得住气的写作者，一个耐心的写作者。

书写传奇和惊悚容易带入读者，书写日常则是对小说家技能的莫大挑战。张楚的小说写得谨严。即使他使用同样的角度，你也会发现他笔下生活的异质。《刹那记》书写的是小镇上一个貌不惊人的少女樱桃的个人成长。最初进入阅读空间，你会马上想到苏童的小说，但很快，你会为自己的武断而羞愧——张楚是那么不同，他的小说有"北方气质"。张楚以北方人的宽厚、体恤见长，即使是在那样的灰暗无聊中，他依然可以书写出人性的空间、生活本身的质感，以及平凡生活繁复而暧昧的气息。

2003年，当张楚以小说《曲别针》令文坛眼前一亮时，李敬泽曾做过一个评价，他认为张楚的小说"为纷杂而贫乏的文学展示了一种朴素的可能性"，认为他"在对差异的把握中严正追问什么是怜悯、什么是爱、什么是脆弱和忍耐、什么是罪什么是罚、什么是人之为人、什么是存在，这是真正的文学议程，由此文学能够发出独特的、不可替代的声音，打动人、擦亮人的眼睛"。多年后读来，这个评价依然有效。

《大象》也是经得起琢磨的小说。一对养父母，为了报答当年那些救助养女明净的人，踏上了去城市的报恩之路。但他们并没有实现愿望，没有找到那个人，或那个人已失去的记忆。与此同时，明净的病友也来城市寻找久无消息的明净。最终，父母在城市广场上看到了明净的病友，在预感到明净可能去世后，她在伤心地哭泣，读者并不知道他们是不是相识，小说在此处结束。作为读者，养母手中的大象玩具使我心软——那里装着女儿的骨灰。阅读者和小说本身的内部情感都因这个"具象"的思念被激发。人物情感的枝蔓和人物性格在小说中都能发育得足够充分，张楚有天然的艺术质感，他的内在情感充盈，即使他再克制，你依然能感觉出小说家对世界的情感温度，他对世界的善意和爱恋。

不以传奇为传奇，不以日常仅为日常

张楚的小说似乎从未走出过他的小城，他对小城生活的热爱让人惊讶，那里的一草、一木、一座房、一条街，他热爱他的小城朋友和亲人，他把对亲人和朋友及他的小城镇的情感都镌刻进他的文字里。他们是我们这个时代最普泛的人群，那是些面目含混但渴望尊严的人，是生活中有血也有泪、有奶也有蜜的人，是肉身中藏匿着焦躁而扭曲的内心的人。这些人在张楚的"美妙仙境"里重新活起来。与其说这个小说家书写的是一个个他生命中遇到的人，不如说他重建的是一个庞大的小城群体，一个当代中国的小世界、小社会。

《细嗓门》令人惊艳。女人林红是个屠夫，她有一天来到大同，想看看她多年不见的闺密岑红过得如何。得知岑红面临离婚，她试图说服那位警察丈夫回心转意，甚至渴望找到那个第三者来沟通。两个女人一起换衣服时，林红的秘密被发现了："林红的胸脯、林红的胳膊、林红的后背、林红的手腕上全是疤痕，有深有浅，还有椭圆形的疤，明显是用烟头烫过的。"小说里透过种种迂回故事的细节勾勒着这个女屠夫的悲剧：父母早逝、家庭暴力，妹妹被丈夫性侵犯。小说的结尾处，两个女人约好在一个小花园里见面，但林红被紧随而来的警察逮捕——她是杀夫者。林红丝毫没有反抗，她对她的女友耳语说只想为她办件事但还没有办成。她留下了给女友的礼物，也给女友留了念想。"小巧玲珑的花盆，盛开着两朵粉红蔷薇。单瓣蔷薇在寒风里瑟瑟抖动，发出极细小的呜咽声。"

《细嗓门》是优秀的中篇，小说家试图将"林红事件"还原为日常事件，他试图将这个女人的命运还原为日常命运而不是传奇。在《七根孔雀羽毛》后记中，张楚说他在小城里总能听到各种道听途说的故事，小城的很多人物也都是骇人的偷情案、谋杀案、奸杀案、爆炸案、盗窃案、抢劫案的制造者。在他看来，"在这些案件中，他们孱弱的肉身形象总是和人们口头传诵的虚拟形象有着质的区别"。这些小说表明，张楚要做的是还原，他要把那些被演绎固定了的故事拆卸，重新拼接、组装，给予它们脉络、血肉。他以他的逻辑讲述那些事何以发生，因何发生——这不仅是一种写作方式，一种讲故事的方法，也是一位作家对世界的理解与认识。

张楚是一位从不以小城镇为小，也从不以那花花世界为大；不以传奇为传奇，也不以日常仅为日常的小说家。作为看客，我们也许需要些传奇来填补冗长的人生，但当事人没有一个甘愿来主动填补，不过是无奈，不过是无助罢了。《细嗓门》只字未提林红个人生活中遭遇到的种种难堪和羞辱，却奇妙地让人想到那些平静面容下伤痕累累的心灵，获得令读者百感交集的魅力，这是属于小说家张楚的才情。

2012 年，天津

重构"人与城"的想象

—— 徐则臣论

　　"希望在他们头顶掠过，如流星从夜空中陨落。"这是歌德的诗句，也是我对徐则臣小说中那些漂浮在北京的外乡人命运的感受。——对于北京城里"特殊"人群的关注使徐则臣脱颖而出，在最初，他也许只是一群人生活的揭秘者，一种生活状态的刻画者。很快，读者们意识到，作为一个敏感的勤于思考者，徐则臣以他不断的努力完成着属于他个人的写作责任、发挥着属于他个人的写作才华：他的中短篇小说序列揭示着这个时代社会文化中被我们秘而不宣的那部分特质。——那是关于过上好日子而不惜穷尽一切手段的生活状态、是关于底层向上层流动的无望的探求。经由这样的人物系列，他的笔下显现出了与老舍那京腔京韵迥异、与王朔式京城文化完全不同的文学想象。那是作为美好愿景的北京，那是作为攀比对象的北京，是作为奋斗目标的北京，是作为各种欲望搅拌器和巨大阴影存在的北京……关于北京的想象、传说，与许多在黑暗中奔跑着的族群一道，构建了徐则臣关于人与城的陌生想象。

作为欲望搅拌器的北京

北京是徐则臣小说中最常见的地理名词，但意义却不仅限于地缘。这是陌生化的北京，在"站住，站住，我们是警察！"的叫喊声中，我们看到了速度中的北京城："我们已经穿过了万泉河桥，跑到了妇产医院前。边红旗说分开跑，他直接往北，跑上了万泉河路，我则沿着苏州街南路向前跑。……我觉得好像很多人都在跟着我跑，身后的叫喊声不断。我跑得更快了，追我身后的人好像更多了，满耳朵里都是杂沓的脚步声，我前面的人也跟着跑起来。满大街都在跑，满天地都是跑步声，我的喘息呼哧呼哧的，肺部变成了一个巨大的风箱。我竟然跑得很轻盈，脚底下长毛似的。"（徐则臣《跑步穿过中关村》）那些卖黄色光、卖发票、伪造各种证件的人奔跑着，在北京城的街道上、栏杆处和墙壁上，刻下他们的电话号码，给这个城市贴上陌生而又难堪的标志。

新标志是城市的牛皮癣，它存在有它存在的土壤。这个城市比以往任何时候都重视身份和证件：身份证、居住证、结婚证、毕业证，会计师、律师资格证，研究生毕业证……这是没有证件寸步难行的时代，证件包围并占有我们的生活。证件是身份，是标志，也代表阶层。制假证者行业如此让人担惊受怕又如此让人难以割舍，全缘由北京城身上的浮华的光环。虚荣使古老的北京化为生长时代疾病的"温床"。

在外地人眼中，与北京姑娘的结合是令人激动和向往的，那是占有，是征服，是隐秘梦想的实现；但，也可能是走上不归之途。《天上人间》中有子午和闻敬在圆明园月光下做爱的片段。"底下的那个人死死地抱住上面那人的腰，一条白腿泛着幽蓝的光，从躺着的大石头上垂下来。她的嗓子里有混乱的声音发不出来。"年轻身体的交会并不甜蜜。明月有些变形，圆明园阴森森的，整个画面沉痛而有悲剧意味。——子午和北京姑娘最终没有能办理结婚证，他因敲诈他人而死于非命。北京困扰着边红旗、周子平和子午们，也一直困扰着徐则臣。他不断书写外地人眼中的北京城，像走进一条幽深的胡同。——这样是很容易沉入拉斯蒂涅故事套路中去的。《天上人间》之后的徐则臣面临着属于他自己的难题。在将一个特殊群落的生存际遇成功浮现到文学的星空后，写作者的路在哪里？

《小城市》是"把死胡同走活"的尝试。以记者的身份，叙述者书写了他的归乡见闻。几乎所有读者都不能忘记小说中那个"好秀"细节。家乡某公司二十九岁女副总用"好受！"来表达她与五十二岁新郎的性经验。"'好受！'必须把感叹号放在引号里面才能表达她的幸福和惊喜。该副总普通话里夹着浓重的方言，'受'完全是个'秀'音。"归乡者脸红了，"他无法接受一个故乡的年轻女人用这种方式把自己的隐私摆到饭桌上"。

——故乡的美好在性话语中一点点远去。《小城市》书写了中国社会最敏感地带的礼崩乐坏。令人感兴趣的是小说对北京的书写，饭桌上人们津津乐道于讨论北京，北京是传说，也是参照。"'别拿老眼光看咱们小城市，'老初又要了两个豆腐卷，'北京的中产阶级是中产阶级，咱们的中产阶级也是中产阶级。彭泽我跟你说，这地方除了中南海和天安门，什么都不缺。'"小城市是如此渴望"成为北京"！渴望"成为北京"，意味着渴望赶上时代，意味着"与时俱进"，也渴望"与时髦共在"。

《小城市》是徐则臣思考北京与故乡、城与人关系的转折，他敏锐把握到了作为中国社会发展的最关键部位的县级城市的脉搏，小城市其实也是整个中国城市化过程中最为重要的地带。小说传达了作为隐喻的北京对小城人们生活方式的巨大冲击力。小城市的发展表明故乡如此主动活跃、雄心勃勃，其前进步伐之大及开放尺度之宽，远甚于一个北京人的想象，这给予归乡者震惊之感。在北京城的阴影之下，故乡变作异乡，北京成为怪兽；——徐则臣以"离开北京写北京"的方式实现了他个人写作的"豁然开朗"，同时也完成了属于他个人的"人与城"的文学想象：作为交叉地带的小城市，早已变成当代中国社会文化冲撞最为激荡的场域与试验田。

叙述人的"守持"

徐则臣是怎样使他的京漂系列小说更具可信度的？这是一个问题。要知道，北京城里的人，那些制假证者和卖光碟者，生活是有污点的。这类型的小说容易流于传奇及传说，会被认为不真实，不被读者从情感上真正接纳。但徐则臣小说从一开始就没有遇到此类小说的通常际遇，他关于制假证者生活的书写并不让人排斥。他成功地使写作者与写作对象和读者一起结成了可贵的"兄弟同盟"。他的叙事主人公是通情达理者，是有限度的旁观者。他通常是这些卖假证或卖黄碟者的亲戚或朋友。这样的情节设定一方面可以便于叙事者对故事的讲述，但另一方面它会拉近叙述者和叙述对象的距离。叙述者也会参与一部分制假卖假的活动，比如伪造评语，比如帮他们传递信息。"互助"细节支撑了这些关于卖假证者生活的可信度。换句话说，书写"底层"，叙事者没有把自己"择"出来，或者，在他那里，"底层"是不存在的，某种程度上，我们不都是"底层"？

他恰切地平衡了一个作家面对制假证这一行为时的微妙立场。他的小说人物都是小奸小坏，都有着自己的底线，"不想搞得太大，夜长梦多人多嘴杂，保不齐哪个环节出纰漏了，那比害眼要厉害。所以我尽量一个人就把能做好的做好，从接活儿到制作，坚持做小生意。我认为这是办假证这一行必备的美德。日进分文发不了大财我还发不了小财么"（徐则臣《天上人间》）。这很像"五十步笑百步"，但无论怎样，来自乡村的讨生活者依然愿意遵守他们的"五十步"原则。这也意味着徐则臣小说不会出现超英雄人物、超现实人物。人物的生长逻辑和结局是现实的与合乎情理的。不夸大那些人的生存窘迫，正如他也不夸大他们那被损害以及逃遁的生活。

无论和他的叙述对象有多么亲密的关系，作家其实也都在忠直地坚守他的写作立场。说到底，那些人是敲诈者，是欺骗者，职业本身也是罪恶的。即使是小的罪恶，他依然要让他的人物承受疼痛和惩罚。不能因为土壤不好，作恶就可以被原谅。——徐则臣小说的很多主人公都会在离幸福之门仅有一步之遥时停止前进的脚步。如《制假证者》中的姑夫，当他重新享受到性高潮时被警察抓获；如《天上人间》中子午在和闻敬领结婚证之前一刻被杀；等等。触摸到幸福的那一瞬间遭遇不幸，但这不是普通的戏剧性，不是无缘无故的不幸，一切都基于他们先前的犯罪及贪婪。

清醒、节制、注重现实的逻辑，这使徐则臣的小说避免了浅薄的感伤主义。读者或许可以简单地将他笔下人物结局总结为"道德洁癖"，但我更倾向于理解为作家的"守持"。尽管他可以给予这些人物更为逍遥自在的结局，以图一时之快，但作者最终还是遵从了看起来有点落伍的价值观：莫伸手，伸手

100

必被捉；要靠干净的双手挣钱。——他企图书写的是这个世道的"常理"，尽管"常理"可能暂时被我们浮华的时代遗忘。

令人赞赏的是，作为写作者，徐则臣兴趣不驳杂，他不贪求取材广泛而更属意精微，他注重写作质量而不贪求数量。他的优势在于将个人的敏感和最根本的诚实结合在一起，具体细微地落实在他的写作对象那里。写作十年，徐则臣的小说创作是与当代文学史上的"底层写作"潮流并行的，但没有交集。他没有一头扎进写作标签里。或许，在他看来，将理论及理念置于清晰明了及具体生动的事实与人物之前是不允许的，审慎对一位作家是宝贵的，贴上标签迎合某种写作潮流容易引起关注，可是，像他的叙述人一样，他还是愿意回到自己作为书写者的本分。

人心的更深处

徐则臣的人物系列在逐渐被读者熟悉。其实他们也是很容易被"打包"或"格式化"的那群人。这些被动接受命运，被城管人员及公安人员围追堵截的人，真像我们在图片、微博里看到的那些当事人呀——他们喑哑、缄默，面无表情地展示伤口、鲜血或者死亡。他们使我们心痛，我们转发他们的图片和故事，气愤并感叹，语气中掺杂同情。我们会在他们的故事之上抒情，以显示自己的善良和悲悯。但没有人能进入他们的内心。往往，他们的故事很快被更多的更吸引人眼球的新闻事件刷新。

无论怎样，作家都不能是轻逸的"转发"者。他应该进入他们内心。《轮子是圆的》有锋芒、有品质。咸明亮是乡下人，他随和，随波逐流。醉酒开车撞伤了人，伤者哀求他给个痛快的死法，他也照做了，因而进了监狱。出狱后发现老婆给他戴了绿帽子，还生了孩子。愤怒、悲伤？没有。愿意离婚吗？愿意。这是典型的避祸者，像大多数生活中的中国人那样，讲究吃亏是福。他来到北京，爱好修车，他拼了一辆很酷的"野马"，引起了轰动。因为有人想高价收购，胖老板便希望占为己有，老板先是说服他在转让书上签字，咸明亮拒绝了。之后他便被老板威胁，被警察盘查。小说的结尾是胖老板要去香山给老丈人过生日，咸明亮自告奋勇当司机。"野马"飞快，坐在副驾驶座位上的老板被甩出车外撞在树上死去，医院里的咸明亮头上缠着一大圈绷带，左胳膊骨折。小说结尾，朋友米箩向咸明亮小声问了一个"我们"都关心的问题：胖老板为什么没系安全带呢？

"副驾座上有安全带吗？"咸明亮艰难地说，"我可没装过。"

米箩想，难道记错了？上次他坐在副驾座上，咸明亮再三嘱咐他系上的难道不是安全带？

"他们找到那个轮子没？"咸明亮一张嘴四根肋骨就疼。

"找到了，"我们说。"滚到旁边的枯草里。放心，一点儿都没变形，还是圆的。"（徐则臣《轮子是圆的》）

　　不动声色，小说于此处结尾。小说写了一个倒霉的人。——这个人一直是被动的、消极的，一直向外部的社会妥协，但最后，他终于以他的方式进行了反抗。"轮子是圆的"这句话一直贯穿小说始终，它是隐语，也是常理。咸明亮最后对安全带的否认机智而狡猾，他由此变成了活生生的、有情感有主体的人。这也为我们进入人物的内心打开了窗口：那是一个被步步紧逼、步步后退者的内心，那内心的纹理有血有肉，那内心的最深处有爱有恨。

　　——当此时，"城与人"在《轮子是圆的》中突然变了模样：北京不再是屹立不动的北京，人也不再只是静态的贴在墙壁上的群体标本。这是被各种人群充斥的北京城，这是生活在各种社会关系中的人，是动态的、随时随地都在发生变化的人群。一个被忽视的人嘴角微微上扬了一下，眼睛中有亮光闪过。隐秘的、旁人很难觉察的变化被徐则臣捕捉并有效表达。该怎样看待这些人呢，也许作家没有答案，但这些人的表情他曾经再熟悉不过，他开始意识到生活中有些东西看起来普通，但从不平常。《轮子是圆的》使读者意识到，生活总能提供给我们丰富的困惑及难以察觉的情况。不能蔑视任何一颗有温度的心灵，不能对心灵内部那斑驳而精密的纹理视而不见。徐则臣多年来对一个特定群体的凝视、体察与持续书写使我们认识到：小说家对人心的理解有多幽深，"人与城"的世界就会有多精微，多宽广。

2011 年，天津

附录：使沉默者言说

—— 我读徐则臣小说

一

通往徐则臣小说世界的路主要有两条，一条通向北京，中关村。这里有一群以卖假证、盗版碟者为代表的生活在北京的边缘人。他们奔跑在以西苑、圆明园、北大东门、清华西门、人大天桥等地名为主的大街上。另一条通向以花街为指代的故乡，那里有流动着的江北之水，有野鸭成群，有一群面容平静的苏北人。

如果我把徐则臣小说的人物称为沉默者，一定会有人反对——那些卖假证者怎么会是沉默者呢，他们常常欺骗和说服别人。但是，相信我，他们依然是沉默者——你很少会在以电视为代表的传媒里听到他们的声音，你也不可能在以报纸杂志为代表的纸质媒体中看到他们的身影。他们被世界遗忘。尽管我们在北京的天桥上总能看到他们，但他们依然陌生。没有人关注他们。

他们是"底层"。但是，在这些人物身上，你闻不到当下文学期刊"底层"题材里那股子熟悉的公共气息：怜悯，自我怜悯，对贫穷生活和困窘处境的炫耀和对社会的诅咒。他们不是想当然的"底层"——除了从事职业的不同，他们和我们没区别。他们和我们一起站在天桥上看车来车往，他们和我们一样渴望活得像个人样。不是通常的"底层"题材小说，但的确写的是"底层"人民的情状，这是徐则臣小说的独特气质——从敦煌、子午、周子平身上，你将认识到他们首先是人，他们的性格有如我们身在的世界一样，有着人应该有的复杂、暧昧与矛盾。

在当代文学的书写领域，卖假证和盗版者的生活借助徐则臣的书写被慢慢"发现"。这是徐则臣的贡献——读者的经验得以拓展，得以感受到这些无言者的生活与爱恨。从《天上人间》开始，小说家的眼界变得开阔，他令人惊讶地挖掘出这群人内心世界的百转千回。也是从这部小说里，我看到徐的小说日益显露出的气象——他远离当下小说中对凡俗生活的镜像式与庸俗式书写，他以坦然的态度面对我们的时代，我甚至认为这是他"强攻"时代的努力——不是通常意义上属于文艺青年的表象愤怒与咒骂，也不是以荒诞的方式夸张与变形，而是忠直无欺地书写。从子午身上，我体味到时代的气息，那是以北京为表征的与全球化、文明、现代有关的指代所给予我们的馈赠：张狂、不择手段、急功近利、焦灼不安，对物质和欲望的无限度的拼命索取与掠夺不自知。要知道，"天上人间"是多么美的梦啊，我们每个人都依凭它"画饼充饥"。在这个"充饥"的过程中，在浩大的北京城里，有许许多多的子午被染成"灰色"和"黑色"，他们"天上人间"、逍遥自在。但是，也有无数的子午，应验着"千万别伸手，伸手便被捉"的"老理"——只要卷进名利场，我们每个人都有可能像赌徒一样，遇到子午这样或那样的结局。

从《啊，北京》《跑步穿过中关村》里，作为读者的你也许惊讶小说家对这一题材书写的深入，你以为这题材可能再不会淘出新东西，但《天上人间》却让你饮到清冽——小说家在一步一步地精进，他以其特有的执拗和耐心，悄然进入当下文坛新晋优秀书写者行列。当然，在这部优秀的小说背后，我能理解他为此所付出的种种努力和探索——从小说的第一句到最后一句，从子午初来北京就张皇无助这个巨大的隐喻开始，文本都渗透了小说家的细密心思和敬业精神，这一题材的挖掘也就此变得更为开阔。

二

　　花街是迷人的街道。花街里的人们生活平缓，表情安静，你很难想象这些人身上会有故事。但是，会的。如果你有一双敏锐的眼睛和触觉广大的心灵，你眼中的世界将变得宽阔、丰富、充盈。难以忘记《人间烟火》，苏绣遭遇背叛、苦难、丧子，但依然要活下去。隐忍、心意难平，但最终又得说服自己活下去——作为故乡的花街生活不是对琐屑生活的摹写。不为了写实而写实，他最终书写的是普通人的某种情怀。在他的小说中，花街的世界从来就不是一个人的世界。他心思体贴地倾听每个人物的生活方向和生活逻辑，这使他的小说与自上而下的充满优越感的俯瞰式书写姿态保持距离。

　　花街世界声音复杂——没有整齐划一的音准，也没有整齐的出发点和道德判断标准。人们的声音交织在一起，但不杂乱无章。是的，我想说，徐则臣小说中往往有一种隐匿的声音。它们来自沉默者、弱小者和女性。借用斯皮瓦克的话来说，那是"贱民"的声音。这声音不响亮，却有力量、有价值，它需要读者和小说家一起耐心地倾听。在我眼里，这声音至为宝贵，至为迷人，我愿意真诚地为其鼓掌。《露天电影》复杂而简单。多年前的露天电影放映员、今天的大学教授秦山原回到了当年的乡村。在关注他的人群中，有一些已近中年的女人。她们问"真的是你呀"——他能回忆起在电影放映完后自己与村里年轻女人在黑暗中的野合，却已记不起她们的面容和名字，他只有她们年轻的乳房和屁股的记忆。整部小说以陌生化的路向推进着，让你不能停下来，孙伯让——当年迷恋秦山原的女人的丈夫，愤怒地告诉秦，他的老婆林秀秀对秦念念不忘，最终与另一名电影放映员私奔。孙在自己的放映室里把秦绑起来，他要他回忆当年的点滴。最意味深长的多声部也从这里开始：在孙伯让的讲述中，林秀秀对丈夫坦承过秦山原对她的"好"，她能清晰地记得秦的身体的细节，这成了她永远的思念。可是，秦山原却根本忆不起林秀秀到底是哪一个，长什么样儿。女人们没有表达过自己，一个也没有。私奔的林秀秀更没有。可是，小说字里行间却分明浮动着女人的声音与面容。它们是地层之下的火山，沉默、隐匿、强大——这声音附着在被遗弃的、天天沉迷在电影中的丈夫孙伯让的愤怒里。当丈夫转述妻子长年来无望的思念，当丈夫表达对这一思念的嫉妒，那里就住着林秀秀——男人的声音中夹杂着女人的声音，男人的愤怒里夹杂着女人的痛楚，这是《露天电影》的"多声"处理。

多声是小说家给予每个人物，尤其是失去话语权人物的尊严——他不是以自己的头脑理解这些人物及其际遇，他试图用心灵和情感去理解。当这些人物发声，你也会深刻了解到，徐则臣不曾为他的人物代言，他不是他们的代言者，他不越俎代庖。他的努力在于给予足够的小说空间使他们说话——他以对他们深切的理解和对他们生活细节的招招落实的讲述，使他们自己

109

说了话，进而使他们成为我们。——隐匿的声音成为有力量的背景，这是小说值得阅读的丰厚土壤。

多声成就了多解。在《露天电影》里，你会意识到这是一个关于痴情女与薄情男的故事，但另一个大的启示也随之而来。是什么误了那些年轻的姑娘？她们是迷恋那个放电影的男人，还是迷恋他手中的"放电影"的权力和与之相伴的各种幻觉？如果你能意识到电影与幻象、与想象、与现代文明和浪漫情爱方式的追求有关时，你会理解年轻姑娘们行为的"合理性"——那样的献身何尝不是穷乡僻壤的花季女子在拼命抓住另一种身外的美好？

《伞兵与卖油郎》的含量远远超过了它的篇幅。男孩子范小兵希冀成为能在天上飞翔的伞兵，为此，他寻找可以飞翔的降落伞，寻找可以助力的风，以及成为伞兵的军装。为此他把腿摔断了。成年后，孩子成了卖油郎。小说中摔断了腿当然不只是字面上的，也意味着一位乡间孩子梦想的折翼。小说也是一位退伍军人的故事。父亲老范在战斗中受伤，失去了性能力。战斗英雄成了卖油郎，也失去了作为男人与丈夫的幸福。这失去的何止是一个男人的幸福，不也是女人的幸福吗？妻子不断地从家里逃跑，跟着一个大胡子男人。她被殴打和看守，最后，还是丢弃了丈夫和孩子远去。小说里有属于人的心酸和疼痛。仔细地进入小说肌理，你将会触摸到作为最深的、最里面也最丰饶的小说"地层"——我们听到老范和他的女人双声的隐匿呼喊——你能理解叙述人对他所有人物的理解，尤其是对那个失语的女人的善意。小说弥漫着风的流动和自由，文字如在猎猎风中飞翔般，内容与形式成为不可分离的整体。《伞兵与卖油郎》是徐则臣小说中最美的收获，它有独特的、丰富的、多解的能量。

三

　　2006年以来的徐则臣到达了一位优秀小说家在他青年时代应该有的高度和对生活的理解力。他不把人物当作抒情对象，他不猎奇，不以之为风景，他努力捕捉到每一个沉默者的声音，他传达出那地表之下的光和普通人身上的隐秘，作为读者的你愿意和这个叙述人一起进入另一个世界，你愿意和他们生活在一起，听他们说话。

　　那么，是什么使我们相信他？我想，是自然而然的诚恳和那富有质感的细节，是"扎根"的小说能量——有品质的小说是一株能接地气的蓊郁蓬勃的参天大树，它的每个枝干，每片叶子都是有生命的，正如小说中每个人物哪怕小人物也是有生命、有情感和生活逻辑一样。从徐则臣小说中，我能感受到他渴望使自己的大树扎根于泥土的梦想与追求。

　　他在努力实践中。从《天上人间》《伞兵与卖油郎》《露天电影》《夜歌》《人间烟火》开始，徐则臣以日益完善的写作技术使自己的创作发生渐变——他逐渐远离普通青年写作者身上常有的"就事论事"的写作倾向——在精确地描绘和表现生活之外，他尽力对笔下的世界做尽可能宽广的生发、推广及深入——人物不再只是人物本身，际遇不再只是际遇本身，卖假证也不再是卖假证本身，从小说提供的世界和角度望去，你能感到某种说不清道不明的东西在浮动：《天上人间》不只是子午和子平的生活，还有着城与人的含混情感，那是对北京既爱又恨的复杂情怀；《伞兵和卖油郎》不只是范小兵的故事，它还是关于梦想、关于疼痛、关于沉重的肉身和轻盈的飞翔的书写；《夜歌》则关于情谊——男女、母女、女性情谊。我想说，徐则臣的小说世界在日益打开维度，它们将逐渐闪现出好小说应该有的光泽。

当然，我也愿意坦率地写下我遇到过的阅读障碍。比如，在读到《跑步穿过中关村》结尾时，那过于戏剧性和偶然的巧合在我看来消解了小说的说服力——小说家自然而然的小说讲述速度在遇到人物际遇转折时常常会"转"得有些生硬。而在《露天电影》里，我对身在乡下的孙伯让是否能看到《夜歌》那样的碟片也表示怀疑。但是，这些丝毫不影响我对徐则臣小说的喜爱，你知道，这位年轻的小说家的一切都在路上，有足够多的理由让我们对他保持热烈的期待。

读徐则臣小说，我常想到另一位70年代的小说家魏微。倒不是因为他们的创作风格有何相似，而是他们身上某种共同的、与时代急剧旋转的车轮不相适应的气质——不张扬、不做作、朴素，没有惊世骇俗的企图——有定力、坦然。就徐则臣的小说而言，你看不到小说家的用力，但这并不意味着小说没有力量。那力量是水，它们存在于小说家明晰、清朗、精确的语言风格里，不疾不徐的叙述推进里和仿佛波澜不惊的人物命运中。属于徐则臣的小说气质正黯然生成：是令人敬佩的"忠直无欺"之气，是对沉默者的尊重、诚实、理解与诚恳——这是与时代的焦灼气息保持距离的"先锋精神"。其实，无论是诚实还是忠直，也都是我们每个人该有的常识和良知。但是，因为对巨大的浮华的时代风潮不由自主地跟进，这些品质在当下的文学作品里难以寻找。所以，它们宝贵。所以，在我眼里，徐则臣是"70后"作家的光荣。

2008 年，天津

对日常声音的着迷

——葛亮论

　　"我能够准确地知道一粒纽扣掉到地上时的声响和它滚动的姿态，而且对我来说，它比死去一位总统重要得多。"余华这样说起他作为小说家的某种能力。这当然是双关之语。对细小声音的辨别与倾听是小说家的重要使命，但对何种声音记忆深刻并将之写在纸上、选择使用何种声音传达则是更重要的，它是一种文学价值观的确认，也是一种人生态度的传达。

　　读葛亮的短篇小说集《谜鸦》《七声》《浣熊》，会很容易发现，他是对声音极为敏感的作家，尤其关注陌生的、偏僻的、微弱的声音。在《七声》序言中，他将这样的声音视为"他们的声音"，"这样的声音，来自这世上的大多数人。它们湮没于日常，又在不经意间回响于侧畔，与我们不弃不离。这声音里，有着艰辛的内容，却也听得到平静的基调"[1]。湮没的声音、侧畔的声音，都意味着小说家对那种戏剧性的、宏大声音的规避。事实上，这位对"他们的声音"的寻找者，也执着于如何使用标记般的腔调去呈现这样的声音。说到底，小说家最重要的工作，就是用独属于自己的声音或腔调建造文字世界。

暗潮汹涌的日常

也许应该从《竹夫人》那篇开始说起。一位新保姆来到教授家，做事处处妥帖。而故事的另一面也慢慢掀开，她是身患痴呆症教授做知青时的前任女友，不，她甚至为他生下了个儿子并抚养长大成人。她只是想在教授夫妇不知情的情况下来照看这个男人，了却一段心愿。整部小说的调子是安静的，叙事推进不疾不徐。但生活到底起了波澜，女人看到教授女儿带来的新男友，却是自己的儿子。结尾像探照灯一样刺眼，读者不得不试图捂住眼睛，以避开那令人震惊的场景。

风平浪静的生活，谁能想到这样的现实场景？但小说是执意要在这里结尾的。只是在末端有一行字，"写于曹禺先生诞辰一百周年"。这个落款使人恍然明白，小说是与曹禺《雷雨》做了一次遥相对话。因此，《竹夫人》有了另外的指向——《雷雨》中的大开大合、冲突巧合、巨大的戏剧性在小说中消失了，

1　葛亮：《他们的声音》，载《七声》自序，作家出版社，2011。

故事走向发生反转。来自人性内部的冲突被人的另一部分美德替代，那是爱、宽容、理解，以及奉献。但饶是如此，人依然没有逃过命定的那种相遇，小说结尾再次显示了小说家与戏剧家共同的宿命感。

《竹夫人》里有"汹涌而来的暗潮"，这似乎是葛亮一直迷恋的东西。但小说家更迷恋的恐怕是日常二字。读葛亮的创作谈不难发现，日常是这位小说家的关键词。有时候这日常于他是"七声"，是"他们的声音"，是"众声喧哗"；有时候这日常于他是"过于密集行动链条的末端，时刻等待着有一只蝴蝶，在遥远的大洋彼岸扇动翅膀"；还有时候，这日常于他则是"经年余烬，过客残留的体香"，是"狭长的港口，和蜿蜒无尽的海岸线"。但无论哪种，最吸引他的恐怕是传奇背后的暗淡，又或者是平淡生活里的突然暗潮涌动。

一如他的成名作《谜鸦》。那里是一对青年夫妇的日常生活，伴随着乌鸦的声音。怀孕的妻子因养育乌鸦而不幸流产，自杀。这部小说冷静、好看，有着非同寻常的故事走向，也有强烈的荒诞感。关于乌鸦的一切是那种湮没在日常的声音吗？读者或许不能确信，但是，小说的确写了风平浪静之下的暗潮涌动。因为风平，因为暗潮，小说内部有了层层波澜。

《浣熊》也是关于相遇或者情感的故事，年轻女人行骗，英俊男人看起来很轻易就上当了，似乎是爱上了，但读到最后读者会发现，那位英俊男人是卧底办案的警察。而伴随这一切发生的，则是被命名为"浣熊"的台风。也许我们的生活就是这样的生活，以为发生了什么，可是其实没有。但是，如期到来的那场台风到底也是可怕的，它带来爱，也摧毁生命。《猴子》写出了另一种日常感，那只从动物园逃跑的猴子，目睹了三个人的生活：动物饲养员，小明星与富家子弟，以及蜗居在港的父女。顺着猴子的眼睛，我们看到了不同的香港，不同的世情生活。这就是香港，这是我们不了解但却真切存在的香港世界。

以一种不疾不徐的方式将寻常小说中的高潮与戏剧性进行稀释，在葛亮笔下，人的生活有了日常性，也有了宿命感。这位小说家日益在显示他的一种本领：他将那些戏剧、传奇、激烈、巧合全部融于日常之水。也许，在另一位作家那里，那些冲突和转折是最美好的，可是在这位作家这里，那些不过是大海里的浪花罢了，重要的是底色，人生因绵延、舒缓、平静、浩瀚而迷人。

湖面上突然跃起的鲤鱼尾巴带出来的水花，动物突然在草丛中跳起又消失；微风吹过树梢后樱花纷纷落下；小猫寻不到主人时突然的一声喵叫；远方深夜里穿过枕头的哭泣，以及一个声音镇定的人话语中突然闪过的那丝不安……都逃不出一位敏感小说家的听力范围。辨别出那些金戈铁马，那些炮火隆隆，那些撕心裂肺并不值得炫耀，辨别出细微并将其精确传达才是一位小说家的特殊才能。

在这位小说家那里，日常，以及我们的人生是平淡的，温度恰好是人体的温度，不冷，也不热。在葛亮那里，人生不是偶发，不是意外事故叠加的碎片，不是戏。生活是由无数个日常的波纹组成的。人生是长长的看起来没有边际但很可能又突然遇到波涛的旅途。每一个细微都不放过。每一次心跳，每一次脸红，每一个隐隐的不安或者欲言又止，都逃不过他的眼睛。什么是葛亮的魅力？我想，是他对日常的理解及他对生活精准的感受能力——不放过路边风景，也不放过两人相遇时微妙的悸动。耐心、认真，一丝不苟地书写普通生活，他像极了一位精心打磨手中之物的手工艺人，心无旁骛，直至笔下之物闪出光泽。说到底，这位作家深知，他有多耐心描绘底色，生活本身的汹涌暗潮就会有多么惊心动魄。

"隐没的深情"

"葛亮是当代华语文学最被看好的作家之一。他出身南京，目前定居香港，却首先在台湾崭露头角，二〇〇五年以《谜鸦》赢得台湾文学界的大奖。这样的创作背景很可以说明新世代文学生态的改变。"[1] 王德威在《朱雀》序言中这样介绍这位新锐作家。南京是葛亮的创作源起。这是与他生命相关的地方，但是在最初，葛亮似乎并没有强烈的书写出生之地的愿望。《谜鸦》出手不凡，是他的起点，但《谜鸦》并没有多少南京特色，

---

1 王德威：《归去未见朱雀航》，载《朱雀》序，作家出版社，2010。

这是放在任何大都会都可能发生的故事，无关地域，无关风土，无关一种地理美学。

但短篇小说集《七声》发生了变化。一些东西不再被忽略，那些曾经被忽略的得到了强化，比如南京风物。事实上，这部小说集是以少年毛果的视角看二十多年前的南京。另一个南京逐渐清晰起来，它与叶兆言笔下的南京不同，与苏童笔下的南京不同，与鲁敏和曹寇笔下的南京又不同。著名的秦淮古都在这部小说集里焕发了另一重模样。一生恩爱的外公外婆，温暖而又令人难忘的洪才一家，沉迷于泥人手艺的师傅……透过岁月，也透过内秀腼腆的少年毛果的眼睛，家常的、有烟火气和人间气的南京来到读者面前。——离开南京的葛亮试图用另一重文字为他的家乡重塑金身。这个在南京城长大的青年，对这座古城的诚挚情感全在这些文本中了，小说家张悦然说在这些作品中读到了"隐没的深情"，我深以为然。

《阿霞》是葛亮的代表作，在2008年底层写作颇为流行时，这部小说以气质斐然受到广泛关注。出身低微、耿直而又纯粹的阿霞在葛亮笔下变得鲜活。他看到那位青年女性的美德，也看到她的美好突然被世事侵蚀。作家韩少功评价这部作品时，尤其提到了葛亮的感觉，"这个作品昭示了一个人对艺术的忠诚，对任何生活律动的尊崇和敬畏，对观察、描写及小说美学的忘我投入。从某种意义上来说，他是这个时代感觉僵死症的疗治者之一。……诸多'人已经退场''个性已经消亡''创作就是复制'一类的后现代大话，都在这一位年轻小说家面前出现了动摇"[1]。

《阿霞》的确写得好，精密、有力，也有情怀。但是，从之后发表的《洪才》中可以看到葛亮之于他写作对象距离的某种调整。关于阿霞，叙述人毫无保留地表达了他的同情与理解，他愿意站在她的角度想问题，也尽一切可能去帮助她。但是，"我"和阿霞之间的关系让人意识到，似乎小说家并不只是从情感而更是从理智上去理解和欣赏这个女性。因而，读这部小说，你会想到"五四"新文学以来的启蒙主义视角和深切的人文关怀。《洪才》更自然。少年毛果身上固然有知识分子家庭出身的优越感，但却是坦然客观，诚实真挚，你既可以看到毛果妈妈身上的读书人气息，也可以看到洪才阿婆的朴素和热情，这使得毛果和洪才一家的相处令人信服、令人难忘。

许多人注意到从《谜鸦》到《七声》葛亮写作的变化。"以葛亮的两本小说相较，《谜鸦》比较自觉地当小说来经营，写人性与爱恨的惊涛骇浪，结构与段落上非常节制。《七声》则没有真正的大时代或大背景，仅仅是断瓦残垣中的寻常忆念，因此身段柔软得多，文字也多了家常絮叨的亲切感。"[2]的确如此，几年来，小说家一直在保持不断上升的势头，2013年出版的《浣熊》是葛亮近几年极具水准的代表作。这里的每一部作品都令

---

[1] 韩少功：《葛亮的感觉》，载《七声》序，作家出版社，2011。
[2] 张瑞芬：《命若琴弦》，载《七声》评论，作家出版社，2011，第322页。特别说明的是，《谜鸦》简体中文版虽出版于2013年，但繁体中文版出版于2006年。

人难以忘记。

一如《退潮》。一个丧夫独居的中年女性，看到年轻的小偷脸红了，因为他很像她的儿子。这个年轻人也唤起了她内心的隐秘，因此，她并没有提高警惕，甚至为他打开了房门。她被强暴，但其中也有快乐。一切结束了。"一缕光照射进来，这是曙光了。屋里一片狼藉，手袋里的东西散乱在她脚边，似鲜艳的五脏六腑。她耸了一下身子。她动弹不得，双手紧紧地绞在一起，像一棵受难的树。"[1]这个女人的软弱、惶恐和善良如此真实，生活的荒芜和荒诞也是实实在在的。就是在这种普通人那里，在那种最普通的生活中，时时有暗潮涌来。这是宿命吧？你无法解释。你仿佛触到生活的内核，像是谜。叙述人的声音是重要的，他贴在了人物身上。对于他的人物，不是爱，而是理解，是同情的理解，是设身处地。

如何与笔下人物相处是小说家的能力，那种相处也包括人和自我的相处，人与城市的相处。《七声》之所以难忘在于南京是"我"的城，是深入"我"的血液的城；当然，在《浣熊》里，香港也不再只是别人的城，它变成了"我"的城。这是重要的转变。一个小说家何以能写出属于他的香港？我想，应该是他融入了他的城市，正视并接纳自己的外来者身份。《浣熊》里，葛亮写的是一个既疏离又了解的香港，那位以为遇到良人却没想到是警察的女子，那位用自己肉身器官换站街女自由身的香

1 葛亮：《退潮》，《浣熊》，南京大学出版社，2013，第 164 页。

港青年，那位性爱中得到欢乐后又被捆绑的中年妇人……人生中总有那么一刻使日常不再仅仅是日常。记下那日常的点滴，记下那些灰尘、那些细密，记下那些空荡、那些怅惘，也记下那些痛楚、无奈和坐立不安，葛亮写出了香港传奇背后的平淡，繁华背后的素朴。

读《浣熊》，我想到许鞍华电影《桃姐》，影片之魅力在于拍出了大都会里人与人之间的亲切、温暖，以及跨越阶层身份的"情深意长"。那是作为香港本地人的许鞍华镜头下的香港。葛亮比许鞍华更冷静和克制。他并未回避自己的移居者身份，这反而给他的观看带来了某种宝贵的疏离感。也因而，这位小说家不仅看到了人们凡俗的日常生活，还看到了漫长的海岸线和暗潮不断的波浪——葛亮书写了香港日常中的细小波痕，以及隐没于内的残酷和凄清，他写的是令一般内地读者陌生的香港。

"小说的腔调就是意义"

语言是重要的流通方式，是承载小说内容最重要的器物。如何使用语言使之具有普适性，如何保有城市特点而尽可能不使用方言是重要的。张爱玲是个典范，她写香港或上海，能抓到城市的神魂也并不使用上海或香港的方言。

仔细想来，葛亮能受到海峡两岸的瞩目认可，获得台湾联合文学小说奖首奖（2005）、中国小说排行榜（2009）、香港艺术发展奖及亚洲周刊全球华人十大小说奖等诸多奖项，与他行文中的某种独特质素有关。那不是内地的标准普通话，也不是台湾或香港的国语式表达，而是与民国表述颇有渊源的"腔调"，这种腔调使他的作品具有了某种"通用性"。

腔调的习得受益于家世。从他的访问资料可以看到，陈独秀是他的太舅公，他的祖父是葛康俞，一位民国时代的著名画家。而从创作谈里也可以看出，他喜欢读张爱玲、沈从文，着迷于他们的语言表述。这一切因素合在一起，便注定这位小说家将与那种"民国腔"有缘。不过，这种民国腔有时候也会限制他，偶尔，他会因过于追求腔调而失之准确，但是，大多数时候，他都能准确地找到那种可以代表城市灵魂的东西。比如，《洪才》中关于"青头"的表述；比如，在《浣熊》中，他以猴子的眼睛看香港，但却没有倚重香港腔调。

葛亮和张悦然的对话中，语言成为两位小说家讨论最多的话题。"我的生活经历的确会对语言造成影响。我希望这影响是正面的，在我现有的语言格局上，会增添一些新的内容，一些鲜活的东西。粤语中保存了许多中古音，在语言表意的角度上，它有信达而精简的一面。我希望能对这种语言的优势有所吸收。"[1] 葛亮说，他意识到地域可能对他产生的影响，也意识到摆在他面前的问题是如何摆脱地域影响。"好的作家，会很

1 　葛亮、张悦然：《叙述的立场》，载《谜鸦》，南京大学出版社，2013，第221页。

自觉地将语言乃至语境'翻译'过来。沈从文先生的作品，关乎湘西，湘文化的特色是一定的，但我们没有任何进入他作品的困难。他的学生汪曾祺先生也是一样，明白如话，却并不以牺牲地域性为代价。"[1]但，重要的是要有自己的标记，"语言实际决定了读者对作者的最初认同。无论是海明威还是福克纳，他们永远都有标记般的语言，形成了一种腔调，这是他们的迷人之处"[2]。

某种意义上，那种对民国腔的寻找使葛亮绕过了共和国文学的标准式表达而与民国时代的文学气息相接。他文字中的温和、耐心，对人情的体恤、对日常的认识、对时间的理解等无不与民国时代的文学传统相接。当然，民国腔也不仅是一种声音和表达，还是一种对美学的继承。王德威说，由葛亮的《谜鸦》他想到了施蛰存。的确，都市感有相似之处，但葛亮更多时候还是会让人想到张爱玲，尤其是他对日常的理解。不过，他到底是与张爱玲不同的，他的色调比张爱玲更亮一些，他更喜欢在日常生活中借用一束光或者一双动物的眼睛，使日常的一切变得诡异、莫测、荒诞。

我对《琴瑟》那篇作品念念不忘。它收入短篇集《七声》中，关于一生恩爱的外公外婆的晚年生活。外婆被糖尿病诱发的腿痛折磨，深夜难耐，却又不敢出声。外公就把手给她，但老人

1 葛亮、张悦然：《叙述的立场》，载《谜鸦》，南京大学出版社，2013，第221页。
2 葛亮、张悦然：《叙述的立场》，载《谜鸦》，南京大学出版社，2013，第119页。

终是忍不住了，"老头子，我真是疼啊。"她说。外公安抚着她，后来，给她唱《三家店》。"娘想儿来泪双流。眼见得红日坠落在西山后……"天已经发白了，外婆终于睡着。少年毛果看到了这一幕，每个声音、每个响动，以及已是风烛残年的外公眼角的"水迹"，都在他眼里、心里。小说结尾是外公外婆的金婚庆祝，众声喧哗。外公对外婆唱道："'我这张旧船票，能否登上你的客船？'众人就笑，外婆也笑，笑着笑着，她忽然一回首，是泪流下来了。"再日常不过的言语中，有着难以言喻的深情。如果你能想到世间那些在疾病疼痛中苦苦挣扎的众生，如果你能想到世间有情人免不了大限分离的运命，便能理解这小说了。

——对于一位写作者而言，没有比听到日常生活中的细微快乐、深夜里的哭泣辗转、孤独人的内心独白更幸运的，也没有什么比以平静深情的方式写下世间的众声喧哗、五味杂陈更有魅力的工作。想来，写下那一刻的作家和读到那一刻的读者，都该是有福的。

2015 年，天津

附录：以柔韧方式，复活先辈生活的尊严

——读葛亮《北鸢》

《北鸢》是葛亮历经七年写就的长篇小说。小说以家族史为蓝本，书写了二十余年间民国人的生活与情感际遇。作为后人，创作家族故事固然有得天独厚的优势，但是，写作障碍也显而易见。因为，对于有艺术抱负的写作者而言，作者必须不囿于"真实"，不拘泥于家族立场及后人身份，这是决定小说成败的重要因素。

值得庆幸的是，《北鸢》跨越了这些障碍。《北鸢》写得细密、扎实、气韵绵长，有静水深流之美。它没有变成对家族往事的追悼和缅怀。小说家成功地挣脱了家庭出身给予的限制，以更为疏离的视角去理解历史上的人事。——《北鸢》的意义不仅在于真切再现了民国时代的日常生活，而且在于它提供了重新理解中国传统文化的视角，进而，它引领读者一起，重新

打量那些生长在传统内部的、被我们慢慢遗忘的文化资源和精神能量。

使个人成为个人

《北鸢》有一种能使读者心甘情愿进入作品的魅力，这多半源于作品对一种物质真实的追求。许多资料都提到葛亮为创作这部小说所做的 100 万字资料储备。而小说对民国风物的信手拈来也的确印证了葛亮对民国日常生活的熟悉程度。

试图从地理风物上提供切近历史的真实，这是历史写作中最为基础的一步。但更重要的是作家对历史的理解力和领悟力。我们通常所见的民国题材作品多属于聚焦式写作，作家多聚焦于重点人物、重要历史事件与重要历史时刻，进而，勾描出民国人的生活图景。但《北鸢》显然别有抱负，小说没有满足读者对民国历史的某种阅读期待，事实上，它着意躲避了那种通过家族兴衰讲述民国历史的路径。

《北鸢》不追求历史叙述的整体性，不追求把人物放在群体中去理解，小说试图使历史旋涡中的个人成为个人。他驻足于文笙生命中所遇到的"个人"，对"个人"的细笔勾描最终使小说呈现的是民国众生相：昭德、小湘琴、凌佐、毛克俞、吴思阅，每个人物的眉眼音容都是清晰生动的，人物遭遇也并没有八卦小报中所表现的那么有戏剧感。名伶言秋凰是为了女儿而刺杀日本军官的；从军的文笙是被老管家灌醉背回来的，而不是自愿回到家族生活中；毛克俞的婚恋有阴错阳差，也有半推半就……那都是具体环境中人的选择，并不那么果断，也没有那么传奇。《北鸢》强调个人处境，强调的是时代背景下每个人选择的"不得不"。

两位青年站在江边看渔火点点，船已破旧，那似乎是停留在古诗词里的场景，但"民国、民权、民生"的大字却分明提醒人们，时代已远，民国已至；课堂上，年轻的文笙作画，为自己的风筝图起名"命悬一线"，那是华北受到入侵之际，也是万千青年的痛苦所在；但风筝图被老师毛克俞命名为"一线生机"后，同一图景因不同表述便多了柳暗花明之意，那也正是战争年代人们的心境写照。——历史事件就这样影响着个人的命运。事件并非覆盖在人们生活之上，它是点滴渗透，每个人都在内在里与时代潮流进行"角力"。

不给予人物和事件"后见之明"的设计，不试图使故事更符合我们今天的历史观和审美趣味，《北鸢》是站在时间内部去理解彼时彼地人们之于家国的情感，理解他们的犹疑不安、意气风发或者反反复复。正因为这样的理解，这部小说散发出奇异的实在感——这种实在感使那些人物似乎远在民国影像之中，又仿佛切近在可以触摸的眼前。

回到"文化中国"的立场

《北鸢》中的人物多数都温和、谦逊、彬彬有礼、有情有义。许多读者提到作品对乱离时代人与人之间情感的眷顾，那是时间长河中的"人之常情"。但是，更让人难以忘记的恐怕是作品中对民国人精神生活的勾勒。

《浮生六记》深得家睦夫妇喜爱；明焕痴迷于戏曲艺术；因为对英语诗句的念念不忘，文笙在关键时刻被拯救；绘画是民间画家吴清舫的精神世界，在那里他独善其身，最终培养出了画家李可染；毛克俞是从硬骨头叔叔那里重新理解了绘画艺术；而天津耀先中学的课堂上，抵御日本人的洗脑教育已成为师生们的"不谋而合"……在《北鸢》中，那些与艺术有关的东西不是民国人的生活点缀，而是其日常生活的重要构成，是他们重要的精神资源和精神能量。

正是在这样的精神生活中，小说中的一处情节更凸显意味。孟昭如是寡母，她独自抚养儿子长大。面对家道日益败落，她教育儿子文笙："家道败下去，不怕，但要败得好看。活着，怎样活，都要活得好看。" 活得好看，意味着尊严和体面，这是这位民间妇人最高的信仰。中国人精神中最有硬度的部分，在这位民间妇人身上闪着光。那是"信"，也是对一种尊严生活的确认；那是谦卑温和外表之下的硬气，也是独属于民国人的风骨。

《北鸢》写出了我们先辈生活的尊严感，这是藏匿在历史深层的我们文化中的另一种精神气质，这是属于《北鸢》内部独特而强大的精神领地。葛亮写出了民国人的信仰与教养，而重新认识这样的信仰和教养在今天尤为珍贵。一如陈思和先生在长篇序言中所评述的，《北鸢》是一部"回到文化中国立场"进行写作的小说，它重新审视的是维系我们民族文化生生不息的"民心"。

特别应该提到，《北鸢》是站在妇孺角度的叙述，它的人物视角是女性、儿童和少年，而非成年男性。这是民间的、边缘的角度，这也注定《北鸢》的力量不是强大的、咄咄逼人的，而是细微的、柔韧的。这种力量感让人想到"北鸢"书名的象征性，它出自曹霑《废艺斋集稿》中《南鹞北鸢考工志》，而曹霑写作《南鹞北鸢考工志》这一行为正包含了一位作家渴望将散轶在民间的"珍藏"收集、传承下去的努力。

面向先驱的写作

《北鸢》是有难度的写作。它的难度在于小说对中国古典美学的继承。从写作最初，葛亮似乎就在致力于绕过那种铿锵有力的共和国语言系统而与民国语言传统相接的工作。《北鸢》的问世表明，葛亮对民国话语的掌握已日渐成熟。

他的行文远离了翻译腔，也远离了那种繁复辗转的复合句式。他的句子长短间杂，有错落感。某种意义上，《北鸢》是从古诗词和水墨画中诞生出来的作品，它继承了中国文学传统中的静穆、冲淡之美。作家放弃使用对话中的引号，通篇都是间接引语；每章中的小标题也都是两个字，"立秋""家变""青衣""盛世""流火""江河"等，这些显然都出自小说美学的整体考量。

《北鸢》让人想到《繁花》，葛亮的工作让人想到金宇澄在汉语书写方面所做出的贡献。如果说《繁花》召唤的是南方语系的调性与魅性，那么，《北鸢》所召唤和接续的则是被我们时代丢弃和遗忘的另一种语言之魅，那是中国文学传统中最迷人的内敛、清淡、留白、意味深长之美。

在我们的语言长河里，有慷慨激昂、阔大豪放、一往无前，也有遗世独立、温柔敦厚、平和冲淡。王德威先生在台版序言中评价《北鸢》是"既现代又古典"，是"以淡笔写深情"，颇为精准。而尤其难得的是，《北鸢》在形式与内容达到了美学上的统一，作家对人物和历史的理解与他对温和、典雅、俊逸的美学追求相得益彰。——《北鸢》试图重新构建的是我们的精神气质，那其中既有精神风骨，也包括我们文化传统中的雅正与端庄。

在不同的创作谈中，葛亮都提到他对《世说新语》《东京梦华录》《阅微草堂笔记》的喜爱，对有节制的叙事及笔记小说的偏好。事实上，《北鸢》对人物命运和场景的刻画也承袭了这样的叙事特征。小说通篇追求用经济的笔墨勾描人物和事件的神韵，而避免铺排渲染。——有写作经验的人深知，这是写作长篇的难度，它需要作家的写作能力，更需要作家的耐烦与静心，尤其是在这样长达40万字篇幅的作品中。当然，恐怕也正是这种"自讨苦吃"，最终成就了《北鸢》卓尔不群的文学品相。

布罗茨基在《致贺拉斯书》中说，"当一个人写诗时，他最直接的读者并非他的同辈，更不是其后代，而是其先驱。是那些给了他语言的人，是那些给了他形式的人"。我以为，葛亮试图从传统中汲取写作资源的努力，正是一种面对先驱写作的尝试。这样的尝试是稀有的，在中国当代文学现场构成了宝贵的异质力量，应该受到重视。

2016 年，天津

卑微的人如何免于恐惧

——路内论

一

　　青春很漫长，像冬日小城里百无聊赖的夜晚，也像蝉鸣不断的盛夏阳光，刺眼、嚣张，让人忍无可忍。——少年时代，总觉得永远不怕挥霍的是时光，以及与这时光伴随的过盛精力。可是，这些曾经最不值得夸耀的东西突然便消失了。重现只是在记忆中——漫长的青春在我们的脑海里开始定格。它们变成另一种模样——绵远悠长得怎么咀嚼也咀嚼不完，所有发生在青春的时光，18 岁或者 20 岁的那些故事，逐渐变得清冽、优美，值得珍藏。

　　读《少年巴比伦》《追随她的旅程》会发现，路内的小说其实一点儿也不特别。它们会让你想到我们书架上排列的种种与青春有关的记忆，《麦田里的守望者》《挪威的森林》，以及由王朔小说改编的那部著名电影《阳光灿烂的日子》。我列举的这些作品当然是少的，事实上还有很多青春小说——有诸多艺术作品不分时代也不分国度地充溢我们的阅读经验。

但是，读路内小说还是会被触动，它是别种的新鲜，是亲切。这种亲切我无从表达和细致描摹。或许是同龄人的缘故？我不知道，但正是这种亲切使我在一个冬天的下午静静地读完。路内的小说语言干净，没有汤汤水水，它有内容，简洁、澄明，有力量感。最重要的是节制。这种节制首先指语言，不矫情、不夸张，你能感觉到他在寻找准确而有节奏的对读者的"一击即中"。

写青春回忆体小说，很不容易节制。谁让我们不再青春了呢？谁让我们的青春变成了记忆，可以随时随地调出来渲染呢？所以，在我的阅读经验中，会看到很多充满了口水的回忆，这令你想到那滔滔不绝的"侃爷"，也有很多小说充满着眼泪及对书写从身体隐秘部位流出来的液体的热衷。当然，也有人喜欢床，带蕾丝边的睡衣，歇斯底里，以及对体位、做爱细节的热衷——性在青春时代意味着叛逆而被许多书写者迷恋。还有很多青春被隐匿的得意扬扬书写，当叙述人在讲述往事时，他 / 她喜欢突出当年自己的"苦难"与"疼痛"，因为今日与往昔的互相参照可以让讲述者获得心理上的补偿。

路内小说不耽溺。节制使路内小说有了说服力。戴城。戴城里技校的生活，以及糖精厂的日常。在工厂里成长起来的青年尽最大努力讲述着"我们"，以及和我们同龄人共同经历的那个90年代，慌乱、不安，生命中有鲜血和离奇的死亡，也有着说不再见却突然面对面的境况。很庆幸，节制使路内小说的工厂生活叙述没有变成当下文坛特别耀眼的底层叙事标签，其实路内的小说某种程度就是一部有"工人阶级"的成长史。这使小说的内在视角更有宽度，也使我们对往日生活的理解获得了某种程度的确认。路内小说的内敛、克制及某种隐隐的自嘲使我们对叙述人的"诚实品质"不得不相信。

像很多青春小说中永远都会有少女出现一样，路内小说也出现了许多迷人而青春的女孩子，她们亲切如邻家，这是路内小说特有的风景。当叙述人讲述她们，讲述她们身上发生的故事，讲述路小路与她们之间或清淡或心动的相识时，我注意到他语气中的"温柔"。这不夸张的"温柔"气息令人印象深刻。你知道，在许多的青春小说中，少女们因为美丽和别种性感而毫无例外地变成了"被窥探"和"被消费"者，一个成年男子常常喜欢在回忆体小说中夸张自己的性经验、夸张少女与自己的情感波折，进而确认自己作为男人的强大。这会让读者觉得荒诞，即使他们不是女性主义者，也会在内心对这种"夸张"表示不屑。相比而言，路内小说有透彻和自省，那是对那种迷恋身体讲述的青春小说的反动。

这一切使路内的青春讲述具有了强大的说服力——他笔下

那个自卑而强大的少年，内心既温柔又硬朗，既叛逆又忠直——在这个少年的成长史中，有90年代特有的社会的波动与不安，也有着"70后"一代人特有的心路与情路轨迹。

在《少年巴比伦》的后记中，路内说："小说都是谎言，谎话的背后往往是些上不得台面的东西，作者个人的神经症，故事的可疑，写作的多重目的性，大抵如此。"他说得对。所以，当我阅读路内的这两部与青春有关的小说并写下自己的感受时，我对自己的沉迷与偏爱做了辨析：大约我们都出生于70年代，大约我也有过小城生活的经历，大约我现在也不再生活在小城？我想是的。十年之后，路内的创作之路是怎样的，他会写出什么样的作品？或者，如果路内有机会重写他的青春，他会不会换一个口吻和记忆的装置，而我又会不会再次表示认同？我不知道。也许会，也许不会。这要看作家和读者日后的生活轨迹，及其当时生活的语境和心境吧。有句名言说"一切历史都是当代史"，我帮它改造一下，一切回忆都是被当下心情观照的历史。

二

真庆幸，路内根本没有让他的读者等十年。2015年，他写出了《慈悲》。不得不说，这是出乎意料的、带给人很大震惊感的作品。——当我们还习惯性地认为这位写出《少年巴比伦》《追随她的旅程》等长篇小说的作者将在残酷青春写作道路上一路飞奔时，路内写出了《慈悲》。《慈悲》刻下了那位叫水生的工人，他一经出现就像闪电一样耀眼，迅速裹挟起读者内心的情感风暴。

尽管读者并没有水生的遭际，但却能与他建立一种神奇的情感共同体。比如，关于那种来自记忆深处的恐惧。"这时有一个饿疯了的人，从旁边走了过来，他嘴里叼着根一尺长的骨头，骨头上已经没有肉了，骨头就像一根剥了皮的枯树枝，惨白惨白。疯了的人站在水生身边，向着水生的爸爸挥手。水生骇然地看着他。水生的爸爸就远远地喊道：'水生，走过去，不要看他。'"这一场景是水生的创伤性记忆，也是整部小说挥之不去的阴影。那个疯癫的人是不祥的，他是水生的同类，同时也是吞蚀骨头的人。他意味着坏运气，人性的黑暗和深渊。像许多人一样，水生的一生注定要遇到这些。

有毒的气体是水生一生中无处不在的恐惧。这是苯酚，也是苯酚车间工人必须呼吸的气体，很多工人在退休后有可能得癌症死去。当然，苯酚车间的工人们也因此获得劳保，享受国家制度给予工人阶级的补偿。申请补助是小说的核心情节，也是深有意味的线索。几十年来，工人们向国家申请补助，靠国家和政府"慈悲"渡过难关。由此，读者意识到，"慈悲"在车间里的特定含义很可能是"补偿"，它来自国家的体恤。但这种体恤通过层层关卡几乎无存，只有干巴巴的金钱，而没有了情感。——《慈悲》寻找到了讲述工人与工厂、工人与国家之间复杂关系的方法，它擦亮了"慈悲"的政治性含义。

《慈悲》深刻写出了那些工人受损害的一面。那不是展示伤痕式的写作，小说没有渲染，没有感伤，只有行动和叙述，从而，《慈悲》中将那种气体伤害变成了人的生存本身，生活本身。想想看吧，水生的一生充满了恐惧，他要尽可能躲避坏厄运。生活无数次伸出利爪试图把他拉进泥潭，这些泥泞完全可以把一个人一点点吞掉，完全可以把这个人变成"滚刀肉""浑不懔"。如果水生不自我挣扎，会变成一个凶狠的人、自私的人，一个削尖脑袋向上爬的人、一个把别人踩在脚下的人。但水生没有。

水生与根生都是师父的徒弟，后者似乎可以看作是前者的一体两面。根生的日子是一直下坠的，他对玉生说："人活着，总是想翻本的，一千一万，一厘一毫。我这辈子落在了一个井里，其实是翻不过来的，应该像你说的一样，细水长流，混混日子。可惜人总是会对将来抱有希望，哪怕是老了，瘫了。"根生对生命是如此留恋。小说中不止一次写到臭味，厕所的臭味。也写到根生从汪兴妹——那位住在厕所旁的女人那里获得的安慰。那是卑微者对身体欲望的渴求，是他们微末生存的光。没有比在厕所旁和臭味中生存更恶劣的了，有人因此变得越来越坏、越来越狠，也有人因私情暴露无处躲藏。根生被殴打入狱，汪兴妹不明死亡。归来后，根生多么渴望重新开始生活，可是，他依然没有逃得过坏运气。"根生高高地挂在房梁上，已经吊死了。他衣角和鞋尖的雨水正在往下滴落。"

看到个人在历史中的位置，历史的节点；意识到命运的无常；意识到某些重大问题就潜在人物的命运里；意识到无论时代多么强大，人都要活得比他的时代更久长。——路内把他对世界的理解和认识全部落实在人物的具体环境里，落实在每个人物身上。小说中水生与妻子玉生之间的情感最为平凡朴素，但也别有深情。

夫妻俩并不欺负他人，但也不逆来顺受。他们收养唇腭裂孩子复生的段落夺人心魄："屋子里很静，一盏八瓦灯头挂在饭桌上方，昏黄暗淡，仿佛还是和从前那些年一样，但他们心里知道，这间屋子里从此多了一个小孩。小孩会哭会闹，会说会跑，会长大。"他们的生活贫苦而有爱，他们身上有人之为人的光泽。正是在这种环境中长大，健壮的复生让人心生美好。"只见复生穿玫红色汗衫的身影在远处的山路上，弯弯曲曲，跑得像一头母鹿。"这里有生命的气息，也有水生最终成为水生的秘密。

是的，"施"与"受"在《慈悲》中是相互的，水生最终成为和师父一样的人，帮助他人领取补助的人。他逐渐有了他的硬骨头。一如师父向领导为他人讨要补助，哪怕下跪也是有尊严的。因为那不是向发补助者低头，那是争夺工人应得的权利。一个人如何使自己免于恐惧？《慈悲》中，水生借助的是爱。是师徒爱、兄弟爱、夫妻爱和父女爱……水生固然是给予者，他给予他人情感，但也收获他人的情感。这位仁义、仗义、清醒、有自嘲能力的普通人，不是《活着》中的福贵，他比福贵更有主体性；他也不是许三观，他的人际世界远比许三观复杂。当然，他终究是和他们同类的人，那种平凡生活中有魅力的人，平民中有英雄气的人。——与意志和情怀有关的光照亮了水生和他所生存的环境，照亮了当代文学在表现工厂生活时所留下的空白。

回忆一下《乔厂长上任记》（蒋子龙 著）里的主人公吧，乔厂长是雄心勃勃的人，是改革年代的弄潮儿；《大厂》（谈歌 著）中的吕建国，是改制时代的管理者，他有他的迷茫和苦楚。这些曾成为文学史焦点的作品，都是写作者们处在工厂当家人视角所写，他们写出了作为管理者的抱负、为难、承担。《慈悲》与之相对。——《慈悲》写的是作为工人阶层，作为被管理者的日常生活。路内把我们拉回到有毒的车间里，拉回到工人们的日常生活中，拉回到工人们破旧的饭桌前。他让我们和工人在一起，看工厂几十年来的改革，看"关停并转"，看领导们一茬茬地"风水轮流转"，也体会工人们如何为了活下去而苦苦挣扎。

将《慈悲》《乔厂长上任记》《大厂》放置在一起，会看到不同代际作家之间关于工厂生活的对话，那是写作者不同立场和价值观的一次卓有意味的交锋。由《慈悲》提供的视点往回看，才会看到中国文学如何与中国工厂的光荣和衰落同步，会看到中国文学如何在字里行间写下工厂的体面、欢乐、没落与灰暗。《慈悲》里既有个人史，也有公共史。《慈悲》呈现了五十年来中国工人的际遇。

必须提到《慈悲》的语言，它简洁、有力、不拖泥带水，也绝没有感伤气。这与并不枝蔓的、有硬度的小说内容正好相得益彰。阅读过程中，读者会深刻意识到，从《少年巴比伦》到《慈悲》，那个青春的、躁动的叙述人慢慢没有了毛躁气。他开始自我设限，开始了有难度的写作。相对而言，写青春是容易的，忠实记忆即可。而《慈悲》的困难在于如何理解一个人的付出和得到，如何理解一代人的失去和痛楚，理解他们的奉献和被剥夺。——因为和他的人物在一起，路内站在了工厂内部，不是作为青年人，而是作为历经沧桑的成年人。他变得温和、宽容、仁爱。由此，读者意识到，这是位有情义的、对时代有所思考的写作者。

三

一个小说家如何与世界相处？托尔斯泰说："要学会使你自己和人们血肉相连、情同手足。我甚至还要加上一句：使你自己成为他们不可缺少的人物。但是，不要用头脑来同情——因为这很容易做到——而是要出自内心，要怀着对他们的热爱来同情。"怀着内心的热爱去同情，这是更广大意义上的理解。

而《慈悲》中，路内对师父、水生、根生，都有类似情感。借助这样的情感，小说家一个猛子扎到了我们所未知的历史海洋内部，他迅速而强有力地抓到了那些被公众忽视但又非常重要的部分。

就当代文学史而言，路内贡献了一部忠实记录此时此刻的作品，那里有五十年来中国工人的生活史。同时，这也是能超越此时此刻的作品：他写下的是一个人如何面对他的苦和难，如何以慈悲之心宽待那样的苦和难。这是《慈悲》最弥足宝贵之处。——以《慈悲》开始，路内撕下了自己身上"残酷青春写作"的标签，他以令人惊讶的克制和简笔创作了他写作生涯中具有里程碑意义的作品，他也以此向读者有力地证明了属于新一代写作者的文学尊严。

2008—2016 年，天津

和无穷的远方，无数的人在一起

——李修文论

一

李修文是"多情者"。这多情在《滴泪痣》中显现得极为明显，难怪很多读者会感动。不过，我读的时候倒也有别的感受——偶尔想抽离出来透口气。你知道，这篇与青春有关的爱情小说情感太浓烈了。但是，我最终还是被带进去了，尤其是读到中间，突然紧绷的情绪就释放下来——那么好吧，好吧，就感动一次，青春一回，就"纯粹"一次吧。

明明不喜欢青春伤怀小说，为什么最终选择相信？明明知道这是一个青春爱情物语，为什么依然觉得值得阅读？因为品质。因为小说的故事走向有智商，故事的内核有重量，并不苍白轻逸，重要的是，它有文学品质，你能感觉到李修文曾经为写作扎过的那些"马步"。这也意味着小说家的敬业：即使他知道自己在写畅销的爱情小说，他也要写到某个"份儿"上。我的意思是，李修文借助于《滴泪痣》和《捆绑上天堂》做了一次自证：他可以不走言情小说或青春小说读物的路，但，如果他愿意，他依然可以做得好。

读《滴泪痣》时，我有一个深刻的"错觉"是李修文应该很会写情书，或者有擅写情书的潜质——这小说分明是写给他的日本岁月及青春爱情的信笺。"情书"二字不过是比喻罢了，要知道，这是高质量的"情书"：词语饱蘸情感的汁水，由此搭建而成的句子变得有生命力，可以站起来，可以呼吸，可以有表情，可以有血有肉、有光泽和弹性、有速度和节奏。读着这样的句子，你没有理由不认为小说作者先天营养良好，后天也修炼得不错，唯其如此，他的文字才显得那么生机盎然，根本无需浮华的夸饰，更无需寡淡的口水来充数。当然，读这样的句子，你也会了解这位小说家是如何自我设限和追求完美的，也便明白这个人到目前为何越写越少——或者他遇到了障碍跨不过去，或者他不满足于不断地重复，所以便惜墨如金。这是少有的有肉身的文字，那么，读《滴泪痣》，即使你明知要被一位写作高手"煽情"，流泪大约也并不可耻。

但，那种小说类型并不是我喜欢的，这是属于我个人阅读的偏见，毫无道理。我喜欢的是李修文文字中的另一种东西，也许应该叫情怀。在我眼里，李修文是有情怀的人。我喜欢他写的散落在各个报刊的那些随笔——它们随性，没有架势，有情有义，有体恤，便也更丰饶。

一篇是《每次醒来，你都不在》。一个叫老路的中年男人，常在墙壁上涂写"每次醒来，你都不在"。男人失婚、失业，像我们在路上常常遇到的那些个中年男人一样，面容模糊灰扑扑。老路朝他借书，约他一起去寺庙里烧香，喝酒酣处，他夸老路这八个字写得好——因为我们每个人都想当然认为这八个字包含的是男人对女人的爱与留恋。可是，我们错了。"老路不说话，他开始沉默，酒过三巡，他号啕大哭，说那八个字是写给他儿子的。彼时彼刻，谁能听明白一个中年男人的哭声？让我套用里尔克的话：如果他叫喊，谁能从天使的序列中听见他？那时候，天上如天使，地上如我，全都不知道，老路的儿子，被前妻带到成都，出了车祸，死了。"这便是我眼中李修文的令人惊艳处了：他把世间那如蚁子一样生死的草民的情感与尊严写到浓烈而令人神伤——他的笔力之魅，是使渺小的人成为人而不是众生，他使凡俗之人成为个体而不是含混的大众，这样的小说家，内心是丰富的、湿润的，有宝藏的，你，忘记不掉。

还有《哀恸之歌》。2008年5月20日至28日，作家去了遭遇地震的甘肃武都、文县。山崩地裂余震袭来，他在灾难现场。那是父母双亡与哥哥相依为命的妹妹，她不断地跑到村口寻找哥哥。"（她）抽出被攥住的手，发足便往前奔跑，没有人知道她会跑向哪里，但是人人都知道，无论她跑到哪里，她从现在开始要度过的，注定又是无望的一日。"那是条失去主人的瘦弱的老狗，"有人追随着它，看看它究竟将这些彩条布送到了哪里，最后的结果，是还没走出两里地便不再往前走了——它不过是将它们送往了主人的墓上，风吹过来，花花绿绿的彩条布散落得遍地都是"。那是位沉默寡言的父亲，"大概是有人劝他想开些，实在想不开的话，便要学会忘记，一年忘不掉，来年再接着忘，女儿十六岁，那就忘记她十六年。这时候，他突然满脸都是泪，扯开嗓子问：'怎么忘得掉？怎么忘得掉？一千个十六年也忘不掉！'"

这不是匆匆过路者留下的"报告文学"，这是在此地者以情同此心的方式书写的绝望、疼痛、软弱及大荒凉，这文字有属于人的惶恐、无奈，其中又潜藏着多情者的温暖体温——所有的情感在此间都是及物的："在这连烛火也甚为缺少的地方，天色黑定之前，眼前最后的一丝夺目，是一座新坟上被雨水淋湿的纸幡。突然之间，我悲不能禁：死去的人不是我的亲人，我却是和他的亲人们站在一起，那些停留在书本上的词句，譬如'今夜扁舟来诀汝，人生从此各西东'，譬如'相思坟上种红豆，豆熟打坟知不知'，全都变作最真实的境地降临在了我们眼前，无论我们多么哀恸，多么惊恐，夜幕般漆黑的事实却是再也无法更改：有一种损毁，注定无法得到偿报，它将永远停留在它遭到损毁的地方。"

还有那来自多情者内心最深处的柔软和希望："好在是，我身边的小女孩已经在祖父的怀抱里入睡。许多年后，她会穿林过河，去往那些花团锦簇的地方，只是，定然不要忘记田埂上的此时此地，此时是钟表全无用处的时间，此地是公鸡都只能在稻田里过夜的地方，如果在天有灵，它定会听见田野上惊魂未定的呼告：诸神保佑，许我背靠一座不再摇晃的山岩；如果有可能，再许我风止雨歇，六畜安静；许我种瓜得瓜，种豆得豆。"（李修文：《哀恸之歌》）

二

十多年来，李修文的散文作品《每夜醒来，你都不在》《羞于说话之时》《把信写给艾米莉》《长安陌上无穷树》在微信和网络上广为流传，收获赞美无数。2017年出版的《山河袈裟》是他的第一部散文集，收录了他的重要散文作品，当然，其中百分之八十的文字是第一次与读者见面。

李修文是对世界怀有深情爱意的写作者，这三十三篇情感浓烈、动人心魄的散文是他写给万丈红尘的信笺，也是他写给茫茫人世的情书。一篇篇"信笺"读来，每一位读者都会辗转反侧，心意难平——李修文的语言典雅、凝练，有着迷人的节奏感，而他所写的内容又是如此富有冲击力。这位作家有如人性世界的拾荒人，他把我们忽略的、熟视无睹的人事一点点拾到他的文字里，炼成了属于他的金光闪闪的东西。

《山河袈裟》中每一篇写的都是微末平凡的普通人，他们是门卫和小贩，是修雨伞的和贩牛的，是快递员和清洁工；是疯癫的妻子、母亲，是失魂落魄的父亲与丈夫。谁能忘记老路呢？那位内心里有巨大创伤的中年男人，他的"每夜醒来，你都不在"并不是写给爱人，而是写给因车祸而死的儿子；还有那位儿子患病、丈夫离世的中年女人，她一心想砍掉医院的海棠树，因为那里有厄运的影子，她的痛苦无以解脱，只有以哭号反抗。

这些人平凡、卑微，但又让人难以忘记。他们是贫穷的人、失意的人、无助的人，但也是不认命的人，是心里有光的人。《山河袈裟》写下的不是人普通意义上的痛苦，不是展览这些人身上的伤痕；作家写的是人的精神困窘与疑难，以及人们面对这些困窘与疑难所做出的苦苦挣扎。他们身上的某种神性的东西被李修文点燃。即使身患绝症，岳老师也要在病房里敦促同样生病的小病友读诗，孩子总也记不住。但就在他们分离的一瞬，孩子背出了那句诗："长安陌上无穷树，唯有垂杨绾别离。"穿越千年而来的诗句，让人内心酸楚。那是活生生的人间别离，却也是在生死大限面前的深情不已。在《山河袈裟》里，最卑微的人身上也有人的教养和尊严，那是一种"人生绝不应该向此时此地举手投降"的信念，因为，"在这世上走过一遭，反抗，唯有反抗二字，才能匹配最后时刻的尊严"。

也许，在另一些人看来，这个世界是残酷而无情的，但是，李修文着意使我们感受到这残酷无情之外的"有情"。在《阿哥们是孽障的人》《郎对花，姐对花》中，在《长安陌上无穷树》《认命的夜晚》《苦水菩萨》中……他把世间百姓的情感与尊严写到浓烈而令人神伤。这些人，他们远在长春、青海、黄河岸边，乌苏里或呼伦贝尔，但是，他们又真切地来到我们眼前。他爱他笔下的人物，苦他们所苦，喜他们所喜，痛他们所痛。读《山河袈裟》，你不得不想到文学史上的那些前辈，那些和李修文有共同美学追求的人，苏曼殊、郁达夫、萧红，他与他们是同类。每一位《山河袈裟》的读者也都会被作家的诚恳、坦荡、忠直打动，你从他的文字里看不到敷衍、轻浮和轻慢。也因此，作为读者，我们信任他的每一个字、每一个词、每一句话，我们心甘情愿和他结成坚固的情感同盟。

在写下这些文字之前，李修文对一些写作上的重要问题有过反复思考。比如"我是谁""我来自哪里""我要为谁写作"。他最后选择"滴血认亲"，选择"回到人民，回到美"。他重新认识谁是他的亲人和同类。他发现，他们从来不是别人，他们就是"我"。这让人想到新文学的文脉，"人的文学"的传统。当年，发动白话文运动的先辈们希冀我们的文学能和"引车卖浆者"在一起，希望我们的文学能发出平民的、大众的、有血气的声音。一百年来，这样的声音不断回响，直到再次回荡在这本书里。在《山河袈裟》中，我们又惊喜地触摸到了中国新文学的初心。

什么是好的写作者呢？他有能力使读者看到看不到的，他有能力带领读者穿林过海、翻越山峰，他有能力唤醒我们新的感受力。新的感受力对每一位读者、每一位写作者如此重要，我们以为世界是这样的，我们以为人生不过就是我们看到的，我们以为世事也不过就是这些……但是，好作品会唤醒我们。《山河袈裟》中的每一篇文字都有唤醒的力量——原来世界不是我们所想象的，原来我们生命有如此多"要紧处"，原来我们的世界有这样的大热爱、大悲喜、大庄重。某种意义上，《山河袈裟》是我们重新理解这个世界的依凭，通过阅读它，我们重新理解此时、此地、此刻，重新理解人心、人性和人情。

画家徐冰在《给年轻艺术家的信》中说："我认为艺术最有价值的部分，是通过作品向社会提示了一种有价值的思维方式及被连带出来的新的艺术表达法。"他又说："好的艺术家是思想型的人，又是善于将思想转化为艺术语言的人。"对作为文学艺术的散文作品也应该如此判断。读《山河袈裟》，我们固然会为普通人的际遇及情感而动容，但更为作家独具品质的文字打动。

李修文的文字里有大热烈和大荒凉，那是一种参差交错之美，轻盈的与厚重的，浓艳的与孤绝的，凄美的与壮烈的，会同时出现在他的文字里，这似乎得益于他的小说家与编剧身份。他的文字一咏三叹、百转千回，"如万马军中举头望月，如青冰上开牡丹"（李敬泽语）。这是李修文散文卓尔不群之处，恐怕也是《山河袈裟》被视为当代散文写作之丰美收获的原因所在。

读《山河袈裟》，我多次想到鲁迅先生的话："无穷的远方，无数的人们，都与我有关。"那是一位好作家应该拥有的情怀，也是好作品所要达到的境界。在《山河袈裟》里，李修文实现了和"无穷的远方、无数的人"在一起的愿望，他以深情而不凡的书写获得了我们时代读者的审美信任。今天，有这样追求的作家和作品珍稀而宝贵。

2009—2017 年，天津

"不规矩"的叙述人

—— 鲁 敏 论

持取景器者

鲁敏是视角独特、兴趣驳杂的小说家。我想到她的小说《取景器》，那位女摄影师关注的主题是那么与众不同：井、屋檐、背影、面孔、畸形人、野猫、菜场。独特的"取景手法"使其拥有了重新解释和命名世界的权力，她给出的解释是："我需要一下子发现拍摄对象与众不同的东西，那隐藏着的缺陷、那克制着的情绪、那屏蔽着的阴影部分！"[1]读到此处，作为读者的我停了下来——这固然是摄影家的思量，是否也是小说家的自况？你看，鲁敏的选材是如此别具特色：身在的家庭生活、机关单位，邮差、播音员、大夫、大龄女青年、养鸽子者、图

---

[1] 鲁敏：《取景器》，载《纸醉》，江苏文艺出版社，2009。除特别说明外，本文所引用的鲁敏小说原文均出自此书，不另注。

书管理员。有意思的是，这些人都渴望成为另一个自己，内心有一个不安分的存在。——某种意义上，鲁敏的大多数人物是"越界者"与"脱轨"者，或者，他们渴望着一个脱离"常规"的世界。于是有两处风景便不断地复现：一个是遥远的、迷离的、具有传奇意味的乡土世界"东坝"——随着《思无邪》《离歌》《风月剪》《纸醉》《燕子笺》的问世，东坝迅速构成了鲁敏具有标志意义的纸上乡原。它与我们生活中的世界有着远为不同的特质与美好。另一处则是都市人身上微小的疾患与怪癖。鲁敏热衷于对暗疾"显微"的书写，很多人物都出现了某种"暗疾"：窥视欲、皮肤病、莫名其妙的眩晕、呕吐、说谎。她的人物于暗疾处脱轨，也于暗疾处渴望重生。

这是个"不规矩"的叙述人。行文中，叙述人常常会跳到故事里叹息，煞有介事地和读者一起讨论人物的命运走向，这种"边叙述边议论"使她的作品蒙上"温柔的反讽"[1]的调子。小说的某个场景的逼真令你感到结结实实的撞击，但有时候你又被一种"不可能"的想法拽住，觉得她的人物脱轨得未免太猛烈了。她漫不经心地对诸多生活细屑的搜集使小说的许多场景充满诱惑力，但是，沉浸其中的你又分明听到了叙述人那兴致盎然和并不缺少幽默的解说，会觉得这会使小说出现很多分岔……一切就成了景中之景，画外之画。——你会觉得鲁敏小说太没有章法了，可是，不也正因如此，才有了她叙事中所独

---

[1] 张清华：《镜中的繁复和荒凉——关于鲁敏的〈墙上的父亲〉》，《小说评论》2008年第3期。

有的繁复、缠绕、纠结，以及调动读者热情的兴致勃勃？

　　阅读中，我日益相信，鲁敏小说还有一处风景是隐藏着的：
"父亲"。叙述人热衷于从女儿角度对父亲谜团一样的婚恋世
界进行探寻。如果说父亲是鲁敏取景器里的风景，那么"父女
情感"则是镜头外被忽视的，这是认识鲁敏小说的一个特别视
角，这是一个持特殊"取景器"者。你经由鲁敏对父亲的讲述，
会意识到小说家对"父亲"在物质贫穷时代的精神恋爱表现出
的好奇，会感受到父女情感的复杂，这最终促使叙述人对父亲
般的男人具有宽容与耐心，也对一种传统生活表达着罕有的"致
意"。与其说父女情感显示了一位女性小说家对像父亲一样的
长辈男人的崇拜，不如说鲁敏小说因对父辈精神生活的向往而
具有了别种情怀。"父女情感"使她的创作破坏了女性主义某
种僵化的理论框架，使其性别写作与体认向更复杂与纠结处推
进。我以为，"父女情感"及从中延伸的对父辈精神生活的景
仰和认同使"暗疾"与"东坝"在鲁敏小说中构成了别样风景：
鲁敏借用"暗疾"与"东坝"的存在使"不可能"在小说中发生，
进而寻找着文学写作的另一种"可能"。这是一位因对人与人
之间关系的不懈探求和对人性"暗疾"的好奇而使自己在同龄
写作者乃至当代写作者中脱颖而出的写作者，她充满韧性的书
写方式与其笔下顽强地在俗世中生活的人们一起，共同构成了
一个充满生命力的纸上世界。

"暗疾"："脱轨"的人与事

暗疾首先指的是一种生理意义上的疾病，比如《暗疾》中的一家人：大龄女青年梅小梅，生活在城市的边缘。她爱去高级商场刷卡买高档服装，隔天便去退货——这会让她得到高人一等的快感。她的父亲一紧张就呕吐。长期便秘的姨婆，喜欢与人分享大便次数，即使是在餐桌上。《羽毛》中的郝音总会毫无征兆地不舒服，导致聚会草草收场；《羽毛》中的女儿则"瘙痒开始分布到腰上，而脖子与四肢上的则越抓越厚，并变得苔藓似的一块一块"。暗疾是不是生活压力给予身体的神经质反应呢？——当所有人的暗疾以一种精微又放大的姿态出现时，你看到了这些人生活的庸常，他们内心中对这种庸常的不满和来自其身体的潜在反抗。

《致邮差的情书》中小资女人 M 突然想给邮递员罗林写封情书，她觉得自己爱上他了。可平庸的罗林遇到的却是金钱的困扰，妻子渴望逃离家庭哪怕只有一秒，儿子渴望获得和其他同学一样的生活条件……罗林收到了那封信，他判断有人寄错了，这让视爱情或情感为生命的女人实在不理解。在 M 身上，有没有那种被叫作怜悯癖与施舍癖的"暗疾"呢？正是通过一次异想天开的写信之举，鲁敏书写了有趣的人际关系，它具有抽象性——一个小资产阶级与一个刻板的邮差之间的关系，不再只是人与人之间，还是注重实际利益的男人与多情女人之间的关系，更是两个阶级之间根本上的不可沟通。《取景器》中，摄影师唐冠热衷于为她的情人拍摄照片，他从她的镜头里看到了不同的自己。分手后，她偷拍他的妻子，他的女儿。男人看到的家人和摄影师镜头里的完全不同，当家人热衷于谈论那些景象时，男人感到了错位和对一种古怪的人际关系的陌生。需要注意的是取景器后面的摄影师眼睛，她是否通过这种拍摄的侵略性获得隐秘的快感和征服欲，——这是不是作为第三者的女人身上的"暗疾"？

　　暗疾引发"脱轨"。《细细红线》中女主人公红儿是按部就班生活着的图书管理员，她的爱好就是体验成为另一个人的快感。一个拥有众多粉丝的男性著名播音员，因被光环围绕而疲倦。小说中那根"细细红线"正是男名人对红儿所说的界限："我跟你之间，什么都可以，但绝对不谈恋爱，什么你爱我、我爱你之类的。"[1]这个界限恰也是她愿意和他交往的原因。他们渴望成为另一个人，在肉体上实验。最终，"她与他，在相互交叉的最初，曾经可能葆有的明亮与光明，彻底消失了，现在，他们正把人性中最炽烈最危险的那部分，狠狠地掏出来，爆发出恶之花的绚烂"。人物脱轨的生活状态成为小说中最有意味的隐喻，是都市人渴望成为"他者"的行为艺术。事实上，对所处生活的不满，是导致小说人物有诸种"暗疾"发生的原因，也是鲁敏的故事发生的原因，"暗疾"使不可能发生的变得可

---

[1]　鲁敏：《细细红线》，《钟山》2009年第3期。

能发生，使本该平安无事的生活变得痛楚不堪。因而，这里的"暗疾"，不只是病理层面的，还具有某种抽象意味，是都市人渴望从"此我"中逃离的隐秘渴望。由暗疾处，你会感受到作为人的卑微和渺小，你会发现，暗疾是人们心理阴暗的藏污纳垢之所在，也是人原谅自我和自我原谅的护身符。——由小的病灶出发，鲁敏进而临近了人性的无尽的深渊。

把暗疾笼统地书写或理解为人性的书写是轻易的，也说得通。但是，我想补充表达的是，一个优秀的小说家大约永远不可能就"此地"看"此地"，也不可能只是就"此病"而论"此病"。——当书写者用"暗疾"的方式命名小说人物的"疾病"时，她当然是敏锐的。可是，人身上最可怕的暗疾与病苦，恐怕不是具有典型性的或特殊化的那部分，而是每个人都习以为常的"非典型性"和"普泛性"的部分，是我们没有办法戏剧化处理的部分，是遍布我们身在世界和社会的我们无法抽离的那部分。或许，小说家应该意识到的是，书写暗疾时不能只停留在"精微"层面而忽略那被埋在精微之下的"复杂"与"深广"，——暗疾有它的连筋带肉处，也有我们未曾看到的根须。那么，当我们书写暗疾时，是否要避免抽离历史语境，避免剥离普遍性而放大其特殊性？当我们对暗疾进行显微和放大时，是否应该意识到这有可能导致"猎奇"的危险，制造"典型"的嫌疑？是什么引发生理上的暗疾？是什么使这种暗疾演变为精神上的暗疾？如何认识个体身上的暗疾之广泛性与社会性？这样的个体暗疾与整个时代有什么样复杂的关系？——这些，恐怕是鲁敏今后写作时应该直面的难局。

"父女情感"与"母女厌憎"

还没有哪一个当代女作家像鲁敏这样喜欢书写"父亲"。如果把她笔下的那些女儿归于一起考察，你会很快发现她们的共同"暗疾"："关注父亲"。《镜中姐妹》《盘尼西林》《墙上的父亲》《暗疾》《白围脖》《羽毛》中都有一个父亲形象。父亲是在场的，比如《暗疾》《羽毛》。但更多的时候父亲不在场，"缺席的'父亲'成了想象的诠释之地，欲望的寄托之所。父亲这个在一般意义上被认为是联结家庭与外界的纽带，在鲁敏的小说之中同样一般地表现为纽带的断裂，于是生活窘困、不安，精神乃至心理、生理的跳动不安都成了叙事中盘旋不去的支撑"[1]。不在场也是一种在场，他影响女儿的生活，干预故事的走向，正如小说《盘尼西林》中"我"的叙述一样："父亲长年不在家，这只是一个小小的背景，但可能正是它，决定了我生活的许多细节与走向，你接下来会知道，背景其实往往也是未来的前景。"[2]父亲们有共同特点：沉默，喜欢文学艺术，即使是生活困顿，也有对精神生活的享受。他是神秘的，他的

---

[1] 程德培：《距离与欲望的"关系学"——鲁敏小说的叙事支柱》，《上海文学》
2008 年第 10 期。
[2] 鲁敏：《盘尼西林》，《作家》2007 年第 2 期。

情感生活像无尽的宝藏，需要女儿探寻和了解，女儿是那么渴望了解他的一切，即使是一段背叛了母亲的婚外情。父亲的情人也有某种共通性，她是比母亲年轻、带有神秘感的柔软的女人，或者是个文艺女青年吧。《白围脖》中她是小白兔，《羽毛》中她是郝音。相对而言，女儿是另一种女人，她们并不是优雅的，也不是柔弱的，更没有好的婚姻和情人。她们了解父亲的爱情，她们愿意像他那样寻找精神意义上的恋爱，比如《白围脖》中忆宁对婚外情的追逐，以及她对白围脖的迷恋。

等一等，需要停下来，这样的推理很危险，一不留神便落入"女儿渴望成为父亲的情人"的结论，尽管无论是生活中还是文本中，女儿寻找丈夫时的坐标往往是以父亲为尺度也是一个事实，但这样的归纳太简单和粗暴了。——"忆宁像孩子一样放声大哭起来：爸爸，我想你。"这是《白围脖》的结尾，其中含有对父亲深情的向往与想念，但又不仅仅是。鲁敏小说中的"父女情感"要复杂得多，也许这不是情谊，而是由父亲引发的影响的焦虑，——她对父亲是有距离的疏离，一种犹疑和一种情感上的不确定性……父亲在她的作品中既强大地"在场"，又虚弱地"远去"。

鲁敏的大部分作品显示，在性别体认方面她具有"女儿性"。女儿对父亲情感世界的好奇是鲁敏家庭小说故事的发动机，它决定鲁敏诸多小说的故事走向。但是，此中讨论的发动机并不仅限于这样的表层理解，对父亲情感世界的好奇和对父女情感的书写，也使小说中的女儿对父亲一样的年长男人抱有好感。这可以解释鲁敏小说中年轻女性中意的几乎都是年长的可以做父亲的男人，例如《正午的道德》中的程先生。男长女幼的书写模式让叙述人感到某种安全。另外，这也使鲁敏小说对"精神恋爱"表现了很大程度上的尊重，这使她的小说人物在男女情感上有某种特别坚定的道德感。相比而言，她更多地在意"精神性"的沟通。"我们的第一次拥抱就仅仅隔着皮肤""我们长久地亲吻，慢条斯理地进入，像是孩子品尝他们的第一块水果硬糖"。这是《取景器》里男女主人公第一次肉体相遇的场景，很性感，尤其是"慢条斯理地进入"这句话，举重若轻地书写了成年男女的性生活风姿。熟悉鲁敏小说的读者会注意到，正面描写"交欢"在鲁敏小说中几乎是绝无仅有。鲁敏小说中男女肌肤相亲很少会直接发生，她喜欢调动嗅觉和听觉，喜欢借用"器物"，比如取景器、剪纸、吹笛子、裁剪量衣等中介方式到达"乐而不淫"的"调情"。——说到底，这个女儿，渴望像父亲们一样超越这平凡的物质生活，追求具有意义的"精神生活"或"精神恋爱"。

与父女情感有所区别，母亲在鲁敏小说中不是和蔼可亲的，不是优雅美丽的，她们没有成为母女情谊的可能。她是女儿的敌人。比如，《白围脖》中，是母亲发现了女儿的婚外情并把它告诉了女儿的丈夫，从而使女儿的婚姻最终瓦解。而这种告发和破坏，正是基于她多年前的受伤害的妻子身份。在《墙上的父亲》中，母亲的喋喋不休是那么令人厌倦："这活像瓶盖子，一拧，旧日子陈醋一般，飘散开来。接下来的一个时辰，母亲总会老生常谈，说起父亲去世以后的这些年，她怎样地含辛茹苦——如同技艺高超的剪辑师，她即兴式截取各个黯淡的生活片段，那些拮据与自怜，被指指戳戳，被侵害被鄙视……对往事的追忆，如同差学生的功课，几乎每隔上一段时间，都要温故而知新。"

唉，母亲，简直就是女儿"精神生活"的敌人！在《暗疾》中，她锱铢必较的暗疾，折磨着家人。这是一个与精神生活完全不相关的母亲形象。这处于经济拮据的状态，这处于情感被侵略、被分享状态的母亲与可恶的物质主义相连，令人心生不快。我以为这个物质主义的母亲是一种象征，这使得喜欢追求精神生活的女儿与母亲之间完全不可能建立"母女情谊"。当然，女性之间的互相厌憎显示了鲁敏对于性别体认的复杂性。这不一定不是女性主义的，这样的事实其实也是"性政治"的结果，是集体无意识，——当母亲及姐妹在父亲或别处遭受的歧视在她们本人身上被深层意识化时，她们便会鄙视自己并相互鄙视。

需要说明的是，我对鲁敏性别认识的分析与理解，不是结论而是进程——鲁敏对于性别关系的理解处于过程之中，即使是上文提到的父女情感其实也正在悄然发生着某种变化。在《取景器》中，唐冠和她的摄影镜头一样具有咄咄逼人的劲头儿，她不仅以此侵入男人的生活，还以一种更年轻的女性姿态冒犯男人生活的每一个细节。手持摄影镜头的女人是强势的，与男人的开始与结束，主动权几乎全在她身上，此类女性在鲁敏小说中是如此独特，你或许以为这意味着鲁敏开始进行一种"女权主义"的书写。其实不然。《取景器》提供了进入鲁敏小说的不同路径：有外遇的丈夫／父亲最终产生了悔意与摄影师女友疏离，而对妻子充满歉意，这是鲁敏的有婚外情的父亲故事中非常少见的情形。所以，《取景器》在鲁敏小说的独特意义就在于此：鲁敏开始变换理解视角去重新讲述一个"老故事"，——当故事偏离女儿"景仰"的视角，叙述人显现了她作为一个成熟女性对此一事件的理解宽度，她意识到了"婚外情"的复杂性，她有了自己作为女性的困惑。当《取景器》中热爱编织的妻子以一种无趣的、刻板的，以及受伤害的女性形象出现，男人最终又回到妻子身旁的结局是否暗示着鲁敏开始以另一种方式关注母亲／妻子？《细细红线》中男性的虚弱与《取景器》中男性的颓败互为文本，是鲁敏近一年来对父辈男性的重新审视，也可能是她对男女情爱关系的某种重新理解。那么，在性别体认方面，这两部小说是鲁敏对作为"女人"的女性形象的一次建构，还是对作为"女儿"的女性形象的一次解构？也许两者都有。

"东坝"："信"与"不信"，"不可能"与"可能"

与物质主义和暗疾丛生的当下现实不同，鲁敏的东坝遥远而美好。在当下的时代语境里，大多数阅读鲁敏小说的读者都会对她笔下的"东坝"系列怀有深深的好感与强烈的好奇。那里的世界是如此与众不同：有水，有人，有情爱，有剪纸，有裁剪旗袍的裁缝……东坝是安静的，人们的生活欲望也不是浓烈的，这里流传着久违的美德，以及对生活的独特理解与认识。《离歌》写的是死亡。写的是活着的人如何死，如何面对死，我们所有的人就这样死死生生。小说重新讲述了人在死亡面前的从容、淡定，以及尊严，《离歌》以关于重述"离去之歌"的方式，完成了一种向中国式生活与中国式死亡哲学的致敬。《思无邪》的故事也发生在东坝，两个身有残障的男女被安排生活在一起。他们的肉体以纯粹的肉感方式出现，与没有意识的植物人发生性关系其实存在着伦理道德的指责，即使他是聋哑人。但鲁敏却执拗地书写了一种肉感的美好，她试图寻找的是去情欲、去世俗，以及去丑陋的男女之情。这种去世俗化的处理也包括《逝者的恩泽》，也许它的故事可以变成另一个结局，但在鲁敏的世界里，两个女人可以因一个逝去的男人达成某种关于情感的契约，达到作为情敌的女性的同盟。

东坝系列小说有传奇性和乌托邦意味，人们因物欲负累相对减少而活得更本真，物质的匮乏导致的是人性的美好，即使是因钱而困顿，但这困顿也最终变为善与理解的起点，比如《逝者的恩泽》。鲁敏对物欲的某种负面性的态度在《岁月剪》《纸醉》《思无邪》中都有体现，她笔下的人物在物质并不宽裕的环境里都具有某种节制之美和克制的能力，她试图在最坏的岁月中，探寻那"性情最好的流露，亲人们间的关照和搀扶"，这与城市生活中暗疾患者们放纵自己成为"他者"的行为方式形成了某种观照。就东坝系列而言，她在使读者"隔岸观看"，"从叙事角度来看，'隔'，它提供了一个稳妥的基石，一个从容的相对恒定的气氛，这种'隔'，有狡猾的成分，也有笨拙的元素，会体悟到宿命的气息，也传达出生命的顽强与壮丽，小说会因此形成神秘独特的气氛，而那，恰好是我比较倾心的调调子……"[1] 东坝是"他乡"与"别处"，我们只是东坝的观者，也许我们的疑惑与不认可正映照了彼处人性的清冽、洁白与一尘不染。从这个角度出发，你既可以认为她是一个温情主义者、乐观主义者，也可以理解为她是一个悲观主义者。也许，正是现实的不可改变，才使得她不厌其烦地书写另一个世界，努力建立另一个世界的伦常和道理？

程德培在《距离与欲望的"关系学"》中认为，鲁敏的东坝系列有"单边主义"的嫌疑，就此，他有精彩的论述。[2] 我也有疑惑，——小说家对笔下人物命运的处理是否太"一厢情愿"？比如《逝者的恩泽》中两个女人的和睦，《风月剪》中男女主人公对情感的克制，包括《思无邪》中的肉体相逢，是否有着抽离复杂性，对人性进行提纯处理的简单化倾向？当然，因为

1　鲁敏：《没有幸福，只有平静》，《小说选刊》2009年第3期。
2　程德培：《距离与欲望的"关系学"——鲁敏小说的叙事支柱》，《上海文学》2008年第10期。

存有这样的疑惑让我也反观自己阅读期待是否存在问题。——
物质主义的语境里，让我们相信人性中纯洁而美好的一面，要
比让我们相信人性中的丑恶，难度大得多。所以，从这一角度
出发，鲁敏东坝系列小说能让大部分读者相信并喜爱，作家的
"一厢情愿"最后能够有效，其写作技术实在值得肯定和关注。
近十年来，不断的写作实践已使鲁敏具有了施战军所说的"隐
秘的人文向度和小说家的专业精神"[1]。书写东坝时，她寻得了
一种雅致的、清冽的，未免有些文艺的语言来讲述东坝的人事，
这种语言风格与当地的水、土地及美好人事融合，互为表里，
成就了一种"彼岸的美好"之效。王彬彬在评论鲁敏小说时也
谈到她的叙述技术："这些作品叙述的故事，本身是美丽的。
但如果叙述方式不美丽，那故事本身再美丽也不能让人感兴趣。
鲁敏用美丽的方式叙述着美丽的故事，才使故事真正显出自身
的美丽。"[2]我想，这是她的小说最终让人"信以为真"的最结
实理由。

　　当然，东坝系列小说最终得到诸多的认同和理解，也牵涉
到在当下文学创作与阅读中的信与不信问题——"相信"是何
其艰难的事情，尤其是在书写一个荒诞不经的故事时，它恐怕
首先得是作家本人的相信，这是最重要的和最基本的。汪政在
评《逝者的恩泽》时提到"只要信，善就是真的"[3]，这个说法

1　施战军：《隐秘的人文向度和小说家的专业精神——鲁敏论》，《钟山》2008年第1期。

2　王彬彬：《鲁敏小说散论》，《文学评论》2009年第3期。

3　汪政：《只要信，善就是真的》，《小说选刊》2007年第7期。

很准确。我以为，作为小说家的鲁敏，她对于人文精神的相信与向往正是东坝系列小说变得可信的潜动力，是她的作品最终获得读者认同的重要原因。

鲁敏创作中精神层面的开阔维度使暗疾世界与东坝世界成长为矛盾的统一：她相信人性的美好和精神圣洁，难得有一腔子对人世的热爱和"温柔体贴"，以及对矛盾的复杂人间世相的包容与理解。因此，对物质的迷恋与对精神生活的隐匿向往，现实世界的委实平庸与理想世界的纯粹美好，对传统生活的致意与对当下现代主义生存方式的凝视，——截然不同的系列小说同时出现在一位作家的文字世界里便也不是偶然的。作为一位青年作家，鲁敏被认为值得期待，其作品被认为有气象与光泽的原因或许就在这里。

2009 年，天津

附录：性观念变迁史的重重迷雾

——评鲁敏长篇小说《此情无法投递》

一个好的作家，是不是都得具有对世界的强烈好奇之心，都得具有对未知神秘世界的探索精神？我读鲁敏小说时常有这样的强烈感触，她对万事万物的好奇与热情是如此强烈。比如她对暗疾的追索，比如她对那平凡面容下风生水起的情感世界的探究，都很令人吃惊。最近读她的长篇新作《此情无法投递》，再次印证了我的感受。她书写的是一段沉默如谜的岁月，她带领我们重回 20 世纪 80 年代初所进行的那一次"严打"。"严打"对于那些年长者而言可能只是诸多人生风雨坎坷路的一种，可是，对于我们这一代"70 后"而言，它是一段不可言说、不可追问、讳莫如深的"重重迷雾"。

所以，对我而言，《此情无法投递》首先意味着往昔岁月如尘埃般随着鲁敏的文字纷至沓来，这使我有机会重新听到那高音喇叭上的宣判声音，寻找到个人记忆深处的蛛丝马迹。是的，正如李银河博士在其博客中所言，这部小说首先讲述的是那个时代，那个渐渐被人遗忘的事件。可是，这部小说仅仅是对那个时代的追索吗？依我并不是社会学家的眼光读来，这部小说固然书写了那个时代的悲剧事件，但更关注的是那件并不如烟的往事在每个亲历者身上划过的深刻痕迹。

那是一位十九岁的年轻人被执行枪决后留下的伤痛。他那可怜的父亲母亲的伤痛感真真令人动容，"性"像一个巨大的诅咒一样弥漫在他们的生活里。"性，在他们之间，成了一个最大的禁忌，不，比禁忌还可怕，是仇恨，是凶器，因它是刀与剑，杀死了儿子，杀死了整个家庭，杀死了他们所有的尊严。……万恶的性啊，他们宁愿忘得精光，宁愿离它十万八千里，宁愿失去一切常识和能力。"性在二十二年来成为巨大的梦魇，死死地包裹住了这对平凡的父母，受伤的双亲。他们成了性恐惧者，他们生活中的一切都被扭曲了，甚至在偶然相爱怀孕后深深恐惧邻里怪诞的目光。而那个女主角斯佳的故事，则使那惨痛的"陆丹青之死"变得那么的荒诞，毫无意义！在当年，她以一种莫名的冲动挑逗了一个青年，他因此无端命丧黄泉。而她与继父之间那莫名的情愫纠缠又使她身陷性与肉的劫难中。也许年幼时她并未曾觉察，但年长后她日益发现，那个深夜她与那位十九岁青年之间发生的片刻肉体接触，吞没了她之后美满婚姻和性生活的可能——同性与异性都无法使这个女人获得快感，无法使她成为真正的性爱主体，斯佳在那件事情结束之后，永远地成了"爱无能者"。

这是关于那段故事之后的漫长余震的书写，这是那沉默如谜背后故事的浮现——这书写也未尝不是对二十年来中国社会"性观念"变迁史的勾勒。陆教授夫妇深恐女儿小青为她哥哥的"丑事"所累，但未承想她却将这段往事写入博客大蹭"点击率"，"太酷了！那可是二十二年前啊！我丹青哥哥太棒了，搞舞会、约会女生、为爱而死……爸爸你别说那么难听，什么流氓罪，那是他的个性，他敢爱敢恨、敢作敢当……"从"残酷"到"酷"，女儿小青的态度是如此轻巧！年幼的一代，岂知这样的性观念背后，我们这个民族和社会曾付出过何等沉重的代价！

小说倒数第二章写了陆教授对于女儿行为的惊恐——她是如此不在意贞洁，不在乎性，这让他甚至渴望再来一次"严打"才好。我猜陆教授的狂怒一定会引起很多读者的共鸣——看看我们现在年轻人的性观念吧，仿佛像打开了"潘多拉的盒子"一样失控。所以，很多人渴望当年那对性的"恐惧"，一如现在很多人对《山楂树》的夸奖一样，人们渴望当年说起性的讳莫如深，认为那便是纯洁与纯粹。可是，我们确信那真的是纯洁而不是无知？——面对性的张皇与愚蠢，怎么能说是纯洁呢？这也太一厢情愿了。当年的"简单""纯朴"，不过是资讯的不发达和经济的不发展所致——我们怎么能在渴望倒掉盆里的污水时，狠心倒掉我们那改革开放带来的累累果实？面对曾经的往事之痛，我们怎么能说渴望回到"严打"？重要的是，我们要在物质发达的基础上重建对精神追求的渴望，对信仰的"信"，重要的是不忘这前事沉痛，让它永远成为我们难以忘记的过错和教训。

《此情无法投递》让人有很多感慨，因为它是斑驳的和多声音共存的小说。但是，这小说还有写得更复杂、更有力量的空间。如果没有那具有强烈抒情意味的书信体形式，这小说会不会更具旁逸斜出之美？甚至，阅读的时候我在想，作为一位对世界有强烈好奇心的小说家，作为对当下社会内核有出色把握能力的小说家，鲁敏何不勇敢地取消书信体而直接从一个年迈的老人追踪一个单身女人的故事说起，那样的出发，会不会呈现出更为繁复的山水，那样的引领会不会使今天的追索更具有震惊意味？恐怕那种对往事的好奇会更有利于带领读者向那往事的更深、更潜处探寻吧？——当然，我也知道，小说家有小说家自己的考量，而我也得承认，是我个人审美趣味的偏好导致了我阅读这部小说时的些微不满足。

不过，这一点儿也不影响我对这部小说的阅读。事实上，在我看来，作为"70后"小说家的代表人物，作为被寄予厚望的新晋"鲁迅文学奖"获得者，鲁敏显然已经在尽最大努力重新翻检一个时代如谜的面容了。——这样的工作何其重要，这种并不沉湎于个人情感和个人成长史而渴望面对民族历史的选择何其宝贵。而最为重要的是，她最近发表的中篇小说《铁血信鸽》和《惹尘埃》都表明了她面对浮世的有力追问。你知道，在当下的年轻作家一辈中，能直面我们的时代具有思考能力的书写者何其稀少！就此而言，《此情无法投递》的出版应该被注意，这是一位新的小说家的重要起点。是的，在我看来，鲁敏的写作不仅使我们拾起了那已经忘却的时代往事，也以一种特有的方式帮助我们重新对往日岁月进行了一次抵达。

2010 年，天津

以写作成全

——弋舟论

发现生活的内面

　　弋舟是"70后"小说家，生活在甘肃兰州。与我们通常印象中的"西部作家"不同，他的作品里地域风貌并不显著。无论是《怀雨人》《所有路的尽头》《等深》，还是《我们的踟蹰》《平行》，这些广受关注的优秀小说多集中表现人的生活和生存样态。

　　《怀雨人》让人难以忘记。那位年轻人潘侯，走路跌跌撞撞，四处碰壁。虽然生活能力不健全，但却喜欢持之以恒地记录他人："早餐，二班的瘦女生，吃了十分钟，心情好；第一节课，徐教授，眼睛红，疲惫；穿着运动服的男同学，看天，天上有云……如此等等。"这样的记录看起来简单乏味，但是，也不一定。叙述人发现，"潘侯记录下的，是一些人在尘世走过这么一遭的佐证"。事实上，这是位难得的有思考能力的青年。在许多人看来，茉莉和潘侯的爱情充满了阴谋与功利，但在潘侯那里，爱就是爱，简单、直接、澄澈，与一切外在无关。像"雨人"一样的潘侯，天真、纯粹，如一面镜子照出了世俗者的油腻与猥琐，读之难忘。

还有刘晓东，《等深》《而黑夜已至》《所有路的尽头》里的中年画家。他有穷追到底的性格。他要去找那个突然失踪的青春期男孩；他要帮助那个受伤害的女孩子；他要找到那个死者的前妻或情人，聊一聊突然赴死的主人公……找不到谜底他不甘心，不罢休。当然，我们也知道，这位中年男人患了忧郁症，他日日思虑，不能安宁。由此，读者得以潜进他的内心深海，与他一起翻来覆去，耿耿难眠。是的，读着读着，读者惊奇地发现，刘晓东身上的那些疼痛、那些不安，都不再是个案，也并不只属于他自己。

作为新锐小说家，弋舟的不凡在于他对人物的辨识能力。他能敏锐捕捉到生活中那些有独特气质的人，并为他们在小说里重塑肉身。在他的笔下，生活中那些婆婆妈妈，那些鸡零狗碎突然间就消失了，尘埃纷纷掉落，浮沫终会蒸发。一些纯粹的、类似结晶体的东西呈现在我们眼前。那是外表之后的真相，那是人在夜深人静时对精神境遇的思索。

比如《平行》，它关注的是患有老年痴呆症的族群。你知道，这个族群有那么多可以写的东西，生活细节、走失、亲情、冷漠，等等。但是，小说家看到的是人到老年之后在精神上遇到的困窘。"老去是怎么回事呢？""老去"难道只是秃了头、花了眼、性欲衰退吗？困扰小说主人公的是"形而上"的问题。"老去"有可能是大面积失忆；"老去"有可能是同一个错误一犯再犯；"老去"还可能是眼睁睁看着病魔来袭，毫无还手之力。面对老人的生活，小说家并不直接写他们的病痛和行动不便，也不过多着墨于养老院，他写的是人对老去的不甘，他写的是人心灵上如何渴望逃离衰老。最终，老人逃离养老院回到家中。弥留之际，他明白了什么是"老去"："原来老去是这么回事：如果幸运的话，你终将变成一只候鸟，与大地平行——就像扑克牌经过魔术师的手，变成了鸽子。"

《平行》是举重若轻的小说。面对"老去"这样沉重的话题，弋舟写出了生命和灵魂的轻盈，他以新鲜的入口切入了老年人的内心世界。在那里，我们读到人的困惑、孤独，人面对疾病的无助和无力，以及人即将被世界遗弃时的恐慌与抵抗。《平行》使读者认识到，"老去"是每个人的宿命，而如何面对"老去"则是全社会的精神疑难。

弋舟有拂去生活表象而直抵核心的能力，他寻找到了属于他的透视方法——我们为什么活，我们为什么爱，我们为什么难以入睡，我们为什么不能抵达理想的终点？终极意义上，如何升迁、如何发财、如何恋爱、如何分手都只是生活的表象，重要的是写出生活的内面，写下我们精神上遇到的困惑，写下我们如何渴望保有心灵的整全。

当我们讨论一部小说好或不好时，是基于它对现实生活是否忠诚，是基于小说家描摹人物是否活灵活现，还是基于小说家是否把故事讲得跌宕起伏？恐怕都不是。好小说最重要的标准在于它是否有穿透表象的能力，在于写作者的思考能力。"小说里最重要的是什么？我以为是思想。是作家自己的思想，不是别人的思想。作家和常人的不同，无非是对生活想得更多一点，看得更深一点。" 汪曾祺先生说得多好。在我看来，弋舟是比常人想得多、想得深的小说家，从他的作品里，读者能发现生活的内面。

"个人不能帮助也不能挽救时代，他只能表现它的失落"

我喜欢《刘晓东》。当弋舟以"刘晓东"为主人公讲述故事时，我以为，他找到了他作为小说家观察世界的坐标。刘晓东是画家、知识分子、教授，也是自我诊断的抑郁症患者。——抑郁症已经成为我们时代最普遍的疾病，而弋舟敏感地意识到了这一点，他透过这个中年男人的内心书写我们时代人的困惑。

抑郁症患者是弋舟小说最重要的符号，或者标签。抑郁症患者思虑过度，忧心忡忡，他们患有思考癖和追问癖，是"内心戏"极重的那种人。表面上看，这些人面容平和，在人群中常常沉默；但是，了解他们的人会知道，他们的内心常常万马奔腾，翻江倒海。抑郁症决定了刘晓东是一个疏离的人，一个格格不入的人，一个不合时宜的人，一个不入戏的人——即使身在其中也常常出戏的人。

这个世界上，许多读书人都有做戏的欲望，他们把多变的和不成熟的观念吐给大众，以赢得一时的喝彩。可这个刘晓东不是。他常觉得自己是无用的，他不断地后退、后退、再后退。读《刘晓东》，你不得不想到克尔凯郭尔那句话，"个人不能帮助也不能挽救时代，他只能表现它的失落"。事实上，并不只是在《刘晓东》那里，《怀雨人》《平行》《我们的踟蹰》中，你都能意识到小说家更关注那些被时代轮盘甩出去的人，那些与时代步调并不相合的人。作为小说家，弋舟几乎本能地意识到，一个好作家关心的必然是这个时代的"失落者"，而非这个时代的"得意者"。

因为患有忧郁症，刘晓东得以成为深具内在性特征的那种人，这有利于写作者开辟这个人物的内心疆域。"但就我们的文学而言，要害还不在看得见看不见，而在于，能不能从人物的内部，比如一个农民或一个小城市民，能不能从他自身的表意系统、他自身的内在性上去说明他、表现他。作者的确有阐释的权利，更可以向人物提出他从未想过的问题，引导他尝试扩展他的内在性，但同时，阐释的限度在哪里？人物如何自知和如何被知？"分析 2011 年的短篇小说时，李敬泽在《内在性的难局》如是说。某种意义上，读者在《刘晓东》这部书里看到了那些问号的答案。换言之，正是因为忧郁症，刘晓东这个人物本身具有了"表意系统"，他本身就具有自我阐释性，他的内心世界由此打开。

那是什么样的内心世界呢？刘晓东内心分裂。他的成长、他的社会经验使他分裂。时间之河横亘在刘晓东面前，这条河定格在80年代。它把一个人分成两个，一个以前的"我"，一个现在的"我"；或者说，一个以前的他和另一个现在的他。几乎每个人都从这条河中泅渡。一些人虽然渡过去了，但像被扒了一层皮，灰头土脸，片甲未留；另一些人也渡过去了，成功变身，如鱼得水。在弋舟那里，80年代是会变魔术的盒子。每个人都从那里走过，那儿是一切的起源。看起来，《刘晓东》中似乎只有两种人，一个是成功者，一个是失败者。虽然这对时代和人的理解有过于简单之嫌，但是，书中对成功失败的判断标准说服了我们。——在抑郁症患者眼里，有些人似乎成功了，但他们已经死去；有些人失败了，但他们活着，是痛苦地活着。刘晓东不断回溯他的过往，也不断追溯他遇到的每个人的过去，由此我们看到一个人在时代面前巨大的内在性焦虑和罪感。

尽管我并不完全同意弋舟对80年代的浪漫理解，但是，我要坦率承认，弋舟使用一种以80年代为界的划分方式获得了他理解时代的视角。他对刘晓东历史和生活经验的追溯使我们能够理解这个病人，足够理解并同情他的一切，这样的书写也最终使小说人物和故事情节融为一体。——人物性格决定故事走向，而不是故事走向决定人物性格。正是触及人物的过去和来历，小说家为我们勾勒了一代人的精神轨迹，在变动时代摸爬滚打成长起来的一代人的心路历程。还没有哪种疾病比忧郁症更能成为我们时代的精神症候的表征，也还没有哪个作家像弋舟这样将这一疾病写得如此深沉、痛切，既让人感同身受又让人认知到它的时代寓言性。

"永远不是你自己而又永远是你自己"

写作是面镜子。面对镜子写作者首先要做的恐怕是要看清楚，这个作品里哪里有"我"，哪里是"我"，哪里歪曲了"我"，哪里躲藏了"我"。——为什么要歪曲，为什么要躲藏，这些问题对于每一位写作者都有意义。最初这些问题和回答都是不清晰的、含混的。需要回视，需要反省，需要反躬自身。这是艰难的认知过程。但是，我想，正是在这一过程中，一个成熟的作家才能真正面对"我"，找到"我"的痛苦，找到"我"的语言，找到"我"的气息。

是的，语言是一个作家最重要的标识。这个世界上，有一种小说家，可以把语言去魅，尽可能丢弃语词身上的历史性、地域性；而另一种小说家，则将简单的词语增魅，赋予它们历史意义及隐喻色彩。弋舟是后一种小说家。从汉语言的基金中，他尤其擅长提取具有精神性意义的语词，比如羞耻、罪恶、孤独、痛苦出现频率极高。这些词语有精神性色彩。事实上，他的文本里还常常有诗歌、理想主义及爱情这些分明"落伍"的词语。要知道，这些词语连接过去，也连接现在，它们深具历史含义。它们深具精神能量。

我们时代是对语言极为敏感的时代，但也是语言环境极为粗糙的时代。一些词慢慢死去，被我们无情抛弃；一些词突然出现，我们不得不接受它们，即使它们看起来很恶俗；还有一些词我们避免说起，即使我们内心确实渴望使用，但也主动遮掩，以此来确认不落伍。

使用哪些词语表达，用这个而不用那个，用这种方式而不是那种方式言说，都是面对世界的态度。作为汉语写作者，弋舟的独特性在于他坚持使用一些现在我们不愿使用的语词，他以此来表达自己对潮流的不认同、不苟且。他使用孤独、罪恶、理想、赎罪……这些语词在他的文本中使用频率很高，以至于我们都觉得是不是太多了。并不是太多，很可能是我们遗忘太久，以至于我们忘记了这些词在这个时代本该有存在的必要。语言即是内容，语言与内容不可剥离。当流行小说中绝迹的词语越来越多地出现在弋舟作品中时，那不仅是他对某一类词语的偏好，更是其写作态度的彰显。

弋舟的语言追求优美、雅正，讲究节奏感，读者能清晰地感受到他的文学理想，当然，也会想到其小说风格的来处。作为新一代小说家，弋舟并没有从90年代写实主义那里充分获取营养,迂回辗转,他从80年代先锋写作财富中寻找到了写作资源。在我看来,这是他常年寻找"自我"的一个结果,看重小说思想、看重小说语言、看重小说形式、关注我们时代人的精神困惑与疑难,这样的追求注定使他与当下追求故事好看的写作潮流格格不入,注定他的写作将带有强烈的个人标识,也注定他将会从同龄作家中脱颖而出。

作家确立艺术风格的标志是建立"自我",自我的语言,自我的理解力,自我认识世界的方法。"自我"是深井,那里有无数关于人的宝藏和秘密。对自我的探索需要经年累月的劳动,需要作者沉思冥想,需要向更深更暗的无人至访处探进。这种痛苦的探索是有重量、有质量,是切肤的;对于作家而言,它不是一种损耗,而是对写作生命的另一种滋养。我猜,弋舟和他的刘晓东一样,都有过痛苦和备受熬煎的时期。一定有种种问题困扰过他。但是,他终究明白了,世上没有人真的能帮助另一个人解开难局,除非他能够真的深入挖掘"自我",对着写作那面镜子披肝沥胆,直见性命。

是从哪一篇开始的?我不能准确说出来。但熟悉弋舟创作的人深知,他变了。他从许多人中走了出来,面容越来越清晰,他作品的声音、腔调、气质都越来越有标识性,越来越让人过目难忘。换言之,他开始越来越"弋舟",而不只是"70后"写作者中的一个。

当然,这并不意味着弋舟以前的文本里没有自我。但以前那个"自我"跟他后来文本中的"自我"不同。后来的那个"自我"不躲闪，坦然，那是忠直无欺地面对这个世界，那是坦诚地、毫不畏惧地承认：对，这就是我。是的，就是。好的、坏的；健康的，病态的；痛苦的，忧虑的；所有文本里的一切，都有"我"。

尽管要从认识"自我"开始，但作家也要意识到，文本中的那个人是"我"，但又不可能全是"我"。——先从化身为"我"开始，最终化身为他，化身为与"我"相类的人群。懂得怎样写作的人，会在文学中利用自我，伍尔夫说，但是，她又说，"这个自我虽然是文学的要素，却也是最危险的敌手。永远不是你自己而又永远是你自己——问题就在这里。"的确如此。

很难说清楚，这位作家是从哪一天起开始直面镜子里的那个人。这个人不惮于承认自己病了，他不惮于面对自己残破的内心，他不惮于承认自己是弱者。作为写作者，他看到了潜伏在"自我"身上的疾病与灰暗，尽管他本人不一定是病人。好作者不只是病人还得是医生。"他是医生，他自己的医生，世界的医生。世界是所有症状的总和，而疾病与人混同起来。"德勒兹说。这句话用在弋舟的写作上非常适合。

重要的是，弋舟深知"我"身上是有疾病的，但这疾病不是孤本。他逐渐意识到那些灰暗的情感、那些扯心扯肺的病痛、那些无有表达的愤懑都不是个案。他逐渐懂得，那些在黑夜里辗转难眠的中年人，那些在情欲伦理间徘徊的人；那些在现实与理想之间苦苦挣扎的人；那些活得像狗一样趴在地上苟延残喘又摇摇晃晃爬起来想和虚空世界放手一搏的人；那些为疾病和衰老搏斗，无法自拔的人……他们身上都有一个"我"。 要勇敢地面对自己的内心，这是成为自己的第一步。而至为重要的是，从自我出发，认识到"无穷的远方，无数的人们，都与我有关"（鲁迅语），只有从此开始，带有个人风格标志但又不拘泥于个人的作品才闪耀光泽。

就是从此刻开始，弋舟的作品开始耀眼鲜明，具有了吸引力。越来越多的读者开始被那里显现的光泽吸引：他们渴望了解潜藏在那里的秘密；他们情不自禁地想和这位作者站在一起肩并肩看世界；他们与他感同身受；他们开始以他为同类，开始向他掏心掏肺；他们愿意和他目不转睛地对视……最后读者们不得不感叹说，正是从这个作者那里，我们照出了自己，我们找到了同类。

2016 年，天津

作为生活本身的常态与意外

——曹寇论

我们身上的"桑丘"

某种程度上，讲一个老少咸宜、起承转合的故事已经成为当下诸多写作者的奋斗目标，也是此时代青年写作者获得名利的捷径。但小说家曹寇的追求与此背道而驰，曹寇不讲究戏剧化效果，不追求人物跌宕起伏的外部命运，不借助编造这样的命运以赚取读者的廉价的眼泪。很显然，曹寇对世界的理解不同于那些故事所表现的那样浅表，在他眼里，世界上每天发生的事件并不像故事讲述的那样齐整、条理分明。

从《屋顶长的一棵树》《越来越》《生活片》《十七年表》等小说集中可以发现，这位小说家对生活、对文学、对人本身有着独异的理解力。——曹寇的所有题材和事件都不是新的，但读来却极具陌生化效果。《你知道一个叫王奎的人吗》中，王奎出现在每个人的谈话中，他像个影子，或者像个传说，他的名字出现在各个地方，采石场、路边的野店、出租车、大货车司机、火车站候车厅里。小说的结尾是一则报纸上的消息，一个民工在为雇主安纱窗，不小心掉出来，名字还是叫王奎，三十三岁。曹寇以对一位青年漂泊流浪生活的追溯书写了这些人物在这个时代的共同命运，"王奎"无处不在，却也具体可感，这是和曹寇们一同成长的沉默的兄弟。王奎最终消失不见，但他的际遇让人无法忘记。——在这个时代，那个倒霉的人不叫王奎，便叫赵奎、张奎罢了。小说中透露出来的精神气质表明曹寇的写作跟一地鸡毛式的写实主义相去甚远。叙述人并不沉湎于俗世而沾沾自喜，他更接近"低姿态飞行"——他是普通人中的一员，但他比普通人更敏锐，他希望由具象的生存传达出人存在的普遍状态。

读曹寇的文字，常常想到奥威尔对文学的一个有趣看法。奥威尔说，堂吉诃德－桑丘·潘沙组合是小说形式一直在表达的灵与肉的古老二元体，他认为每一个人身上都住着两个人，即高贵的傻瓜和卑贱的智者。遗憾的是，大部分作家都致力于书写那个堂吉诃德，一个人身上官方的、堂而皇之的部分，而惯于对矮小、卑微、懒惰、无聊、庸俗的"桑丘"视而不见。

曹寇敏锐洞悉普通人身上住着的"桑丘"，这位小说家致力于书写人身上的灰色、懒惰、自私，他将它们诚实地描写出来，不带感情，不审判，不嘲笑，不卖弄，仿佛这些有如人身上的斑点、胎记一般，与生俱来，无可逃遁。他无意为"人"涂脂抹粉。他比当下许多写作者更诚实、更冷静、更深刻地认识到何为人：人不是英雄，不是神，不是鬼。每个人的善好，有其来路，一个人的作恶也非必然。人有人的局限。人的瞬间美好不意味着人的永远高大，人偶然的作恶也不意味着人性永远丑陋，人不过就是人罢了。卓尔不群的理解力意味着曹寇完全具有了成为优秀小说家的才能，事实上，他已然成为今天非常值得期待的新锐小说家。

意外事件与"灰色地带"

曹寇致力于揭示时代生活中最具体、最世俗、最庸常、最灰暗的一面。他的主人公通常是：城市游荡者、无业者、下岗者、农民工、小职员、中小学教师、失婚者。写作对象潜藏在他的身体里，作家即是这些人中的一员。——尽管他笔下人物都是低微者，但用当代文学中所谓的"底层文学"命名却是失效的。对象还是那些对象，人物还是那些人物，事件还是那些事件，但写作目的和阅读感受完全不同。他小说文本与现实之间的"互文"关系，他拒绝道德阐释的写作姿态使当下文学批评中的某种通用价值判断体系逐渐面临挑战。

《市民邱女士》写的是城管人员的杀人事件。邱女士是谁？

她是围观的市民，知道这件事情后她认为"城管太嚣张了，领导要好好管一管他们"。邱女士的看法代表了对城管杀人事件的庸常理解。虽以"市民邱女士"为题，但这小说写的却是与"市民邱女士"完全不同的认识——年轻城管生活的平淡、懈怠、无聊，杀人极为偶然。这是切入角度独特而刁钻的优秀短篇。小说给予人强烈的现实感，事件及事件本身在小说中呈现出的状态是实在的，每一个正在经历这个时代的人都真切感受到了。叙述人和邱女士对世界的不同看法，导致了不同的故事。——杀人者并不是邱女士们通常理解的飞扬跋扈者，邱女士们根本没有道德制高点可倚靠。曹寇在他的小说里拒绝总结那种道德经验。

《市民邱女士》完全可以把杀人视为"意外"，但小说的意义在于另有细节，这个年轻的城管在街上抢了老太太的菜摊又踢了两脚，他心里内疚回家告诉了父母。"结果是死一般的寂静。他们没有骂我。寂静持续了很长时间，父亲借着上厕所的当口也装作洞彻世界的样子对我说：'睁一只眼闭一只眼吧，你也要注意安全。'"——自私、薄凉、损人利己，这些价值观像水和空气一样在我们四周蔓延。曹寇意识到产生意外凶杀案的偶然性，还深刻意识到它的必然性。

《塘村概略》涉及的是当代人内心深处对暴力的狂热。面对一个疑似"拐子"，扇她嘴巴子的是丢失孩子的祖母；踢她的是有些疯癫的被家庭虐待的老人骆昌宏；还有因为婚姻问题正郁闷，因为"我高兴"便出手的少妇……没有人认为自己那一脚是最重要的，也没有人认为自己将对这样的暴力负责，他们都认为自己的一脚是成千上万脚中的一下，不会致人死亡。小说中，曹寇对人性有深入的识别力：年长警察老王对年轻所长不屑；谨慎青年警员张亮对老王的曲意迎合；没上过大学的赵志明对大学生葛珊珊嗤之以鼻，而那些殴打葛珊珊的人也都各有人格缺陷。这基于小说家对人的另一种维度的理解。

曹寇的小说让我们感受到世界是荒谬的、鬼魅的、无聊的，不仅因为人性本身，还因为这些人物所处的时代、环境。读曹寇的小说使人深刻意识到，人是时代政治的产物，每个人物都带有他们的时代标记。

非故事与非虚构

曹寇《屋顶长的一棵树》中收录了"非小说十则"，新作《生活片》中，则更多的是简明的生活片段。村子里一位老人去世后大办丧事，演出中既有烟火生气，又有鬼魂共舞的感觉，像是一场摇滚演出；被我视为爱人的聋哑姑娘；一个叫棉花的女网友的交流，热衷于教研员而不想调换工作的张老师……他热衷于比照生活书写，寥寥数语，刻画一个人的状貌际遇，勾勒一种情境，一种现实，而非一个故事。

这样的写作让人想到电影创作领域的纪录片，以及使用DV

拍摄的手法。《水城弟兄》取材自广为流传的真实发生的故事"七兄弟千里追凶"。作品呈现的不仅是偏僻之地的弟兄们为他们死去的兄弟追讨凶手的故事本身，也呈现了凶手及受害人所居住的山村环境，那里的"穷山恶水"，那里的贫苦、荒芜、寂寥。在当代中国，"非虚构"突然出现缘于写作者强烈"回到现场"的写作愿望，但当下流行的"非虚构作品"与曹寇的"非虚构"具有差异：前者显然追求一种对现实的介入，其中有某种济世情怀；后者的写作之所以令人印象深刻在于他们对小城镇生活的忠实记录，没有济世，没有启蒙，他们追求的是极简、深刻、零度写作。

但他追求艺术性，这与他身上葆有先锋文学传承而来的文学形式与语言的探索精神有关。因为这样的追求，现实在他的笔下别有"诗意"：曹寇写塘村时带着某种幽默和温柔的反讽，他的笔力深刻而舒展。借助这样的写作，现实与文本这些作品中呈现了某种奇特的关系——文本为现实提供了某种镜像，它是现实的一种反映，但这种反映并不是直接的，并不是一比一的关系，场景和人物都烙上了写作者本人的印记。

这是躲避了"文学惯例"的写作，是不依赖于强烈的戏剧冲突，而是将生活本相还原的写作，是还原一个人眼里的世界、一个人眼里的生活的写作。它固然是基于个人经验的写作，但并不是只关注个人生活的写作。这是经由个人感受而切入现实的写作。客观真切地呈现"我"眼中的世界，毫无保留，但这种呈现同时也是有限度的和主观的，叙述者并不隐藏这些。但这不是新写实主义，他们显然并不认同这样的生活。这是在叙事者隐形态度观照之下的写作，他们以此消除对生活的平庸模仿。

"它既不是对世界原封不动的模仿，也不是乌托邦的幻想。它既不想解释世界，也不想改变世界。它暗示世界的缺陷并呼吁超越这个世界。"《无边的现实主义》中对卡夫卡与现实世界关系的分析，某种程度上也可用在作为小说家的曹寇面对世界的态度上。也许人们会将这样的写作归于朱文等新生代作家的影响，但这一代作家与新生代作家的不同在于，生活在他们这里说不上是被厌弃的，他们也缺少愤怒青年的激情。他们无意成为文化精英，他们似乎更愿意承认作为个人的灰暗和卑微。曹寇在采访里多次自认是"粗鄙之人"，表明了他对叙述身份的想象。

作家是民族独特记忆的生产者。每一代作家，都在寻找他们面对世界的角度和方式。毫无疑问，历史、革命等宏大话语在曹寇的小说中看不到，事实上，在整个70一代作家那里也几乎是匮乏的，这是由成长语境决定的，这是在80年代末迅速成长的一群人，在他们的生命经验中，宏大话语早已远去，留下的是生活本身，是现实本身。他们所做的、所能做的，是写出他们看到的生活、他们看到的现实。但是，这并不意味着这些作品必然是"历史意识稀薄"的作品，也并不意味着这是主体性匮乏和令人失望的作品——如果读者的历史观念不是断裂而是完整的，将会意识到，曹寇的书写中包含了近二十年来我们时代、社会和人的困境与精神疑难。

今天，如果我们追问一位青年作家对当代中国及当代文学的贡献，首先应该追问的是，在这位作家的文本中，是否潜藏有中国发生了什么、正在发生什么及我们遇到的精神困境是什么的表述。不得不承认，在当下中国，人们内心中那些恐惧、痛楚、无聊、疤痕被深深铭刻进了曹寇的文字里。——一方面是直接、赤裸、粗糙、众声交杂的客观现实，另一方面是叙述主体对这种现实的反感、疏离和试图挣脱，两种相异的元素相互抵抗、相互照映，同构了曹寇笔下作为生活本身的庸常和意外。

2012 年，天津

先锋气质与诗意生活

——廖一梅论

别怕，我要带你走。在池沼上面，在幽谷上面，越过山和森林，越过云和大海，越过太阳那边，越过轻云之外，越过星空世界的无涯极限，凌驾于生活之上。前面就是一望无际的非洲草原，夕阳挂在长颈鹿的脖子上，万物都在雨季来临时焕发生机。

——廖一梅《恋爱的犀牛》[1]

"廖一梅是中国近年来屡创剧坛奇迹的剧作家。她的作品《恋爱的犀牛》从1999年首演风靡至今，被誉为'年轻一代的爱情圣经'，是中国小剧场史上最受欢迎的作品。她的'悲观

1　廖一梅:《恋爱的犀牛》，载《廖一梅剧作集：柔软》，中信出版社，2012，第263页。

主义三部曲'的其他两部剧作《琥珀》和《柔软》，皆引起轰动和争议，是当代亚洲剧坛的旗帜性作品。无论是她的剧作还是小说，在观众和读者中都影响深远而持久，被一代人口耳相传，成为文艺青年们的集体记忆。"[1]这段介绍出自《像我这样笨拙地生活》，很准确地传达了廖一梅在中国当代小剧场史上的贡献和影响力。

廖一梅出生于1970年，毕业于中央戏剧学院。这是一位常被批评家遗忘的剧作家。按通常的代际分类，她是"70后"作家，但与诸多"70后"作家的文学追求、文学审美迥异。讨论先锋戏剧时，人们常常讨论孟京辉的贡献而往往忽略了廖一梅。这不公平。廖一梅的剧作敏感、尖锐、独异，不惜冒犯大众审美而深具先锋气质。她所有写作的目的都在于表达她对世界的理解和认知。她的困惑和痛苦，她的愤怒和喜欢，全都幻化在她的人物之口，而非依附在一个完整的人物命运或人物故事中。她的剧作带给观众纯粹的、不掺杂质却又难以捉摸的感觉。

她的话剧常常是众声与独语交汇。严肃的与滑稽的，喧哗的与低语的，夸张的与日常的，全部糅杂在一起。艺术生活与日常生活之间的边界似乎模糊了。对喧哗之声的渲染，其中含有一种内在的讽刺性。越贴近越疏离，越表现越讽刺。其中，透露出一种审视，一种观望，以及一种隐隐的态度。廖一梅的语言表达是文学性的、诗性的，这与当下流行的那种小剧场话

1　廖一梅：《像我这样笨拙地生活》，中信出版社，2011，简介。

剧——搞笑的、杂耍的、轻浮的、缺乏深刻思想的剧作演出保持了严格的距离。

自我认知，自我反省，对所见的现实进行陌生化处理，廖一梅在戏剧创作中促使观众重新认识现实，以及流行文化。她的剧作创作核心是自我，自我反思，自我反省。戏剧在廖一梅这里，不是故事，不是对现实的照搬，而是剧作家内心世界的完全表达。是演员、观众和创作者一起对一些问题的探讨，对时事、对流行文化、对婚姻、对爱情、对性、对做爱、对性倒错，她常常纠结于一个事情、一个意念、一个问题，毫无保留地挖掘、思辨、陈述、反诘、驳难。不过，庆幸的是，她的戏剧绝不因这种深刻的思辨性而乏味，恰恰相反，她的戏剧有趣，鲜活，好看，百演不衰。毫无疑问她的人物都是现代的，"现在时"的，具体情境的，但有从具体情境飞离出来的空间。她都有她的独特理解。

迄今，廖一梅有十多部剧作及小说问世：

戏剧作品：

《恋爱的犀牛》（1999）

《琥珀》（2005）

《柔软》（2010）

《艳遇》（2007）

《魔山》（2006）

电影作品：

《像鸡毛一样飞》（2002）

《生死劫》（2004）

《一曲柔情》（2001）

此外，她还有一部长篇小说《悲观主义的花朵》（2003）及一本语录集《像我这样笨拙地生活》（2011）。

坦率地说，廖一梅剧作质量参差不齐。她的话剧作品数量并不大，但是，别具锋芒。无论之于她本人还是同时代的创作，她的话剧作品都可称作出类拔萃。她的艺术探索远比其他大多数剧作家更有个性、实验性和探索精神，这正是本文主要以《恋爱的犀牛》《琥珀》《柔软》为讨论中心的原因。三部话剧并称为"悲观主义三部曲"，一部比一部更为尖利和锋芒。这是一位总渴望把自己从现实泥沼中脱离出来的写作者，她的每一部作品都试图给人一种新突破。——也许她的新剧推出总是会得罪或惊吓到不少她的铁杆剧迷们，但同时，也会赢得另外的读者与观众。

她的剧作具有整体性，三部戏剧独立成章，并无实质联系，但又高度一致。它们都关心爱情，关心灵魂和肉体、爱情与性，以及爱情与生殖、与性别的关系，是对一个问题不同面向的探索和追问，像三块美妙而花纹复杂的暗色玻璃，相互映衬，互相折射，互为关系，最终形成这位剧作家长期的艺术追求。——在庸常的现实生活之外，建立一种自由的诗意生活；在恶俗的大众审美之外，实现一种文学的、先锋精神的追求。这样的艺术实践让人刮目相看。

在爱欲的无尽深渊里

廖一梅是爱的探索者。她所有的剧作都是对爱欲关系的认识，"通过爱情，人们去寻找自己和世界的关系，找到去表达自己欲望和激情的方式"[1]。当廖一梅如此表达她理解的爱情时，也意味着她找到了探索个人与世界关系的助力。爱欲是廖一梅认识世界的方式。《恋爱的犀牛》是她的第一次尝试，被视为"恋爱的圣经"。但这样的说法令人怀疑。那些把剧作当作爱情指导来观看的观众未免会失望，这部剧作与其说是关于恋爱的指导，不如说是对何为爱情的深入思考。

主人公马路是爱情至上者。如何爱明明，如何使明明意识到自己爱她是个难题。他发现，当他真的爱一个人时，常常是束手无策的。这种束手无策也出现在明明那里。她爱上了不爱她的男人，她无法获取他的爱。爱成为两个人的难题和难局。这恐怕也是处于爱情状态里的所有人都必然面对的难题。对于这两个青年来说，他们受困于爱，他们为自己的爱画地为牢。他们不能像周围的人那样轻松爱。关于爱的表达，那些唱歌、礼物、金钱，在他们的情感中全部都不适宜。

1　廖一梅：《像我这样笨拙地生活》，中信出版社，2011，第25页。

195

廖一梅有一种本领，她能把一个具体的通俗意义上的日常爱情故事写得深入深刻，使读者很快进入话剧的肌理。她有穿透力，这令人赞赏。《恋爱的犀牛》中，明明对于爱的理解抽象又精微，具有某种普泛性："我是说'爱'！那感觉是从哪来的？从心脏、肝脾、血管，哪一处内脏里来的？也许那一天月亮靠近了地球，太阳直射北回归线，季风送来海洋的湿气使你皮肤滑润，月经周期带来的骚动，他房间里刚换的灯泡，他刚吃过的橙子留在手指上的清香，他忘了刮胡子刺痛了你的脸……这一切作用下神经末梢酥酥的感觉，就是所说的爱情……"[1]

对于这部话剧而言，具体环境并不是剧作家所关注的，马路和明明能否走到一起也并不是她所着意表达的。没有开头结尾和起承转合，她只想阐释对爱的疑问、追问、理解。因为，"人对于爱的态度，代表了他对这个世界的态度，爱情是一把锐利的刀子，能试出你生命中的种种，无论是最高尚还是最卑微的部分"[2]。

《恋爱的犀牛》只是廖一梅探索"何为爱"的开始。关于爱，有许多疑问困扰着她。"人们总是说'我心爱的'，真的是'心'在爱吗？""如果你的灵魂住到了另一个身体我还爱不爱你？如果你的眉毛变了，眼睛变了，气息变了，声音变了，爱情是否还存在？"[3]——如果你爱人的心换到了另外一个人那里，你

---

1 廖一梅：《恋爱的犀牛》，载《柔软：廖一梅剧作集》，中信出版社，2012，第195页。

2 廖一梅：《像我这样笨拙地生活》，中信出版社，2011，第25页。

3 廖一梅：《柔软：廖一梅剧作集》，中信出版社，2012，第145页。

会爱另一个人吗？你爱，你爱的是以前的他还是现在的他？《琥珀》与《恋爱的犀牛》的不同在于，《琥珀》是一种更为深入的对何为爱的思辨。

> "审视自己的情感，我常会有这样的疑惑：是什么在影响我们的爱憎？激发我们的欲望？左右我们的视线？引发我们的爱情？这种力量源于什么？什么样的人，什么样的气息，什么样的笑意，什么样的温度湿度，什么样的误会巧合，什么样的肉体灵魂，什么样的月亮潮汐？你以为自己喜欢的，却无聊乏味，你认为自己厌恶的，却深具魅力。这个问题，像人生所有的基本问题一样，永远没有答案，却产生了无穷的表述和无数动人的表达。"[1]

在"爱是什么"的整体疑问里，《琥珀》的进一步问题是，爱与身体、爱与欲望的关系。因车祸消失的人，如果他的心移植于另一个人的身体里时，心爱二字何解？对于小优而言，她意识到爱时，她爱的是现在这个男人，还是他身体里潜藏的那个爱人的心。对于高辕而言，他爱小优，是作为高辕的爱，还是为那颗心的驱使而爱？

每一个问题都是切肤的，有着最为真实的疼痛。思考和追问都需要勇气。爱真的是不可转移的吗？当形而上的爱前所未

---

1 廖一梅：《像我这样笨拙地生活》，中信出版社，2011，第31页。

有遇到一种肉体分离时，爱是什么？不断地追问是《琥珀》的深度。廖一梅把她的人物完全推到了悬崖，一种绝境。她的问题折磨着剧中人物，也折磨着她的观众，——他们从来没有意识到，爱如此复杂，关于爱的问题会以如此凛冽的方式被推到前台，这使人不得不思考、不面对。

《柔软》则是三部曲中最为惊世骇俗的，也最受争议。这部作品关于了解、婚姻、爱、男人、女人、性、同性恋、异性恋、异装癖及人的勇气。那种渴望探求身体可能性的勇气。一个人如何认同她的性别属性，——如果一个人的性别属性与她本人分离时，她如何认知。诸多复杂缠绕的问题全部呈现在这部剧作中。变性医院里，一个青年男子渴望变成女性，在变性前，他以男性身份与他的女医生发生性行为，并且获得快感。这是她最为暧昧的作品，你很难用清晰的语言表达和阐释。它是无解的。但缠绕本身就是一种冲击。廖一梅解释说："我想通过进入禁忌来试图探讨真相，试图找到真相。"[1]

《柔软》中，对于那个要做变性手术的年轻人而言，身体与他的欲望和个人认同之间产生了巨大的距离。他向他不能认同的性别挑战，不惜一切做变性手术，完成另一个他认同的自我。这个年轻人是勇敢和果决的。对于普通人来说，最困难的恐怕是肉体和灵魂的相悖。剧作中的女医生，有和剧作家本人一样的悲观情绪："我该对我的灵魂动手术，她们困在我的体内，

1　廖一梅：《像我这样笨拙地生活》，中信出版社，2011，第139页。

她们对我来说要得到改善，这比割掉你的阴茎再造一个更难。"[1]由爱、相爱、做爱，肉体，廖一梅一步步逼近她的深渊。不过，整体而言，廖一梅是信任爱的人，因为信任，所以才执迷于何为爱。在她那里，爱不只是爱，也是人和人之间的交往。"爱还是存在的，如果你细细分辨，那可能是人最本质的善意和友爱。它既不是欲望，也不是需要，是人和人之间的一种默契，是人类能够存在的最本质的东西，它超越任何身份、禁忌，甚至性别。"[2]

想来，这位执迷于爱的作家，也许在创作的最初并没有想过写"悲观主义三部曲"，下一部顺理成章。每一部剧作既是一个问题思考的结束，也是深入挖掘另一个问题的开始。爱与肉体、与婚姻、与灵魂、与生殖的关系，——她的主人公缠绕在这样的问题里不能自拔，他们以一种不能自拔的状态使我们重新理解那被传说过一千万次的爱。一个人，如何通过对爱的理解去理解世界、理解人本身？剧本没有清晰的答案，也许读者在这样的问题和困惑里找到了同道，也许剧作会把懂得爱的人弄糊涂。无论怎样，三部曲像巨大的深不可测的镜子一样，使读者照见了自己的困扰和烦恼。——这种困扰和烦恼与什么时代，什么样的物质条件无关，而只与灵魂、孤独、精神疑难有关。

1　廖一梅：《柔软》，载《柔软：廖一梅剧作集》，中信出版社，2012，第58页。
2　廖一梅：《像我这样笨拙地生活》，中信出版社，2011，第27页。

众声杂糅

廖一梅剧作里总是众声喧哗。其中，有多种语言的大胆杂糅，各种语言元素相互矛盾，构成一种拼贴叙事，不加雕琢，某种意义上，是带有讽刺性质的现实叙事。她展示当年最流行最红火的观点并加以漫画化，这与我们通常的戏剧理论格格不入，但最终又能达到一种和谐效果。这种杂糅在孟京辉的舞台上得到了一种彻底的贯彻。由此，他们二人也正在形成一种戏剧的新范式：将各种文化元素进行选择和堆砌的拼盘，将内心的忧郁、抒情的独白与最流行的口头俚语、街头段子结合，在不同的叙述风格和表达形式之间迅速切换，进而完成对一种问题的深刻探索。

那种喧哗是廖一梅式的。《恋爱的犀牛》第一场，每一位上场的演员都在读一本书，大声读其中的一段话，关于科学，关于知识分子，关于上帝、结婚、高跟鞋、眼睛……最终，这些人来到一口世纪大钟面前许愿，愿望都与金钱或爱情有关。第五场，关于"恋爱训练课"中，教授教青年人恋爱，每一个人都渴望获得爱情，在恋爱成功学里，包括倾诉、情境，以及表演。同一个空间里，先是由不同的人物说起他们遇到的不同的情感困惑，之后是他们的声音共同交织而起。最为极致和富有意味的喧哗在另一部话剧《琥珀》中，高辕讲演：

……如何赢得你的人生？投资极小，成本极低，回报极丰，利润极厚！这个美丽的新世界还剩下什么可以赚钱？面条加工设备，卤味烧腊名店，干洗店加香，骨汤粉面馆，防盗手机套，牛仔服外带休闲，睫毛生长液，自卫防身手电，微型永久脱毛器，疯狂增高营养片，活性再生因子疤痕灵，儿童健脑跳毯，处女膜修补，得克萨斯肉饼店……[1]

　　这个段落里充斥的全是名词，与金钱、盈利有关的名词。剧作家是名词爱好者，她喜欢将各种毫不相关的名词堆积在一起。这些名词身上打着浓烈的时代烙印，是谋利者为获得金钱而制造出来的物品，对观众和读者构成了一种轰炸力，一种意味。

　　这位剧作家也喜欢使用铺排。比如，在《琥珀》中，"关于爱情的七张床和七次对话"。第一张床是大学教授和有可能怀孕的女大学生之间的对话，第二张床是警察和企图自杀者之间的对话，第三张床是登山运动员和女演员之间的对话，第四张床是《夜色温柔》节目主持人和他的初恋情人在电台里公开的对话，第五张床是两只非洲蚂蚁在实验室中热烈的对话（动画片），第六张床是一个男网虫和一个女网虫的对话，第七张床是两名太空宇航员在太空舱里被发现的爱情对话。

　　用名词、用声音、用场景表达人的多样性和世界的多样性，

<hr />

1　廖一梅：《琥珀》，载《柔软：廖一梅剧作集》，中信出版社，2012，第95页。

时代的光怪陆离是剧作家希望达到的效果。但是，这真的是多样性？《琥珀》中，有一个场景是高辕的声音和众人的声音一起：

> 高辕：我是出色的。
>
> 众人：我们是出色的。
>
> 高辕：我绝对是出色的。
>
> 众人：我们绝对是出色的。
>
> 高辕：我的精神是放松的。
>
> 众人：我们的精神是放松的。
>
> 高辕：我的思维是清晰的。
>
> 众人：我们的思维是清晰的。
>
> 高辕：我能应付生活中遇到的任何问题。
>
> 众人：我们能应付生活中遇到的任何问题。
>
> ……
>
> 高辕：我将成功。
>
> 众人：我们将成功。
>
> 高辕：我应该得到更多的钱。
>
> 众人：我们应该得到更多的钱。
>
> 高辕：我要坚持自己的意见并且为自己感到骄傲。
>
> 众人：我们要坚持自己的意见并且为自己感到骄傲。[1]

---

1 廖一梅：《琥珀》，载《柔软：廖一梅剧作集》，中信出版社，2012，第133-134页。

声音高亢有力，但又单一重复，时代的某种乏味和无聊被深刻勾画出来。《恋爱的犀牛》中，剧作家则使用的是众人合唱。一个人引领，万众附和。

> 这是一个物质过剩的时代，
>
> 这是一个情感过剩的时代，
>
> 这是一个知识过剩的时代，
>
> ……
>
> 我们有太多的事情要做，
>
> 我们有太多的东西要学，
>
> ……
>
> 爱情是鲜花，新鲜动人，
>
> 过了五月就枯萎，
>
> 爱情是彩虹，多么缤纷绚丽，
>
> 那是瞬间的骗局，太阳一晒就蒸发，
>
> 爱情多么美好，但是不堪一击，
>
> 爱情多么美好，但是不堪一击。[1]

这是对时代的直接表现。正如一位批评家所意识到的，"《恋爱的犀牛》中的合唱所言说的并非古老而庄重的命运之音，它带有现代社会无赖的嘴脸，不以为然又略带嘲弄。这种合唱带

1 廖一梅：《恋爱的犀牛》，载《柔软：廖一梅剧作集》，中信出版社，2012，第250-251 页。

着媚俗之气弥漫在整个舞台"[1]。一个狂乱的、实用主义的、无聊的世纪末图景被表现出来。这一场景在其他两部剧作中也反复出现。《琥珀》中，写手们联合写作，美女作家横空出世，骗取销量及金钱。《柔软》的喧哗则在整容室里：女明星整容，腮帮子里眼眶子上打肉毒杆菌，头发里埋根拉皮的线，乳房旁边有小小切口。《柔软》的语言是突破禁忌的，其中有大量的与性有关的字眼，也包括对性、性倒错、变性及做爱的理解。

俚语，俗语，段子，笑声，同构了有关时尚、时代的众声。这些声音和表达都是用严肃的方式呈现的，激昂、铿锵，像我们身在的现实。这似乎是这个时代的底子。另外，她似乎也喜欢使用科学性的语言。科学类语言以一种冷冰冰的方式出现。比如，剧作中对图拉的介绍，《琥珀》中对人心脏的分析，对变性手术的介绍，等等。所有的语言都煞有介事。把不同风格的语言、不同的生活态度、不同的生活场景全部糅杂在一个空间里，成为一种人生境况的隐喻性描写。

《恋爱的犀牛》中，讨论到如果得到一大笔钱该做什么时，各种声音泛起，"用于还债""出国""买房""全部买成伟哥"……而果然中得大奖的马路，却想的是"给图拉买个母犀牛"做伴，给他爱的明明以幸福。在这样的喧嚣里，马路的声音出现：

你们欢呼什么？你们在为什么欢呼？我的心欢呼得快

---

1 张永宏:《论〈恋爱的犀牛〉中的感伤色彩和批判意识》,《群文天地》2011年第10期。

要炸开了，可我敢说我们欢呼的不是同一种东西！相信我，上天会厚待那些勇敢的，坚强的，多情的人，如果你们爱什么东西，渴望什么东西，相信我，你就去爱吧，去渴望吧，只要你有足够强大的愿望，你就是不可战胜的！[1]

与此相类，《琥珀》中，当《床的叫喊》畅销，当美女作家的情爱作品畅销时，一个声音开始在舞台出现：

> 如果你的灵魂住到了另一个身体里我还爱不爱你？如果你的眉毛变了，眼睛变了，气息变了，声音变了，爱情是否还存在？他说过，只要他的心在，他便会永远爱我。可是，我能够只爱一个人的心吗？[2]

与大众的、科学的语言相对应的，是来自人的低语，一个人的独白，是独语者的诉说。它们不是高亢的、响亮的，它们是由人心深处发出的。这种低弱的、发自肺腑的声音与高声的喧哗，构成一种强烈的比照关系，互相映衬。并不是声音高亢的就是重要的。对比之下，个人的声音更具力量，来自独语者的表达是文雅的，是抒情的，以及，诗意的。

1 廖一梅：《恋爱的犀牛》，载《柔软：廖一梅剧作集》，中信出版社，2012，第255页。
2 廖一梅：《琥珀》，载《柔软：廖一梅剧作集》，中信出版社，2012，第153页。

文学性或反大众

独语者具有魅力。在廖一梅剧作里，在时代的功利、市侩语境中，独语之人的执着坚持被放大、被深描、被注目。将相互矛盾的声音元素并置在一起，并不意味着简单的呈现。剧作家的态度蕴含其中。——只有在杂糅风格中，廖一梅剧作的另一特征，抒情性特征才会凸显。这种抒情性特质在《恋爱的犀牛》中表现得很充分，这也是廖一梅最为酣畅淋漓丰满复杂的剧作。主人公马路有大量的内心独白，成为剧场观众久不能忘记的段落：

> 我爱你，我真心爱你，我疯狂地爱你，我向你献媚，我向你许诺，我海誓山盟，我能怎么办就怎么办。我怎样才能让你明白我如何爱你？我默默忍受，饮泣而眠？我高声喊叫，声嘶力竭？我对着镜子痛骂自己？我冲进你的办公室把你推倒在地？我上大学，我读博士，当一个作家？我为你自暴自弃，从此被人怜悯？我走入精神病院，我爱你爱崩溃？爱疯了？还是我在你窗下自杀？明明，告诉我该怎么办？你是聪明的，灵巧的，伶牙俐齿的，愚不可及的，我心爱的，我的明明……[1]

---

1 廖一梅：《恋爱的犀牛》，载《柔软：廖一梅剧作集》，中信出版社，2012，第180页。

忘掉她，忘掉她就可以不必再忍受，忘掉她就可以不必再痛苦。忘掉她，忘掉你没有的东西，忘掉别人有的东西，忘掉你失去和以后不能得到的东西，忘掉仇恨，忘掉屈辱，忘掉爱情，像犀牛忘掉草原，像水鸟忘掉湖泊，像地狱里的人忘掉天堂，像截肢的人忘掉自己曾快步如飞，像落叶忘掉风，像图拉忘掉母犀牛。忘掉是一般人能做的唯一的事，但是我决定不忘掉她。[1]

这些表达是文学性的，它们与所有杂声相悖。事实上，她的剧作中常常出现诗句。比如，在《恋爱的犀牛》中，一直有一首诗响起。"一切白的东西和你相比都成了黑墨水而自惭形秽，一切无知的鸟兽因为不能说出你的名字而绝望万分。"在这样的场景中，那些主人公的内心独白，具有一种罕见的抒情色彩，这首诗在剧作中后来也再次出现。

一切白的东西和你相比都成了黑墨水而自惭形秽

一切无知的鸟兽因为不能说出你的名字而绝望万分

一切路口的警察亮起绿灯让你顺利通行

一切正确的指南针向我标示你存在的方位[2]

诗句和抒情性独白表明，这位剧作家有着深厚的文学气质。

1 廖一梅：《恋爱的犀牛》，载《柔软：廖一梅剧作集》，中信出版社，2012，第228页。
2 廖一梅：《恋爱的犀牛》，载《柔软：廖一梅剧作集》，中信出版社，2012，第263页。

这种强烈的文学性特征，也表现在她的剧作结构上。——严格意义上，她的结构不是线性的，而是非故事性的，虽然她有她的核心观点和问题。《恋爱的犀牛》中，恋爱培训班、世纪庆典和马路的爱情交织在一起；《琥珀》中高辕和伙伴们一起炮制畅销书、美女作家与高辕和小优的爱情缠绕；《柔软》中，男青年的变性手术，女医生的巨大困惑和碧浪达的多面人生互相映衬。她的剧本结构类似散文体，场景之间并没有必然的和必要的联系，但却"形散神不散"地结构在一起。

她的话剧有内在的文学情怀。《恋爱的犀牛》中饱含有世纪末知识分子的不安和迷狂，延续了知识分子的危机意识。困惑，恐慌，孤独，忧伤。她专注于个人的想法和理念。她剧作中的很多人物都可以文思如泉涌，才思敏捷，妙语连珠。她常常引用他人的话，提到一些文学作品，用诗句来表达。她的人物，她们讨论的话题，绝不可能是琐屑的，鸡零狗碎的。她的话题关于爱情，关于身体，关于性和变性，关于精神本质。她将文学特质的东西恰如其分地融入她的创作中，如索尔仁尼琴的《癌症房》，德国人托马斯·曼虚构的《魔山》，法国人加缪的《鼠疫》……这些作品多次出现在她的人物之口。

文学性的表达是一种风格，一种方式，更是一种态度。在独自的、忧伤的个人声音之后，是一个人对时代、对大众、对流行的拒绝和对抗。一如陈晓明对先锋小说的分析："在那些似是而非的抒情背后，可能隐藏着颇为复杂的历史意蕴……特别是在讲述生活陷入无法挽救的破败境地的故事时，那些优美的抒情总是应运而生，这使得抒情不再是一种修辞手段或者语言风格特征，它表明了处理生活的一种态度和方式……"[1]

这也意味着，对于马路来说，"爱明明与否"已经不再关乎爱情，它变成了一种生活态度："我曾经一事无成这并不重要，但是这一次我认了输，我低头耷脑地顺从了，我就将永远对生活妥协下去，做个你们眼中的正常人，从生活中攫取一点简单易得的东西，在阴影下苟且作乐，这些对我毫无意义，我宁愿什么也不要。"[2]那也是一种较量，不是两个青年男女之间的较量，是一个人和外在的所有一切的较量。

具有文学气质的独语者是属于廖一梅的个人标识。但这位剧作家还有她另外的个人锋芒。即她对大众审美的认识。她不将大众当成一个整体，借高辕之口，她争辩大众的多样："海洋不只是简单的海洋，而是由各种河流汇成；森林不只是简单的森林，而是由各种树木组成。人民和大众也不只是简单的人民和大众，他们当中有建筑师，心理医生，洗盘子的伙计，种棉花的农民，律师，小业主，诗人，锻工，牧羊人……"[3]

她更不会把大众审美当成天大的事情加以膜拜。事实上，廖一梅借她的人物高辕之口表达过她对大众、公众和时尚的理解："公众从来没有自己的想法，公众都是人云亦云的。事

1 陈晓明：《无边的挑战》，广西师范大学出版社，2004，第127页。
2 廖一梅：《恋爱的犀牛》，载《柔软：廖一梅剧作集》，中信出版社，2012，第259页。
3 廖一梅：《琥珀》，载《柔软：廖一梅剧作集》，中信出版社，2012，第142页。

实证明你只要说得有煽动性，再搬出几个专家来，一切都妥了。"[1] "记得尼采说过，疯狂就个人而言是少见的，但就集团、组织、民众和时代而言，却屡见不鲜。"[2] 她甚至曾激愤地说过，"大众审美是臭狗屎""因为产生原始的、质朴有力的大众审美的社会结构已经消失了。所有的传媒电视报纸网络时尚杂志推销的审美全部都来源于商业利益和政治利益，无一例外，所以在这个意义上，这种审美肯定是一个怪胎，肯定是狗屎"[3]。——与文学气质并构的，是她的独特的先锋精神。这是少有的既能保证戏剧的商业性特征又毫不掩饰地对大众审美进行激烈批判的新锐剧作家。

个人性与普遍性

写作、剧作对于这位作家而言是对内心自我的深入探寻。在她那里，自我并不是像我们想象的那么浅表，它是深井，有无数关于"我"的宝藏和秘密。对自我的探索是艰难的，需要经年累月的劳动，需要作者沉思、冥想，向更深更暗的无人至访处探进。"有一些东西可能不构成外在的冲突，但实际上却是让你撕心裂肺的！它可能是你内心的两种品性或两种喜好，甚至是你不知道是什么的东西在你内心作战，却比任何有形的

1　廖一梅：《琥珀》，载《柔软：廖一梅剧作集》，中信出版社，2012，第142页。
2　廖一梅：《琥珀》，载《柔软：廖一梅剧作集》，中信出版社，2012，第142页。
3　廖一梅：《像我这样笨拙地生活》，中信出版社，2011，第80页。

冲突更令你痛苦，更加激烈。"[1]

她感受她的痛苦并表达。痛苦在她这里，是有重量的，有质量的，是对生命的滋养。廖一梅和她剧作里的每一位主人公一样痛苦，备受煎熬："大部分的时间，我都在干一件事儿，垂下脑袋深深地埋进自己的胸腔，将五脏六腑翻腾个遍，对自己没完没了地剖析较劲儿。"[2]在她看来，迎着痛苦是一位艺术家的本能："不回避痛苦，我基本上是迎着刀尖儿上的人。如果你一路躲闪，一直生活在舒适、愉悦、顺利的环境里，你会变得肤浅。人类就是以痛苦的方式成长的，生命中能帮助你成长的，大都是痛苦的事情。我珍视生命中的这些痛苦。"[3]

对痛苦的迎面而立使廖一梅的人物在每一个决定面前都不会模棱两可，相反，他们坚定果决。她的人物对个人有清晰认知，她的每一个人都偏执，有自己的极致追求，她喜欢把她的人物推向绝境，像用鞭子抽着他们一样去认识自我，倾听内心的声音。这使廖一梅的戏剧具有了强烈的个人特征。这里说的个人特征不仅指创作者的主观性及个性，也包括她作为叙述者的强大主体性。无论她的戏剧中有多少人物出场，有多少互不相干的议论，她都能始终把控她的节奏，实现她始终的艺术理念："我"决不向大众妥协。"我"要以最为极端的方式坚持"我"自己。她戏剧主人公的共性在于坚持自我，马路、明明、小优、男青年，

1　廖一梅：《像我这样笨拙地生活》，中信出版社，2011，第 69 页。
2　廖一梅：《自序：生活之上》，载《柔软：廖一梅剧作集》，中信出版社，2012。
3　廖一梅：《像我这样笨拙地生活》，中信出版社，2011，第 56 页。

以及碧浪达，他们从不听从他人劝告，他们听从自我内心的声音。

　　追求一种极端的个人化倾向，但并不追求那种独一无二的情感表达，她看重的是人类精神疑难的普遍性。《恋爱的犀牛》中有两段关于爱情的独语。一段是男主人公马路的：

　　　　也有很多次我想放弃了，但是它在我身体的某个地方留下了疼痛的感觉，一想到它会永远在那儿隐隐作痛，一想到以后我看待一切的目光都会因为那一点疼痛而变得了无生气，我就怕了，爱她，是我做过的最好的事情。[1]

　　在同一场景同一空间里，明明接下来也有此内心独白：

　　　　也有很多次我想放弃了，但是它在我身体的某个地方留下了疼痛的感觉，一想到它会永远在那儿隐隐作痛，一想到以后我看待一切的目光都会因为那一点疼痛而变得了无生气，我就怕了，爱他，是我做过的最好的事情。[2]

　　同样的独白出现在两个人的内心世界里，由他们共同表达。这一场景意味深长。"这种叙述明显拒绝了个人化的差异，拒绝进入任何历史场域的风俗、观念和境遇，可是却形成一种更

1　廖一梅：《恋爱的犀牛》，载《柔软：廖一梅剧作集》，中信出版社，2012，第258页。
2　廖一梅：《恋爱的犀牛》，载《柔软：廖一梅剧作集》，中信出版社，2012，第259页。

强大的力量、激情和连绵不断的回声。"[1]——人类的共同困惑是她关注的焦点。在这位剧作家看来，没有什么比人的东西更重要的。某种程度上，人与宇宙同构。"人与宇宙是同构的，你如果发现了一个细胞的秘密，就发现了宇宙的秘密。人类在每个历史时期都会有特定的重大问题需要解决，这个问题解决了，又会有一个新的世界格局出现。某一地的制度问题，争端，福利，教育等社会问题，我觉得都是可以解决的。但是从人类出现，有关人的基本困惑却从来没有得到过改善。"[2]因而，吸引这位剧作家的最重要的问题是："人怎么能更自由，更有尊严，更幸福，这是本质的问题，是每个人都关心的问题。"[3]

这样的认识也决定了她只对真相，只对本质的东西感兴趣。思考，写作，透过那些浮泛的东西抵达更深入的内核。通过发现爱的真相而发现人的真相。"如果每天都关注当天或者当月发生的热闹事儿，那自己的精神永远都被之牵引了。那些东西大多是过眼云烟，再过一个月后，可能再没人提到或想起，我不愿意把生命浪费在那上面。现在是信息太多，而不是太少。对于人来说，随波逐流是容易的，谈论同样的话题会有安全感，拒绝反而是很难得的。"[4]发现真相，发现爱的真相，这是廖一梅作品的最重要艺术追求，这也是她的作品只关注人的内在面

1 张永宏：《论〈恋爱的犀牛〉中的感伤色彩和批判意识》，《群文天地》2011年第10期。
2 廖一梅：《像我这样笨拙地生活》，中信出版社，2011，第45页。
3 廖一梅：《像我这样笨拙地生活》，中信出版社，2011，第39页。
4 廖一梅：《像我这样笨拙地生活》，中信出版社，2011，第69页。

向，人的精神和灵魂的缘由所在。

但是，发现真相何其容易？它需要对自己严厉，严苛，更尖锐地面对内心。她像她的人物一样勇敢，不怕疼痛。"人是可以像'犀牛'一样那么勇敢的，哪怕很疼也是可以的，看你疼过了是不是还敢疼。大多数人疼一下就缩起来了，像海葵一样，再也不张开了，那最后只有变成一块石头。要是一直张着就会有不断的伤害，不断的疼痛，但你还是像花一样开着。"[1]

发现真相，便是要辨析常态和变态，"所谓变态其实就是改变常态，这个常态是什么呢，我觉得这个常态只能以统计学来确定，什么算是正常的，那就是大多数人，大多数人是一个什么样的比例呢？以一个概念确定一件事，这就离真相越来越远了"[2]。为了真相，必得转换你的思维、你的视角，以及你的理解力。这样的转换接近真相的过程中。"我并没有得出什么结论，也不知道会是什么样的结果，但是我有奔向真相的决心，无论这个真相是什么，哪怕它是刺眼的、露骨的或者对人有强大腐蚀性的，我都不逃避。"[3]

在渴望把脑子写透的人眼里，常态和变态与通常的定义不同。她的人物：马路、明明、高辕、陈天、男青年和女医生，以及碧浪达，在他人眼中都是怪物，都是变态。但在她那里，都是美好的人，多情的人，勇敢的人，敢于面对真相的人。

1　廖一梅：《像我这样笨拙地生活》，中信出版社，2011，第95页。
2　廖一梅：《像我这样笨拙地生活》，中信出版社，2011，第57页。
3　廖一梅：《像我这样笨拙地生活》，中信出版社，2011，第43页。

辨析常态和变态的过程，是剥离教育、风俗和规则给人身上的条条框框。廖一梅试图以一种生动鲜活的方式表现这些人的存在。这具有创造性。她塑造的主人公即是那种打破各种模式横空出世的年轻人，是新新人类。他们喜欢"有创造力的、有激情、不囿于成见的自由生活"。"我反对伪善，谎言，媚俗，狭隘，平庸，装腔作势，一团和气，不相信任何制定的生活准则和幸福模式。不管世界给没给你这种机会，我相信人都可以坚持为自己为他人创造自由的生活。"[1] 对于这些主人公，她选择寻找具象的、生动的、贴切的，具有指代性的东西表现，比如犀牛，比如琥珀。这种简约生动的形象使观众便于接受剧作者传递的意味。尽管难以深入理解，但却可以深深铭记。

从个人感受出发，廖一梅试图使她的剧作抵达一种普遍性，对人类普遍性精神疑难进行探险。这位剧作家终生渴望的是"揪着自己的头发把自己从泥地上拔起来"[2]。她对"琐碎的、平庸的、蝇营狗苟的生活"不感兴趣。也许这样的愿望与结果之间有某种距离，或者完成得并不那么完美。——与她的第一部剧作的酣畅淋漓相比，《琥珀》《柔软》显得不够丰满和灵动，剧情推动显得生硬和别扭。但即使如此，其剧作的异质之美依然值得赞赏。

在剧作中，她如实地写下那些疑问，努力、挣扎、纠缠、迷恋和痛苦，以此确认自我的存在。"在现实生活之外，还存

1 廖一梅：《像我这样笨拙地生活》，载《像我这样笨拙地生活》序，中信出版社，2011。
2 廖一梅：《像我这样笨拙地生活》，中信出版社，2011，第38页。

在着一个诗意的世界。我写书或写舞台戏剧，都是对那个诗意世界的想象和寻找。[1]"那些在舞台上痛苦独语的人物，那大自然里稀缺的"犀牛"，那经历风雨存留至今的"琥珀"，都是廖一梅把自己从泥地里拔起来后建造的诗意世界。当她的主人公开口说话，当这个弱的、偏执的、不屈不挠地坚持自我的人开始表达，你会发现其中包含有她对狂躁现实的抵抗，一种不屈不挠的对平庸生活的超越。——作为时代众声中的独语者，廖一梅的剧作中有着这个时代艺术作品稀缺的尖锐和锋芒，她的剧作追求葆有宝贵的个人性、文学性、诗意特质，也葆有这个时代一位艺术家应有的先锋精神。

2013 年，天津

1　廖一梅：《像我这样笨拙地生活》，中信出版社，2011，第70页。

人和命运的相互成全

"命运给予她磨难。但命运也给她更多的思考身体、灵魂、自由和精神生活的机会。她没有让这命运的独特性溜走,她感受这独特,又将这独特上升到一种人类的共性。在访谈中,这位诗人深刻地提到独立精神生活的重要性,她意识到一个女人、一个人成为自己的重要性;她说起自己的灵魂与肉体之间的冲突,进而不得不把这冲突放置于写作中。"

——

《人和命运的相互成全》

当代文学里的陌生叙述人

——关于阿乙

　　读完阿乙小说集《鸟，看见我了》的第一篇小说《意外杀人事件》后，我愣了一下，马上意识到这是一位有异质气质的作家，这是一篇完全没有"期刊色彩"的作品，它带来的一切陌生气息都让人惊喜。也许我得解释一下什么是"期刊色彩"，期刊文学是中国文学的一大特色，它培养了80年代以来很多优秀的作家作品。可最近我也怀疑，中国当代文学作品中近几年的"同质化"倾向是否也与这种期刊色彩有关？阅读期刊文学日久，你会深刻意识到很多作品中都有某种共同的东西，那种互相模仿、互相传染的东西。是的，以期刊为中心的阅读和写作可能迅速培养和捧出一批写作者，但同时也可能同化写作者们的审美与价值判断。当"聪明的"写作者们都深为了解哪些作品容易获得重要文学期刊及选刊们的青睐，而这种青睐往往会带来一些物质上的奖励（比如影视改编及各种文学奖），他会不会寻找写作的捷径，投其所好？以"期刊"为中心的文学写作是不是有可能导致写作群体眼界狭窄，写作动力消失，进而滋长某种惰性？那些作品中共同蕴含的"期刊味道"会不会损伤一代写作者的创造热情和实验的勇气？

真是幸运，阿乙除了在《人民文学》和《小说界》发表过为数极少的作品之外，几乎与期刊绝缘。他是不折不扣的野生写作者。他不揣测编者的好恶，不考虑如何获奖，不考虑如何使批评家们有话可评。而且，他也储备丰富。我猜他应该看过很多欧美小说，他应该在内心无数次模拟写作，所以，出手并不青涩。从《小人》《先知》到《火星》，他的故事灰色、冰冷、有质感。他成竹在胸。他注重写作技术。虽然写的全是小人物，灰色故事，但你完全不能说他是"底层写作"。他的作品完全与那样的标签无关。这个写作者注重的不是写什么，他的终极目的在于怎样写和写得怎样。他一下子让人想到当年的"先锋派"写作，以及早期的余华。但我也觉得他的故事比当年的先锋派写作更好看、更具"中国性"。

比如《两生》。男主人公周伯通高考连续八年落榜。他走投无路，去了寺庙，但和尚并不收留，将他轰了出来。他受人歧视，因怒犯了命案，变成通缉犯。被死亡逼近时周伯通救下了个女人。这是他的贵人。女人家是富豪，周伯通变成了富豪的女婿，被"给了个公司开开"。又是八年过去，有钱人周伯通当年命案变"冤案"。他衣锦还乡。他又看了那个寺庙，惊觉和尚与他眉眼相似。但到底是"和尚是和尚，周伯通是周伯通，粗鄙是粗鄙，豪华是豪华"。当年赶走他的老和尚已死，只余小和尚。

《两生》有中国传统小说的志怪气息。它属于中国。周伯通的名字有他的生长语境，他的名字和他的经历都打着中国的烙印。小说有黑色幽默，有荒诞，有变形，也有反讽。也许这样的小说太简单了，但你又不得不承认这个故事的合理性，这一切在中国语境里成真/成长的可能性。周伯通让人想到传统文学中的"南柯一梦"，是南柯梦的今日变种。——梦中所有的变局都因了那金钱的怪兽。所有的厄运会因这怪兽而消失，所有的梦想也因怪兽的垂青而变得美妙至极。这大约也是"两生"的意思了。八年间天上人间，八年间山乡巨变。周伯通看那和尚的面容相似岂能不惊？周伯通不安，和中国语境里那些"白手起家"的富豪的不安一样，一不留神你就变成了另一个你，此一生变为彼一生啊。

这是与现实对接的写作，但写作者不是现实表象的描摹者。"小说里最重要的是什么？我以为是思想。是作家自己的思想，不是别人的思想。作家和常人的不同，无非是对生活想得更多一点，看得更深一点。"这是汪曾祺老先生的话，朴素而有意蕴，我深以为然。在我看来，在当下的中国写作者中，写作现实的也并不算少了，但真的有能力穿越现实，表达我之所见者甚少。很多写作者以为在作品中给那"新坟"上添个花环，给那结尾处加个亮色就真的改造了现实，指明了希望，岂不知那不过是些小甜点和麻醉剂的东西而已。面对如此丰富深广浩大的世界，我们实在需要心脏承受力强和有智商的写作者，而那些"晕血""晕真"和"晕现实"的写作者未免多矣。

在我眼里，阿乙是沉闷平淡的当代文学的闯入者，他值得寄以希望，我相信他有这个能力。想来，他的心脏承受能力应该不错。——他当过基层警察多年，但没有泯灭自己的疼痛感；他做过记者，但并没有麻木自己的写作触觉。对一个写作者来说，重要的是理解和写作现实世界的能力，我们眼前的"世界"在这位写作者那里不是均质的、单一的、表层的和苍白的，他不低估读者们对世界和文学的理解力。

我个人尤其喜欢《鸟，看见我了》这部小说，尽管它并不是小说集的主打作品。故事由一个智障者和爱打鸟的陌生人之间的奇妙对话开始。他问他为什么喜欢打鸟，他回答说："因为，鸟看见我了。"这样的对话让人困惑，智障者讨好似的把对话告诉了清盆乡的年轻警察小张，后者敏感地嗅到了什么。他晚上召集人抓捕到了那个打鸟者。

"知道我为什么抓你吗？"

"知道，我杀了人。"

陌生人忆起他的"强暴",记起被污辱者临死时的话："你看，鸟儿在看着你呢，鸟儿会说出去的。"他为此远避他乡，他以打鸟为生，终日不得安宁。

小说环环相扣，逻辑性强，有不动声色的紧张之美。但在我眼中，它还有更重要的东西。是小张。因为讨好所长，他在派出所激动地一脚踢在一位百姓胸口，"他猝然倒地，喷出一口血来"。小张因此下放到清盆乡。这里只有一个警察，他们视之为"法"。——"你看，鸟儿在看着你呢，鸟儿会说出去的。"陌生的打鸟者因此预言而不断地捉鸟，但"鸟"岂止看到了这一个他？

被污辱者死后，那个杀手、后来的打鸟者陈述过他的所见："这时我抬头看，果然看到一只眼白很大的巨鸟，斜着眼看着地上的一切。我找了块石头扔上去，它并不理会，我又去摇树，它还是不走。我骑上自行车落荒而逃，它呀呀地狂叫几声，盘旋着从我头顶飞过，飞到前方去了。"——我喜欢《鸟，看见我了》，它不仅写出了作为表象的现实，也说出了现实中蕴含的无处不在的朴素道理。

2013 年，天津

为芳村绣像

——关于付秀莹

一

以芳村为圆心，付秀莹的小说有两个方向：一个指向往昔，那里有旧院，有她风华正茂的父母和其他长辈，也有少年时的"我"；另一个指向此刻，那是更为复杂、喧哗和多样的人生，男男女女，分分合合，那里似乎没有"我"，但是，"我"又无处不在。

这是对旧时光极有热情的写作者。已然过去的时光经过她文字的召唤活了过来。阳光依然明媚，果实依然挂在枝头，年轻的父母音容宛在，一切似乎从没有改变。"那时候，我们住在乡下。父亲在离家几十里的镇上教书。母亲带着我们兄妹两个，住在村子的最东头。这个村子，叫作芳村。"（付秀莹《爱

223

情到处流传》）从"那时候"开始，愈来愈模糊的物事逐渐回到我们的眼前，它们越发清晰了。亲人们都未走远。这是独属于付秀莹的召唤术："每个周末，父亲都回来。父亲骑着那辆破旧的自行车，在田间小路上疾驶。两旁，是庄稼地。田埂上，青草蔓延，野花星星点点，开得恣意。植物的气息在风中流荡，湿润润的，直扑人的脸。我立在村头，看着父亲的身影越来越近，内心里充满了欢喜。我知道这是母亲的节日。"（付秀莹《爱情到处流传》）

句子简单，用字也不冷僻，但是，你却能马上捕捉到这部作品的与众不同。它清新、古典、诗性、澄澈，像山泉一般。物与事固然都是外在的，但它们来到她笔下后似乎变了模样。面对记忆中的一切，她作为抒情的主体在讲述。情感在语句中流淌。如果每一位作家都有属于自己的滤镜，那么付秀莹的滤镜毫无疑问是情感，她赋予她笔下的日常生活以情感。那种情感，是人与人之间关系的黏合剂。人与人之间是有情意的，尽管他们之间也会因误解而生出委屈、不甘、不安和疼痛，但情谊依然坚固。她笔下的每一个女人都温柔多情，心思细密。

这是天然地不受道德束缚的小说家，她同情情感中的越轨者。母亲与父亲是恩爱的，但父亲与四婶子之间的暧昧情欲也不是不可以理解的。在她那里，每个人物都有他们的情感逻辑，她愿意理解他们，理解他们中的每一个人。她的声音是温和的，带有诚恳和怀念，这使她笔下的村庄有了一种庄严和高贵，普通的风景也因此变得很美。吵嘴、不快、赌气、伤害，以及各种情爱表达，都是如此庄严，以至于农人们的田间劳作都变得有意义。故事以一种彻底的质朴推进，以最短的句子表达，但却有一种穿透力，直抵那种历经岁月却依然闪光的东西。

为父亲、母亲，为姥姥、大姨、二姨、三姨、四姨，也为表哥画像。经过多少世事，人间的许多东西才会水落石出。多年后回看，她能记起的只有情谊。透过讲述记忆中的村庄，她在试图唤起我们的新感性，唤醒身在都市的我们与遥远村庄之间那纠扯不清、血肉相连的情谊。

她是聪慧的、天然有敏锐艺术感受力的绣娘，她的技艺完美，有耐心，心无旁骛。细针细脚、针线绵密。一帧帧极尽逼真的绣像，人物鲜活，心思细密。那些女人们的心思如此弯弯曲曲，话里有话又意在言外，那分明是一些冰雪聪明、八面玲珑的女人，她们介意得失又一往情深，极度敏感但又讲究颜面。绣像里的事物栩栩如生，那些花果永远繁盛。

她的绣花针是那源自中国古典文学传统的诗性语言。因为对这种语言的熟练使用，她能一下子把我们拽进旧时光。旧时光里的芳村调子是旧的，但每个人又都生动鲜活。一切既是新的，也是旧的。——她的语言、她的讲述方式是旧的，但是，她带给我们的阅读感受却是新的。绣像如此宝贵，它的意义显然大于视频、图片及普通绘画作品。这绣像里带有绣娘的温度、体贴及热爱。看绣像你很难不想到绣娘本人的全身心投入、她的一丝不苟。她对芳村的逼真描绘使你疑心这不是绣像而是照片，怀旧的老照片。但其实你很快会发现自己的误判。之所以你觉得这村庄有了现代感，你觉得这村庄并没有使你产生时间的距离，是因为她作为现代人的眼光和理解角度。

外在的物事来到她眼前时，她将它们融进自己的情感中，经过时间的陶冶，它们早已变成了她的内在。因此，付秀莹的行文是向内转的，我们看到的景象是经过她内心情感过滤之后的。——芳村在她那里不是客观的，她写芳村之景也不是冷静的。村庄对她而言不是客观对应物，小小的村庄承载着她情感的归宿，因为这种浓郁的情感，这村庄才成为当代文学一处丰美且迷人的图景。

二

《陌上》是付秀莹的第一部长篇作品，出版于2016年。它有着奇异的鲜活色彩。《陌上》让人想到北方初夏的傍晚，想到清新温暖的风，想到空气中弥漫着的浓郁槐花香气，那是让人难以忘记的气息。躁动、不安，但又温柔、性感的气息。

芳村与记忆中安详而清静的村庄有很大差异。《陌上》中的村庄是不安稳的，是分裂的，是许多事物发生激烈冲突的所在，并不相宜的风景和事物掺杂在一起。看不见的物质的大手搅扰着每个人，让他们躁动不已。物欲、情欲，以及热气腾腾、有滋有味的日常生活……那些升腾而起的欲望让人着迷。姐妹之间、夫妻之间的私房话……

女人们都喜欢看讲述宫斗的长篇电视连续剧《甄嬛传》，一个人能来来回回看五六遍，关于女人们如何获取权力，关于女人们如何生存，也关于一个女人如何讨好那个有权有势的男人，以及关于一个男人与一个女人之间隐秘的爱情。电视和网络为女性打开了世界，她们的手机、她们的微信使她们看到更多的可能性，使她们意识到情的可能性、爱的可能性。——她们为什么对丈夫之外的那些男性有那么大的欲望？也许，这跟她们对个人精神生活的向往、跟她们看到了广阔的网络生活有很大关系。

这是此时此刻的鲜活的中国新农村的现实。年轻女子吃完饭后马上跑回屋上网，她们越发不愿意跟父母交流。因为她们在农村所处的现实生活和她们所见的网络生活完全是脱节的，她们生活在两种生活的断裂之中，她们在网上才可以获得快乐。她们心里所想往的世界和她们身处的世界，差异太大了。乡村的一个小女孩成长了，她开始设计自己的婚姻和爱情生活，她似乎得到了她想要的一切，彩礼、房子、汽车，都有了，可是，还是觉得不够。一如书中年轻媳妇爱梨，她身边有爱她的丈夫，但她居然还会对丈夫的姨夫增志、一位有钱的小老板感兴趣，有向往，并且她也不觉得这是有违伦理的。这是在网络世界成长起来的年轻人，她不愿意安于现状。《陌上》写出了我们时代乡村人的精神现实，小说让我们认识到，我们生活在一个巨大的差异化的时代中，物质的贫富差异、精神生活的富饶与贫困的差异，都已经浸漫到乡村人的生活了。

欲望是巨大的有如怪兽般的搅拌器。于那位渴望与乡村干部产生爱情的小媳妇而言，男人的干部身份是不是她脱离平庸生活而向上的扶梯？而那位活泼泼辣的望日莲，是不是像极了《红楼梦》里的尤三姐？她们是今天的女人，也是过去的女人，也许她们的衣饰与我们不同，但她们身上有着中国人亘古不变的情感。

对这些女人故事的眷顾显示了付秀莹对乡村人生活、对乡村人情感的理解。在芳村，与以往相比，有一部分正在发生日新月异的变化，那是今天中国农村的风貌；但是，在这村庄里，还有一部分是不变的、未变的，即人对美好生活的向往，人对爱的无尽追求。正是这种向往，延展出一种蓬勃的生命力。而日常生活部分，也是付秀莹作品迷人的部分。她写出了生活的质感。

《陌上》让人想到林白的《妇女闲聊录》，付秀莹和林白写的是一个乡土中国，尽管一个是小说，一个是非虚构。梁鸿的梁庄系列已然构成了我们今天想象乡土中国的范式，而《陌上》和《妇女闲聊录》跟这样的范式形成了对峙。你很难用道德标准判断我们的乡土和生活在乡土上的人们。作为村庄的女儿，付秀莹没有像雄鹰一样俯瞰它，而是写下如普通村人一般的感受，有如村子里的花草和蚂蚁。开通高速公路对村庄意味着什么？意味着它破坏了我们的田园牧歌想象？不，开通高速公路的芳村是好的，因为它给此时的村民们带来了便利。

芳村不是这位离开家乡的作家的缅怀道具，而是活生生的现实，她和她的村人一起体验巨变带来的幸福感。当然，她也写下了烦恼，写出了分裂感，以及隐藏在当代中国农村内部的勃勃生机。付秀莹笔下的村庄，不是荒芜的、让人失望的村庄，尽管它并不让人完全满意，但是，却也让人心生向往。作为远离乡村的读者，我们以为农村的年轻人生活在我们印象中的时代，其实不是，完全变了。他们的所思所想，他们的所爱所恨，与城市人没有巨大差异。——付秀莹写出了一个新的具有冲击力的乡土现实，她打开了写作乡土生活的可能性。

画下新的中国农村图景，她既不是启蒙者，也不是有乡愁者。她不借它们传达对中国问题的思考，她只是用自己的绣针绣下她之所见、她之所感。她为此刻的芳村画像时，画的是我的家乡。她画下了它的不变，也画下了它的喧腾。《陌上》写出了北方乡土生活的质感，写出了我们乡土生活的美感，写出了乡土世界的一种恒常。

三

《花好月圆》是付秀莹的一部短篇小说。17 岁的农村姑娘桃叶在茶室工作，她目睹了一对男女的茶室情缘，也目睹了他们最终在茶室紧紧拥抱，不再醒来。这对桃叶来说当然是一次震惊的体验，她由此完成了一个少女的成长。"花好月圆"题目之下，是惨烈的情爱故事，似乎也非名誉和道德的故事。如果在当代的其他文本里，它还可能与种种道德束缚有关，但付秀莹却将之写得诗意。"日子一天天过去了。茶楼照旧热闹。那件事，人们议论了一时，也就渐渐淡忘了。花好月圆的茶室，一切如旧。每天，迎来送往，满眼都是繁华。只是桃叶却有些变了。她喜欢站在茶室外面，在那一株茂盛的植物下面，默默地看茶室门上挂着的牌子。一看就是半晌。花好月圆。这几个字瘦瘦的，眉清目秀，很受看。"（付秀莹《花好月圆》）

故事只是这位作家的渡引。她在文字中属意传递的是对世界的另一种思考。即便是这样的死亡爱情，她也要写出一种美和希望。这个世界上令人悲伤的事件未免太多了，她致力于将那些悲伤、灰暗、不快和痛楚进行一种创造性的转化，她试图将那些人与人之间发生的和将要发生的情感幻化为生长不息的力量。这种艺术追求在萧红《呼兰河传》中得到了切实的体现。庄严的爱情，有二伯孤独的生存、"我"与老祖父的关系……所有生活中存在的事物，因为萧红的回眸凝望而变得高贵。萧红以这样的书写抵挡她生命的荒凉，也以这样的书写赋予一个村庄意义。事实上，《萧萧》《边城》的追求亦是如此。作为小说家，沈从文认识到"有情"的重要性，进而使个人的写作进入了现代抒情文学传统中。

将付秀莹的写作放在现代抒情文学传统中是恰切的，诸多批评家都指出了这一点。当然，她更多的让人想到的还是荷花淀文学传统，想到孙犁的《荷花淀》《铁木前传》，想到铁凝的《哦，香雪》《秀色》《孕妇和牛》。因为，付秀莹的芳村也同样在冀中平原，她笔下的人物及风土属于典型的中国北方风情，甚至她与他们在美学乡土上的思考也是相近的。《铁木前传》中的小满儿，《秀色》中的张品，还有《哦，香雪》中的香雪、凤娇……那些生活在冀中平原大地上的农村女孩子都已经年华老去了吧？我们很久没见到她们了。突然有一天，她们在付秀莹的笔下活过来，她们是望日莲，是桃叶，是爱梨……

以美的语言抵抗某种东西的流逝。世界有许多东西时时刻刻都在变，但付秀莹信任那些不变。正是这种相信使一种抒情的美学传统落地生根，结出了旺盛的枝芽。必须重申的是，尽管付秀莹和那些文学先辈在语言表达上各有不同，但本质上他们都不属于客观冷静的书写者，相反，他们是对自己的村庄“情有独钟”者。面对外在的事物，他们都属于有情的主体。为所热爱的村庄和村人画像是这些文学前辈/有情者们念兹在兹的事业，他们各自以独有的方式将一个无名的村庄点亮。沈从文、萧红、师陀、孙犁、汪曾祺、铁凝，莫不如此。当然，在为这些村庄画像时，那位天分卓异的有情人也注定会遇到他自己。

付秀莹的意义在于使我们与一种文学传统久别重逢，她让我们看到一种久违的抒情文学传统如何在当代中国重燃火焰，也让我们看到一种写作技艺的生生不息。换言之，这位年轻的小说家以自己的方式向一种优秀文学传统表达了敬意，她也以这样的方式使自己的写作兀自生长，越来越茂盛。

2017 年，天津

灿烂星河与凿壁偷光

——朵渔和《生活在细节中》

　　《生活在细节中》是文化随笔集，在我的阅读中，朵渔很像一位"凿壁偷光者"。他不断凿开我们自身理解世界的壁垒，他不断提醒我们所处的认识世界的"深井"，他把那些人类文明的灿烂星河引入我们的阅读视野：关于托尔斯泰、辛波丝卡、布罗茨基、米沃什，关于人以什么捍卫记忆，关于"我们之间的分歧必须保留"，关于"从废墟上开出的花"……

　　他不是抄书家，他无意从这些人与作品中寻找那些有趣的、好玩的东西，那些八卦，那些人事纠葛，全部都不是他关心的。他关心的是在人类文明的灿烂星河中，为何是这些人成为我们头顶上的星星，他们对于人类文明所做出的贡献。他们带给我们的启发，他们在有生之年所经历的那些反抗、困惑、恐惧、不安、痛苦及喜悦。他们带给我们时代的思考，对于我们的启发。

那个值得爱的加缪的"南方思想"是什么？"是一种与阴暗、暴戾的欧陆精神相对的地中海思想。"南方思想是"明净的、节制的、均衡的，是人道的、乐观的、理性的"。加缪思考中有那么多让人沉思的东西，"为什么我是一个艺术家而不是哲学家？因为我是根据词而不是根据概念来思维的"。这位作家，理智上支持阿尔及利亚的解放运动，但作为法国殖民地者的后代，他也坚持认为，"我宁愿要母亲，也不要恐怖主义的正义"。既拒绝施加恐惧，也拒绝让恐惧施加到自己头上。这是一种怎样的沉思呢？"他那严肃而又严厉的沉思试图重建已被摧毁的东西，使正义在这个没有正义的世界上成为可能。"

他重新讲述的是他眼中的加缪与萨特，也在重新书写他对"南方思想"的理解。朵渔的随笔不是那种资料的搜集，更不是集语录大成。所有的知识和掌故在他那里都是他理解世界的方式，那些知识和人事，是他理解世界的通道。他看布考斯基，"他一生背离主流社会的生存价值观，选择与酒精、贫穷、妓女为伴，但这并不能说明他就没有一颗高贵的心灵"。"这位大师是真正活出来的，他是真正的底层的忧伤、底层的绝望，绝非中产阶级的玩意儿。他到死都有一个高傲、清洁的灵魂，他以自己一生的放浪形骸完成了自我救赎。他活得很勇敢，卡佛说他'有点像个英雄'，可谓惺惺相惜。"

《生活在细节中》，提到赫塔·米勒《饥饿与丝绸：日常生活中的男女》描写了贫困年代的习见场景。"当饥饿遇到丝绸，一种尖利的东西就产生了：它展示的是饥饿对饥饿本身的饥饿，它展示的是生活在这个国家的所有人的一种普遍的毫无尊严的生存状态。"赫塔·米勒说，一个人在极端环境之下，就会努力克服恐惧，也把它转化成别的东西，"表现在日常生活里，往往就是语言的粗鄙化，行为的流氓化"。这位敏感的作家发现，"处于贫瘠状态的人们特别习惯于随地吐痰，这些绿色的痰迹与城市的贫瘠几乎密不可分，没有人会觉得恶心"。还有，"人们会毫无顾忌地顺从自己的身体，做身体要求他们做的事情"。她的眼光非常敏锐，"她总是能在日常生活中发现那些被侮辱与被损害的部分"。"匮乏会让一个人粗鄙化，动物化，只为果腹而生存。""真相则是生活中的细节。""表面看来，写作似乎是一种说话，但实际上，写作就是沉默本身。"

布罗茨基《人以什么捍卫记忆》，不合作，不苟且，不说谎，看似是底线，但其实很难。《忏悔是一件"思"的事情》"哪里所有人都有罪，哪里就没有人有罪。"偏爱写诗的荒谬，胜过不写诗的荒谬。

选择哪位作家、诗人作为自己的书写对象，选择哪位作家的什么样的作品进行细读，对于他来讲都不是毫无理由的。读朵渔的随笔，会发现他选择言说对象的严肃和苛刻。必须有品质，必须有文学性，绝不选择那种乔张做致的写作者，也不选择那种以口号代替写作者，他选择复杂的人和作品。

这些遥远的人和故事，以及他们对世界的认知，经由这位作家的书写来到我们身边。但不是无缘无故地到来，他们自有到来的理由，每个人，每本书都有回到今天中国的理由。你怎样理解中国的当下和我们今天的时代，决定了你如何看待他写这个作家不写那个作家、写这本书不写那本书的缘由。没有无缘无故的写作，也没有无缘无故的阅读。一定有某种隐秘的难以言传的东西在其中闪光。因为这个光亮，我们看到了那本书；因为那个光亮，我们看到了朵渔作为写作者的意义。是的，通过朵渔的书写和理解，那些人事与我们的生活实现了一种奇妙的对接，我们借此重新理解智慧与愚蠢、美好与无趣、善良与丑恶。

要特别提到《生活在细节中》的行文，朵渔有极好的语感，凝练、简洁、抵达而又有意味。作为随笔集，《生活在细节中》有品质、有密度、有识见，非常值得推荐。

2015 年，天津

人说爱情好风光
——金仁顺的小说

　　爱情是小说家金仁顺认识世界的一种路径。她擅长捕捉刹那间的情感。虽然写得细腻、敏感，但与我们通常理解的女性情感小说相去甚远，这是一个有强大主体性的写作者，她的笔下，女性虽然柔软但也坚韧，她们并不呼天抢地、愤愤不平。因而，金仁顺的人物面对背叛和伤害时并非不堪一击。在爱情中，女性绝不扮演那个受伤者，而这种受伤者和控诉者形象在金仁顺前辈那一代女作家那里却常常出现。与其说女性在爱情或婚姻中的地位发生了变化，不如说是新一代女性写作者看待爱情的方式和对世界的理解发生了整体意义上的转变。

　　我喜欢她在 2007 年发表的三部小说《彼此》《桔梗谣》《云雀》。她将一种节制而冷俏的写作气质发展到了一个高度。她像拿着手术刀的医生一样面对纷繁复杂的世界，以爱情为切口，举重若轻地切入男女关系，也切入了人与人之间的最本质关系。

《桔梗谣》中忠赫与秀茶是青梅竹马，但未能结成夫妻。虽然各自有家，但内心里共有一曲桔梗谣。这一对朝鲜族老人，情感是内敛的、羞涩的，也是情深谊长的，那是长长久久的爱情。像梧桐里透出斑斓的阳光一样，小说写得疏密有致，她将爱情写得美好明亮，具有生命力，一反此类文学作品中出现的灰暗和苦情。小说结尾，昔日情人和妻子相见，也算得上相见欢了。其中有来自小说家最为良善的祝福。

> 忠赫回到桌边儿，秀茶和春吉脸红扑扑地跟着唱："白色桔梗花啊紫色桔梗花。"唱完后两人搂在一起，咬着对方耳朵说着什么，春吉边笑边指着酒杯冲女儿叫："倒满倒满。"
>
> 女儿给她们倒上酒，扭头冲忠赫做了个鬼脸，说："她们已经约定了五十件事儿了，要去给奶奶上坟，要回朝阳川豆腐房做一次豆腐，要摘梨，还要在明年春天的时候去看梨花……"

《云雀》则是一个女大学生与韩国中年男人的情感际遇，事实上，春风是我们通常理解的那个"二奶"。男性年纪大一些，历尽沧桑，女性的身体年轻、纯洁、健康。女性看重的并不只是钱，还有年长男性的宽容和温和，虽然感情是婚姻外的，但人的压力更小更自在，——也许这更接近爱情的本源？小说写得纯粹。小说家显然更想突显的是他们作为人的刹那相遇，这恐怕也是她虚写人物的生活背景，放大人与人交往细节的用意所在。

在金仁顺那里，爱情是测试世间一切关系的化学试纸。萍水相逢的人因为有它而变得亲密无间，但爱情也有破坏力，破坏姐妹情谊、母女情谊，甚至不惜破坏爱情本身。另一部小说《桃花》写的便是母女之间情谊的虚妄。男人成为她们之间最大的障碍。母亲习惯性地剥夺着女儿的爱人，或试图夺走可能与女儿发生情感关系的所有男人，这具有某种象喻色彩。但小说家没有将母女之间的关系写得戏剧性，克制是她书写的美德，即使是最后女儿将刀子捅向母亲，她也保持了一以贯之的冷静。

最令人感慨的是《彼此》，这里有婚姻的背叛、情感的背叛和习惯性出轨。但是，你也会觉得，这些关系中并不存在真正的受害者。小说中，丈夫郑昊婚前的背叛是黎亚非婚姻的噩梦，而那个女人说出的秘密成为他们婚姻关系中永远的阴影。

> "昨天郑昊一整天都待在我的床上，我们做了五次，算是对我们过去五年恋情的告别演出。"那个女人的手搁在黎亚非的肩头，随着她的话，她的手指很有节奏地敲击着，"从今天开始，他归你了。"

黎亚非不能原谅郑昊，其后婚姻一直处于冷战中。但是，当她离婚准备再婚时，一个荒诞场景出现了。郑昊来看即将成为新娘的她。"黎亚非拿了盒纸巾过去，抽了几张递给郑昊，他伸出手，没拿纸巾，却把她的手腕攥住了，黎亚非说不清楚，是他把她拉进怀里的，还是她自己主动扑进他怀里的。"

现任丈夫周祥生发现了黎亚非和郑昊的不堪。于是就有了小说的结尾，他和黎亚非在婚礼上接吻，"他们的嘴唇都是冰凉的"。曾遭背叛的最终成了背叛者，黎亚非最终会否理解郑昊当初的背叛，或者，成为郑昊那样的人？而周祥生会不会成为另一个黎亚非？以"彼此"为题，小说最终呈现了人类关系的复杂性："彼此彼此"，或者，"此即是彼，彼即是此"。

这就是残酷的爱情之景。这就是残酷的情感深渊。金仁顺不动声色地勾勒出一个我们很不情愿看到但又事实上存在的黑洞。你很难在道德层面上去理解它，但正是不能在道德层面上理解，小说的意义才得以显现。爱情是什么呢？爱情是内分泌的产物，因而，在通常的爱情小说中，少不了鼻涕和眼泪，湿润是它的美丽所在，这也是大部分爱情作品都写得潮湿的原因，那里混杂着汗水、眼泪、鼻涕及不知名的液体。

金仁顺小说的不同在于，她把一种爱情写得干燥、透明，让人想到古典主义爱情小说，想到那些像解剖家一样的书写者——他们绝不允许自己一把鼻涕一把眼泪地乞求、哭泣，他们冷静而理智，他们要在写作中保持艺术的尊严。他们将爱情当作一种人际、一种状态。这也是金仁顺的魅力：冷静、克制、不动声色，拥有一颗艺术但不迷狂的心。由此，她解剖人与人关系的美好和黑暗。——她的小说注定是好看的，这些小说像阳光下的蝉之双翼，纹路复杂但又纤毫毕现。是的，我们不仅能看到纹路，还能透过细密的纹路想象出它振翅高飞的样子。

那是作为风光的爱情，那是作为人际关系的爱情，而不是作为信仰的爱情。说到底，她书写的是微小而又深幽的人际。——她的小说也总会有意外和辗转，有如一个人在光滑的地板上突然滑倒、摔伤，或谈笑间身后有把匕首突现，温和的调子里突然闪现寒光、冷峭及冰凉。这是属于金仁顺小说的美妙。在这个讲究写什么的时代潮流里，她是那个逆潮流的写作者，她仿佛从不曾被所谓的写作潮流沾过身。写什么对她来说显然不是重要的，重要的是写得如何。

金仁顺的情感小说代表了新一代作家对爱情的重新书写和认识：爱情不是拯救一个人的神话，也不是庸俗的日常生活的一部分。世界上本没有爱情，世界上其实也没有什么风景，只是因为有了取景器，我们眼中的一切才变得意味深长。——在爱情肥皂剧盛行的时代，在爱情消费主义时代里，在一切以资本为是的时代里，这个沉默、冷静的写作者，创造出了属于她的爱情风景，抵达了爱情背后或温暖凛冽，或残酷破败，或无可奈何的人性风光。由此，金仁顺创造出了属于她的文学世界，或爱情风光。

2008 年，天津

"今天我们如何回故乡"

——梁鸿和《中国在梁庄》

　　我被《中国在梁庄》打动，是因为这本书中独有情怀。这是一本关于中国乡村的书，它以一个回乡者的视角，重新审视了一个村庄二十年来的变迁，那些熟悉的邻里乡亲，那些熟悉的景致和人事，全都变了模样，——我们的家乡，变得如此破败，成了我们"前进"中的包袱和累赘，在这里，有那么多的留守儿童，有那么多的疾病和矛盾，还有那么多愁苦满结的脸，以及我们无法安置的疼痛。

　　读这本书，我首先想到《妇女闲聊录》，五年前的林白，以一位农妇木珍之口，讲述了一个令我们震惊的乡村模样，它的日益崩溃的人事伦理，它的令人失望的生存现状。《中国在梁庄》的叙述语气与它完全不同，木珍的讲述几乎是没有情感的展示，木珍因为身在王榨之中从未远离，所以她没有疼痛，没有悲伤，而《中国在梁庄》不同，作为离开梁庄的梁庄人，梁鸿的书写是具有情感的，她无法将眼前的村庄和记忆中的村庄并置在一起，安之若素，她无法展示她的村庄而毫不加判断和批判，她的内心涌动着情感与不安，这样的情感应该受到尊重。

我也想到阎云翔的《私人生活的变革：一个中国村庄里的爱情、亲密关系和家庭变迁（1949—1999）》。尽管阎也有着多年后重回村庄的经历，事实上这个经历也影响他书写，为他的社会学写作提供了强有力的历史背景，但是，那里的情感是稀薄的，阎在这部著作中，并没有将村庄视作他的故乡和来处，而只是与他发生过情感关系的研究对象。这是一部严格意义上的优秀社会学著作。可是，梁庄对于梁鸿来说，恐怕绝不是研究对象的关系，尽管她也是一位研究者，一位青年批评家，其实她也实在可以将这个村庄视作自己的研究对象的。但是，那二十年来的成长，那二十年来的滋养怎么可能使她将这样的村庄只视作研究对象呢？

这便是我们为此书打动的原因了。读《中国在梁庄》时，你会深切体验到梁鸿面对这个村庄和故土的复杂经验，她爱它，那里埋葬着她的母亲，那里生活着她的父亲、兄长、姐妹；她依恋它，在这里她度过自己的青春，——《中国在梁庄》的书写最打动人处，在于她的"非虚构"，她的情感是真实的，她的所见是真实的，她的目力所及是真实的，她的一切呈现都是基于真实体验的，而这一切的一切又都不是为了研究本身，为了书写本身。

　　说到这里，我不得不提到《中国在梁庄》最初发表的《人民文学》杂志，事实上，正是这部杂志首发使《中国在梁庄》受到了关注。"非虚构"栏目是这部国字号期刊今年重点推出的文学栏目，它为"梁庄"的发表做了很好的注脚。"非虚构"，这在今天是多么有意味的词，——它侧重于真实的记录，当我们今天强调一个文字的"非虚构"时，我们在强调什么？恐怕是并非刻意回避文字的虚构本性而更强调的是它所表达的真实情感和不伪饰精神吧？《中国在梁庄》的魅力在于以其"非虚构"打动了我们沉睡的乡村经验，它激活了我们对生活的感受力，对农村及故乡的感受力，它使我们有幸重新和作者一道回到那个土地看一眼生我们养我们的村庄，它亲切而陌生，它肥沃又贫穷。它需要我们老老实实地想一想，一切为什么会这样发生，为什么会有那么多的疼痛和愁苦要发生在我们的农村与故乡？——乡愁，我们现代意义上的乡愁早已分崩离析，我们不得不停下来，看看，我们赖以生存的家园到底发生了什么，又是什么使它如此发生。

　　非常难以忘怀的是，在《中国在梁庄》的开头，梁鸿以重回故乡的方式进入，而结尾，她又以离开故乡的方式收束。——这是典型的归去来的模式。1921年，现代文学之父鲁迅发表了他的杰出作品《故乡》。二十年后回故乡，记忆中的故乡与眼前这个故乡发生了深深的断裂，这使他处于深刻的震惊体验当中。这是一幅典型的回乡图景，也是近八十年来中国知识分子回乡的普遍经验，书写这种震惊体验时，归去来的模式非常重要。——在鲁迅之后，诸多中国作家在书写故乡带来的震惊之感时，都不约而同地采用了这一模式。尤其是 70 年代出生的艺术工作者，比如，优秀的导演贾樟柯的"故乡三部曲"，他以让人物不断回到汾阳小城的方式来书写这个国度发生的沉默而又巨大的变迁；比如，小说家魏微，她的《异乡》《回家》《乡村、穷亲戚和爱情》，都以系列书写了一位女性离家后回家的种种际遇，进而书写了一个时代不断变迁着的人际伦理；其实这些都是归去来这一写作传统的产物，——梁鸿着意书写了回家后的情景，她有意以一种重回土地与村人对话的方式，将这种震惊体验以非虚构的方式进行 "放大"。这是多么令人感喟的"放大"！《中国在梁庄》书写了当下中国村庄的普遍性命运，它让我们感同身受，辗转难眠。《中国在梁庄》书写的不只是梁鸿的家乡，也是我们每个人的故乡在这个时代的沦陷模样。

这样的书写，给中国当代小说的写作提供了某种镜像。在当下的中国，书写农村的作家并不在少数，但是，这些作品通常并不能给人以触动，——是什么使中国农村书写出现了匮乏？在于作家对书写对象的穿透力和理解力的日益贫弱，是的，我们的思想能力越来越贫乏了。作家的思想是什么呢，恐怕就是对现实世界的看法吧，是一个作家对当下生活的穿透力和把握力吧？在当代农村题材的书写上，在浩如烟海的所谓底层书写方面，浩大的世界包围了我们，我们被它们淹没，无法突围，——我们无法挣脱习惯性的视角和方式，我们喜欢虚构一个虚无意义的村庄而不愿亲自踏上它的土地，去触摸它干裂的皮肤，去闻一闻它被工业废水严重污染的空气，更没有想过要将这样的现实感受真切书写在纸上，让更多的人体验和感知，这是多么可惜的事情。

很多年前，鲁迅先生写过一篇文字，"今天我们怎样做父亲"，不知为什么，读《中国在梁庄》时，我不能自已地想到"今天我们怎样做儿女"这个句式，——今天，我们怎样做故乡的儿女，今天我们如何面对故土？这是读完《中国在梁庄》久久困扰我的问题。而我也是并没有答案的，但我想，答案也一定不是唯一的。至少，像《中国在梁庄》的作者那样直面故乡，写下我们连筋带肉的疼痛与困惑却是"做儿女"的应有途径之一。

愿有更多像《中国在梁庄》这样的作品问世，愿《中国在梁庄》真的可以激活我们时代的疼痛感及感受力。

2011 年，天津

"一个字一个字把自己救出来"

——绿妖和她的写作

　　直到今天，我还是忘记不了绿妖十多年前的那段文字："走在街上，忽然落起雨点，我迟疑着，要不要找个地方避雨。雨渐渐大起来，竟然横暴肆虐，像耳光般打在脸上，忽然心中狂怒。天地不仁，那又怎样，有种你就劈了我，我在心里骂，雨浇下来，完全看不清眼前路。那种走投无路的狂暴，天下之大，竟无处可去。"这段文字里有愤怒之气、不平之气，也有一种任性的勇猛之气。但也是在那篇文字中她对自己说，"担当自己的生命，无论它好或坏，罪与罚，邪恶或美好，统统一力担当。在自由与爱情间我选择自由，在祈祷与打扫之间我选择打扫"。

　　可是，知易行难，如何自我担当，又如何去选择打扫？眼前的世界，如此浩大，在北京城的十多年光景里，这位外省青年永远觉得自己在看黑白电影。看到一个个青年从北京城里来去，许多心怀梦想的青年命运发生着改变：有人开始皈依，有人开始戒酒，有人换了工作，有人换了行业，有人总是跳槽，有人离婚，有人失恋，有人染上赌瘾，有人自杀，有人猝死。热热闹闹的饭局，最终变成一场大梦，"真正的生活，早在无声无息之间来临"。绿妖写下她在大城里的所遇所见，最终发现她自己也不过其中之一。

还有与她纠缠不断的故乡，以及远在故乡的亲人们。死去的奶奶，留恋人世不幸患癌的舅舅，母亲入狱。那是孤独而寂寞的少年时光，是与家乡说永不再见的叛逆之女。读者会体察出这个年轻人在她的黑暗岁月里所经历的种种孤独、愤怒、委屈，虽然她并没有在随笔中一五一十写下，它们只是潜在每个故事里面。比如，看到贾樟柯《站台》VCD 时的亲切，以及 K 歌必点的《光辉岁月》，那些影像和歌曲里，都安放过放荡不羁的少年心。

我们逐渐看到了雨中愤怒青年的担当，但很难说清她的自我改变、她的"打扫"从什么时候开始。我们发现她文字中的气息的确变了，她的文字开始与理解有关。她重新看她的父母、故乡和亲人，这是整部书中最熠熠闪光的部分，也是最让人动容的部分。她说起她像民国文艺青年的姥爷一生的坎坷，说起父亲那豆角焖面的味道，说起和奶奶在一起，说起故乡亲人之间的种种……那些被漠视已久的情感正在以另一种方式兜回她的心底。她说他们，似乎在说别人，但也是说自己，那是血肉相连不可割舍的那部分。看到宿命，看到残忍，也看到人本身的能量和韧性，她看到了作为人不能忽略的在生命之初所享受到的爱，意识到要对那些爱有回报。《沉默也会歌唱》里的绿妖，就像偌大世界的拾荒者，那些金光闪闪的东西并不是她所要的，她拾取的是我们成长途中所丢失的热血、朴素、诚恳，以及爱，这些文字使读者有机会静下来，回视。

在《沉默也会歌唱》中，读者会看到，这个愤怒地在大雨中奔跑的女孩子，和命运较劲说不服的女孩子的"一路走来"。但并不将那些伤害和痛苦以催泪的方式出现，绝不会。它们只在冰山之下。这是绿妖笔下的人与事。这样的写作让人想到绿妖对生命中那些低谷、那些不平、那些不快的理解。——生命短暂，我们每个人，都不过是茫茫人世的经验者和体察者罢了。一个人一生中总要有许多令人难以直视、难以下咽、耿耿难眠的时刻，这只是人生的一部分罢了。若是不了解、不明白、不体味生命之苦与生命之黑，这一趟人生是否也太单薄？也许，上苍不过是在用另一种方式使我们每个人更了解生命和人世的丰饶。

以沉默的方式唱出属于她自己的歌，我想这是属于绿妖的人生主题曲。那是深沉的而非轻快的歌，其中每一个字都是生命和情感的沉淀物和结晶体。今天，这位作者已经坦然而平静看待她生命中的一切了，那些好的，那些坏的，那些不好不坏的，它们看起来就像一个人生命中必然遇到的葡萄。无论这葡萄是甜还是酸，都不躲避。要面对。这个世界上，有些人看着生命中的那些葡萄由青涩到成熟，再到凋落，毫无知觉；而有些人则异乎寻常敏感，她们遇到、面对、采摘，视这些葡萄为命运赐予的珍宝。

最重要的是，要有力量将生命中的酸涩葡萄改变味道，经由反省和深思，将那些疼痛和黑暗转化为滋养生命的琼浆。"成长是痛苦的，我不赞美它，但它给我阅历，给我经验，给我机会了解这世界。在长期的自我憎恶和不接受之后，有一天我想，不妨接受这个不完美的自己，接受她的分裂，她的乖戾，她的孤僻，接受她，爱她。"

读《沉默也会歌唱》到最后，我们会惊讶地发现，绿妖在不断地反观并拓展她自己。我们看到了一个人的成长，也看到了一个人成长的路径，那是与音乐、与电影，也与文学有关的路径。艺术世界里，那些对她生命有吸附力的灵魂，黑泽明、曹雪芹、托尔斯泰——这些有巨大灵魂的人构建了属于她的灿烂星河，"你能隔着书本、隔着多少年的时间、隔着遥远的空间、隔着死亡，实实在在地摸到它，像大熊星恒定闪烁在北方的天空。这让人觉得安慰，哪怕灵魂曾赖以寄身的肉体已经不在"。

凿掉自己身上的壁垒，一点一点，去亲近那些有光泽的灵魂，让艺术的光芒照进个人世界。这是属于绿妖个人的成长，也是属于"70后"一代青年的成长。也许是十年，也许是二十年，润物细无声般，光阴把我们每个人的人生进行淬炼，并把结果打在我们的脸上。

"我终于发现，我引以为耻的，并不是我自己的耻辱，也并不是我妈妈带给我的。我彻夜排队，向命运领取礼物，命运给了我一块石头，冰凉沉重。我沉默地等待它给我一个解释。在排了更久的队之后，命运给我一个解释。"

命运的解释是什么？"那就是写作。"她说。她为自己的写作总结，引用了木心所言："一个字一个字把自己救出来"。当绿妖写下"一个字一个字把自己救出来"时，读者会很快发现，这十二个字已经变成她对自我成长的最贴切评价。

2014 年，天津

人和命运的互相成全

——余秀华的诗歌

一

　　我被微信里余秀华那张照片吸引。她穿着绿色的毛衣和黑色的短裙，身后是荒草、绿树、麦田和黄油菜花。她的头和身体是歪斜的，神情有些倔强。那个微信公众号推出的标题是"脑瘫诗人。"打开页面，我读到她的诗："他揪着我的头发，把我往墙上磕的时候 / 小巫不停地摇着尾巴 / 对于一个不怕疼的人，他无能为力"。（《我养的狗，叫小巫》）稍微对文字有敏感的人都会意识到，这诗中有力量、有尖锐、有疼痛及对那尖锐疼痛的不驯服。

　　余秀华出生时就生病，脑缺氧造成先天性脑瘫，小脑无法平衡，这最终导致她走路歪歪斜斜，表达口齿不清。疾病与她相伴而生，成为她不可匮缺的一部分。也因此，她似乎比许多人更感受到个人在命运面前的渺小、无能为力。但是，这也可能让她体味到稻子和稗子的区别，感受被春天忽略的狗尾巴草、拼命开花的栀子花的感觉。

从什么时候起，余秀华开始领受她的命运，而不把这个命运当作负担的？我不知道。但在诗句里，从 2013 年左右开始，你能看到她在命运面前的体察、沉思、挣扎和平静。即使是弱的，你也可以感受到对方的不甘心、不屈服；即使这诗是从残缺身体发出来的，你也能感受到一种精神意义上的整全。比如"爱"，这是她诗歌常常出现的语词。"唯有这一种渺小能把我摧毁，/唯有这样的疼 / 不能叫喊 / 抱膝于午夜，听窗外的凋零之声：/不仅仅是蔷薇的 / 还有夜的本身，还有整个银河系 / 一个宇宙 /——我不知道向谁呼救 / 生命的豁口：很久不至的潮汐一落千丈 / 许多夜晚，我是这样过来的：把花朵撕碎 /——我怀疑我的爱，每一次都让人粉身碎骨 / 我怀疑我先天的缺陷：这摧毁的本性 / 无论如何，我依旧无法和他对称 / 我相信他和别人的都是爱情 / 唯独我，不是。"（《唯独我，不是》）

作为弱者的"我"，作为受伤者的"我"，作为无能为力的"我"，作为清醒的"我"，在有关爱的诗句中反复出现。她悲哀地看到自己，像旁观者看自己，仿佛一切都与"我"无关。"当我注意到我身体的时候，它已经老了，无力回天了 / 许多部位交换着疼：胃，胳膊，腿，手指 / 我怀疑我在这个世界作恶多端 / 对开过的花朵恶语相向。/我怀疑我钟情于黑夜/轻视了清晨/还好，一些疼痛是可以省略的：被遗弃，被孤独/被长久的荒凉收留/这些，我羞于启齿：我真的对他们/爱得不够。"（《我以疼痛取悦这个人世》）

许多人都看到疾病之于这位诗人成名的标签，却并未看到她对这种伤痛的领受、消化、沉淀，并最终将其认成命运。疾病给人以疼痛，那就把这疼痛领下、写下；疾病给人以卑微，那就把这卑微体会；和疾病、和疼痛、和卑微，也和大地在一起。疾病是囚笼，写作则是她寻找到的挣脱之路，是自救。写作使她治愈，使她成长。她在试图以诗句使自己整全。

我无意说她是中国最好的诗人，作为诗歌的普通读者，我想我和大多数转发、购买她诗集的人一样，并不将她视为中国最好的诗人。但是，她却是这些天来最打动我的诗人，她的诗使我心有所感。作为她的同时代人，我们只需回答，作为此时代的诗人，她的诗是否打动了你，她是否写出了我们这个时代作为最普泛的人的共同感受？

我不敢把我的心给你
怕我一想你，你就疼
我不能把我的眼给你
怕我一哭，你就流泪
我无法把我的命给你

因为我一死去，你也会消逝

我要了你身后的位置

当我看你时，你看不见我

我要了你夜晚的影子

当我叫你时，你就听不见

我要下了你的暮年

从现在开始酿酒(《阿乐，你又一次不幸地被我想起》)

　　她写出所有经历过爱情的人心中那种百转千回，她写出爱的普遍感，写出深爱者的痛心和卑微。她的诗中有她，也有我们。我不知道来自四面八方的偏见和贬低从何而来，不知那种以贬低大众审美为幌而贬低余秀华的批评所为何来。为什么要以脑瘫、以审丑甚至更为鄙视的字眼来形容写出这样诗句的诗人？我为此深感困惑。这位诗人，之所以被百万次转发，原因在于她在以诗句凝聚我们，她以真诚、贴心贴肺打动我们，她使诗在某一刻成为我们日常生活讨论的中心，——这难道不是属于诗人和诗歌的荣耀？

　　作为读者，我尤其被余秀华关于父亲的那首诗打动。

我要挡在你的前面，迎接死亡

我要报复你——乡村的艺术家，

玩泥巴的高手

捏我时

捏了个跛足的人儿

哪怕后来你剃下肋骨做我的腿

我也无法正常行走

请你咬紧牙关，拔光我的头发，戴在你头上

让我的苦恨永久在你头上飘

让你直到七老八十也享受不到白头发的荣耀

然后用你树根一样的手，培我的坟

然后，请你远远地走开不要祭奠我

不要拔我坟头新长的草

来生，不会再做你的女儿

哪怕做一条

余氏看家狗［《手（致父亲）》］

　　如果你能想象这个行动不便又心地如此敏感的女儿如何心痛于自己不能尽孝，便能理解那令人心痛彻骨又无能为力的父女之情了。这首诗让我一下子想起她在《锵锵三人行》中朗读自己诗句的声音和表情。那是什么样的声音？那是我们时代受伤者的声音，含混、低微、呜咽、痛楚，与那种字正腔圆的表达迥异。无论你读过多少诗，听过多少诗朗诵，你依然会被这种声音打动。那是有人的声音的诗，而不是玩弄诗艺的精英语词。你不得不承认，作为疾病的承受者，这个人感受到更多，也有能力写下更多，她写下了我们感受到的但无法成诗的那部分。这个女人，正走在成为一位成熟诗人的道路上，她在以她的语言抵达常人无法抵达之地。

看到电视屏幕上那位永远不能端正自己身躯的农妇，看到这位写出如此真挚语句的诗人，我想到她与命运之间的关系。命运给予她磨难。但命运也给她更多的思考身体、灵魂、自由和精神生活的机会。她没有让这命运的独特性溜走，她感受这独特，又将这独特上升到一种人类的共性。在访谈中，这位诗人深刻地提到独立精神生活的重要性，她意识到一个女人、一个人成为自己的重要性；她说起自己的灵魂与肉体之间的冲突，进而不得不把这冲突放置于写作中。她的言说如此具有感染力，以至于主持人脱口而出，你说的这些感受，我们也有。

人们都看到余秀华以诗句、以脑瘫二字暴得大名。但是，诗歌不也因她而重新焕发光芒？"而诗歌是什么呢，我不知道，也说不出来，不过是情绪在跳跃，或沉潜；不过是当心灵发出呼唤的时候，它以赤子的姿势到来；不过是一个人摇摇晃晃地在摇摇晃晃的人间走动的时候，它充当了一根拐杖。"（余秀华）今天，我们每个人都能记起她的句子，也都承认，余秀华遇到诗歌是她的幸运，可是，我们为什么不进一步承认，诗歌遇到这个敏感、多情、坚忍的女性余秀华也是一种美好？——我们因余秀华的诗歌而重新意识到诗本身"可以兴，可以观，可以群，可以怨"的魅力；我们因为她而重新意识到诗是艺术也是信仰；我们也因为她而认识到，诗歌是宗教，是渡他人以苦厄的小舟，是救一个人和一个人自救的方法。

二

余秀华在电脑前的照片让我印象深刻。一张是她在电脑前，聚精会神看屏幕的；另一张，则是她并不灵活的手指落在键盘上。马戎戎在《一棵坚强的稗子》中追溯了余秀华与网络的结缘：2003 年左右，余秀华开始在网络上写诗。她知道了"网吧"，知道了"论坛""发帖""灌水"，她把写过的诗歌贴在论坛上，她在网上下象棋、打扑克、斗地主，也写文章，网络成为她全副身心的寄托之地。

足不出村、行动不便的农妇因为网络而有如插上双翼。在第一篇博文中，她将在网络中的自由视为小人物的自由。"这是小人物的自由，像一只小屁虫，想横着趴就横着趴，想竖着就竖着，也可以像一棵狗尾巴草，向左歪可以，向右歪也可以。"

余秀华从网络中获得了什么？也许从她的诗歌中可以找到答案。余秀华的写作在 2013 年有一个飞跃，这离她初次上网贴诗歌作品已过去十年。蜕变显然与她阅读经验的累积有关，去过她家的记者都写到，她的家里书并不多，也没有足够金钱购买图书，但这看起来并没有影响她的阅读。从她的谈吐和对诗歌的理解上看，她比我们想象的更加阅读广泛，也远远超过那种"残疾诗人"的认知力。

也许我们应该正视网络时代为这位女诗人提供的各种机会，阅读、交友、恋爱、遇到各种各样的人，虽是足不出户，但她在精神上并没有受到束缚，网络成为她看不到的手和脚，她的触觉四通八达。极有意思的是，她在论坛里也并不像小白兔一样谦恭，她有她的火暴脾气，有人咒骂她，她还击；有人利用网络攻击她，她同样在网络上回答，并不示弱。她在网上与人交往，与人讨论爱。她是那种接受并正视这个网络时代一切的人，她能把那些不利的转成有利的，而不是被它压垮、碾碎。所以，你可以在网上看到一个农妇的咒骂和号叫，也可以在诗里看到她的平静沉静和对爱的向往。

无边无际的网络经验使余秀华的诗句不再属于黑夜和一个人的呓语，更多时候，她的爱属于大地、田野和广阔的远方。即使不能行动自由，即使现实中语言表达不清，都丝毫影响不了她诗歌中的表达。这是多么可贵的机会。她从中体会人间的一切，正视疾病、爱和命运，并试着从这样的经验中写出人类共有经验。

怎样寻找到疾病的敏感但又不溺于疾病本身？这一直是被疾病困扰的写作者们的难题。许多写作者都在挣脱束缚。而对于余秀华而言，除此之外还有其他许多道德条框。一个已婚女人，一个行动不便而面容并不姣好的女人，怎么可以写下《跨过大半个中国去睡你》？她实在惊世骇俗："其实，睡你和被你睡是差不多的，无非是／两具肉体碰撞的力，无非是这力催开的花朵／无非是这花朵虚拟出的春天让我们误以为生命被重新打开／大半个中国，什么都在发生：火山在喷，河流在枯／一些不被关心的政治犯和流民／一路在枪口的麋鹿和丹顶鹤……我是穿过枪林弹雨去睡你／我是把无数的黑夜摁进一个黎明去睡你／我是无数个我奔跑成一个我去睡你……当然我也会被一些蝴蝶带入歧途／把一些赞美当成春天／把一个和横店类似的村庄当成故乡／而它们／都是我去睡你必不可少的理由。"

许多人只看到那句"穿过大半个中国去睡你"，但却看不到她的诗本身的开阔和辽远。她写下爱的强悍、爱的无理，以及爱的动荡。也许，正是因为这些诗句，许多媒体记者都去追问这位女诗人的爱、性、婚姻。问题中有好奇，也有猎奇。采访中多少记者好奇她的爱、婚姻与性，你就知道这个女人要冲破多少束缚才可以表达那些情感。她似乎天然不把这些条框放在自己头上。

在电视节目《锵锵三人行》中，我注意到她说到爱时的复杂表情；她说起别人面对她的爱情所表现的恐惧；她说起自己灵魂对肉体的不满意，也说起自己又丑又残疾像卡西莫多，会吓到自己爱的人。这真让人唏嘘——余秀华诗中表达得有多么真挚，你就知道她从爱的体验中获得的情感有多圣洁。在采访中，她并不回答那些有关婚姻和性的问题。余秀华有她的幽默，也有她的从容。即使批评她的人有些像唐僧或者如来佛祖一样"法力无边"，但如果这个人不做孙悟空你又奈她何？

作为一位女性写作者，新媒体时代的余秀华所获得的自由远超过了当年伍尔夫所设想的。她没有一个人的房间，不是一个行动自由者、一个挣工资者，也不是一个自己可以养活自己的人，但这并没有妨碍她成为自由的写作者。当然，更重要的是内在，余秀华身上有天然的冲破框架的能力、独立感受和独立表达的能力，那种"不在任何事物面前失去自我，不在任何事物——亲情、伦理、教条、掌声、他人的目光及爱情面前失去独立思考的能力"，在一个"不怕疼的人"面前，世俗意义上的条条框框都土崩瓦解。她地势低微，依然强大。

你能想象那一瞬吗？每个人都在那里沉默地刷着手机，每个人都在同一时间里阅读同一个人的诗句，短短几天，近百万人按下他们的转发键向朋友们推荐。那真是微信时代神奇的一瞬，百年前和百年后的人们，都无法体会到我们此时此刻的感慨和被一个人的诗句刷屏时的眼花缭乱。——她的诗句像芥末一样辛辣，足以使所有手机读者为之凛然一震。比如"巴巴地活着，每天打水，煮饭，按时吃药/阳光好的时候就把自己放进去，像放一块陈皮"，比如"我只想嚎叫一声，只想嚎叫一声/一个被掠夺一空的人，连扔匕首都没有力气"……你不得不承认，这些诗句以真挚、以卑微、以疼痛、以不驯刺激着手机用户的阅读趣味。当转发者们抬起头时，一个诗人的名字和她的诗句就这样传遍大江南北。微信时代，余秀华和她的诗句恰逢其时。

三

我想到民国杂志《礼拜六》第 80 期的封面，两位现代衣着的女性面对铁轨轻松交流，脚下是简易的行李，远方开来冒着浓烟的火车。图片关乎女性远行与自由，火车的到来使女性生活发生革命性变化。这个神奇的外力有助于她们成为她们自己。那张图片作于 1915 年，离今年整整一百年。余秀华对着电脑写作的照片与百年前的图片有异曲同工吧？网络使余秀华们的自由表达成为可能。

但，令我念念不忘的还是横店村几位女村民挤在一起用手机看余秀华新闻的那张照片，我难以忘记她们惊奇、兴奋而激动的笑脸。手机里是陌生的余秀华，是那个除了打麻将、干农活、喂兔子之外的余秀华，是最终挣脱了残缺的身体获得人们尊重的余秀华。我以为，这是 2015 年三八妇女节最卓有意味的图片，它代表了残障者、农妇、女性、人类在今天这个时代的多种可能：人类跨越残缺寻找整全的可能、坚韧地写出美好诗句的可能、人和命运与时代相互成全的可能。这"可能"当然首先对余秀华本人深具意义，但也对我们这个时代的每个女性、每个人都意味深长。

2015 年，天津

生活在阿勒泰

——李娟的散文

我要坦率地承认，我读李娟的文字时内心满是惊奇，——要怎样表达这感受呢？就有如在春天突然看到漫山遍野的山桃花一样，是惊讶中带有喜悦，感慨时忍不住想赞叹。她的文字卓尔不同，很迷人，开篇方式殊为独特。"我在乡村舞会上认识了麦西拉。他是一个漂亮温和的年轻人，我一看就很喜欢他。"（《乡村舞会》）"在库委，我每天都会花大把大把的时间用来睡觉——不睡觉的话还能干什么呢？"《在荒野中睡觉》。"我听到房子后面的塑料棚布在哗啦啦地响，帐篷震动起来。不好！我顺手操起一个家伙去赶牛。"（《赶牛》）——她的开头总是那么直接，是属于年轻女子独有的天真之气，自然，率性，而非矫揉造作。

李娟是年轻的女子，一直生活在疆北阿勒泰地区，她陪伴母亲，以裁缝和小杂货店为生。她们随牧民们在辽阔之地辗转，从这里到那里。我喜欢她写外婆和妈妈的文章，叙述人是女儿，是外孙女，娇憨、生动，但又深情。她离开家，把兔子或小耗子留给她们，她们跟这些小动物说话，就像跟她说话一样。"兔子死了的时候，我妈对我说，以后再也别买这些东西了，你能回来，我们就很高兴了。我外婆对我说，以后再也别买这些东西回来了，死了可怜得很……你回来了就好了，我很想你。""又记得在夏牧场上，下午的阳光浓稠沉重。两只没尾巴的小耗子在草丛里试探着拱一株草茎，世界那么大，外婆拄杖站在旁边，笑眯眯地看着。她那暂时的快乐，因为这'暂时'而显得那样悲伤。"（《我所能带给你们的事物》）

她写得自然平实，但自有一股魔力，——将日常生活细微变得甜美而温暖。即使她们生活得并不富裕，但那样的温暖和良善像长在田野里一样，有着茁壮生机。那是多么有趣可爱的外婆啊，年迈的她拄着拐杖天天赶牛，一扭身牛们又来了，她便和那些动物说着话，唠着嗑。那又是多么坚忍而又乐观的母亲，她辗转生活，卖木耳，开修鞋店。"有一天，妈妈也独自一人走上那条路。她拎着小桶，很久以后消失在路的拐弯处。等她再回来时，桶里满悠悠地盛着洁白细腻的酸奶。"

是什么使李娟的阿勒泰如此令人念念不忘？出生于新疆，但她对故乡抱有深深的好感，这种故乡感使她的文字中有一种扯不断的乡愁。"——哪怕到了今天，半个多世纪过去了，离家万里，过去的生活被断然切割，我又即将与外婆断然切割。外婆终将携着一世的记忆死去，使我的故乡终究变成一处无凭无据的所在。""我不是没有故乡的人，那一处我从未去过的地方，在我外婆和我母亲的讲述中反复触动我的本能和命运，永远地留住了我。"（《我家过去年代的一只猫》）这是对内地生活的永远想念，这种忧伤感使这有着天真之气的女孩子凭空多了沧桑。

但她文字中的另一种忧伤也是迷人的，那是关于爱情的片段。她在乡村舞会上爱上一个叫麦西拉的年轻人，但是，却无法与他相识相爱。"我想我是真的爱着麦西拉，我能够确信这样的爱情，我的确在思念着他——可那又能怎样呢？我并不认识他，更重要的是，我也没法让他认识我。而且，谁认识谁呀，谁不认识谁呀……不是说过，我只是出于年轻而爱的吗？要不又能怎么办呢？白白地年轻着。"（《乡村舞会》）阿勒泰在李娟的笔下发生了某种奇妙的变化，虽然也是碧水白云晴空万里，但因为这忧伤，一切都变得那么不一样——因为忧伤，纯粹的风光变成了有故事的风景，阿勒泰温暖，空旷，辽远，美好。

面对阿勒泰，作为汉族姑娘，她其实依然有强烈的陌生感。"我在新疆出生，大部分时间在新疆长大。我所了解的这片土地，是一片绝大部分才刚刚开始承载人的活动的广袤大地。在这里，泥土还不熟悉粮食，道路还不熟悉脚印，水不熟悉井，火不熟悉煤。在这里，我们报不出上溯三代以上的祖先的名字，我们的孩子比远离故土更加远离我们，恐怕再在这里生活一百年，我仍不能说自己是'新疆人'。"

在异乡，年轻女子分明感受到了某种寂寞，天地因这寂寞而变得有了表情。"无论如何，春天来了。河水暴涨，大地潮湿。巨大的云块从西往东，很低地，飞快地移动着。……这斑斓浩荡的世界。我们站在山顶往下看。喀吾图位于我们所熟悉的世界之外，永远不是我们心里的那些想法所能说明白的。"（《喀吾图的永远之处》）对故乡的想念使眼前的一切变得陌生而新鲜，这激发了她的书写热情。——乡愁和异乡感混杂在李娟的阿勒泰并成功地发酵，产生了令人惊异的化学反应。

但异乡感并没有使她与脚下的土地疏离，它们刚刚好，——它们使她保持了对阿勒泰的新鲜，但又使她与她生活的土地并不"隔"。事实上，李娟的文字气息中对身处的土地有种纯粹的信任。（这信任多么重要！）她爱和理解这里的土地，理解他们的信仰和生活方式。她看这片土地的视角，她和这里人们的关系应该被重视。——作为汉人，这个姑娘从不自认自己是这片土地的启蒙者，她的良善地与人沟通的能力让她和这片土地融为一体。

她文字中有很多有趣的互相学习语言的事情。比如妈妈会教来买香烟的哈萨克族小伙子管"相思鸟"叫"小鸟牌"，比如一个姑娘来买"砰砰"，其实那是白酒。妈妈教哈萨克族人管木耳叫"喀啦（黑色）蘑菇"，管金鱼叫"金子的鱼"，管孔雀叫"大尾巴漂亮鸟"。这是多么有趣的学习和沟通！——我们通常意义上的"民族"相处在这里变成了一种生活智慧，差异是自然的，民族并没有高下。这是不是李娟眼中的民族与民族之间的不同呢，她可能没有想这么多。这可能是一个自如地靠本能融进阿勒泰大地的女性。

哎，多亏了她的本能和融入，阿勒泰在我们面前显现了它的另外模样，——借由李娟的文字，作为生活和生存的疆北展现了与我们通常文学意义上不同的纸上乡原，与边城、呼兰河、高密东北乡相比是非常不一样的一面，它丰美和富饶，神秘和热情，——在李娟既天真又有情感爆发力的文字之下，一个富有象征意义的阿勒泰世界正日益显露出光芒。

我知道很多人从李娟的文字中会想到萧红，李娟更明朗单纯，当然，也还是有相似之处的，——萧红喜欢用描写自然的方式描写人民的生存；大自然和牛羊在萧红那里都不是点缀或装饰，而是写作的核心，是她作品中带有象征意义的光。李娟的文字也令人想到这些，我想到伍尔夫评价艾米莉·勃朗特说的，当我们在她的文字里体会到某种喜悦或忧伤时，不是通过激烈碰撞的故事，不是通过戏剧性的人物命运，而只是通过一个女孩子在村子里奔跑，看着牛羊慢慢吃草，听鸟儿歌唱。

是的，尽管书写一个非传奇性、非戏剧化、非风光化的新疆已然是李娟带给当代文学的新气象，但是，我们依然应该深刻认识到，构成李娟文字独有之美的是，在这个女青年身上，葆有对大自然的美好情感，她像她的外婆和母亲一样，天然地具有与大自然、与土地、天空及动物和谐相处的能力，她依凭这样的能力使她和她生长的那块疆北土地唇齿相依，也使自己的写作接上了地气和人气。

与大地唇齿相依，那真是一种人与自然最美好而纯粹的关系！李娟捕捉到了自己身上独有的气质，她的书写显示了一位优秀书写者的潜质和美，——我敢肯定，过不了几年，李娟的阿勒泰一定会成为另一处美好的纸上乡原；我敢肯定，随着她书写的丰富与多元，越来越多的人将会记住这个开杂货铺的汉族姑娘，事实上已然成为当代文学散文写作的最丰美收获。

2010 年，天津

野生野长的南方美

说到底，我喜欢的是塞壬文字的美。我想到北方山野中的一种植物，是开在中国北部原野里的花——也许是向日葵，也许是大椒茨花，也许是马蛇菜。我想到萧红作品中的某个景象："这些花从来不浇水，任着风吹，任着太阳晒，可是却越开越红，越开越旺盛，把园子里煊耀得闪眼，把六月夸奖得和水滚着那么热。"塞壬突然在 2008 年的文坛鲜明地开放，很美好，她的文字有生命力，泼辣，旺盛，热烈，有光泽。

不断地迁徙，迁徙

塞壬是与南方有关，与广东有关的女子，我读她的《下落不明的生活》，一直闹不清她到底生活在哪儿。有时候她是在深圳的，但又常常回广州，可是，她的文字里又分明与东莞有关。——她应该是奔波者。

塞壬文字的气息中有南方人的特质，有些像南方的天气，阴暗而明亮，倔强而坚忍，柔软而强大。是一种暧昧吧，不像北方这样四季分明。我喜欢那篇《南方的睡眠》，她说她在相当长的时间里不愿意工作，迷恋一种不省人事的昏睡："我沉沉睡去，我的骨头、皮肉，还有意志，它们跟棉被一样柔软。蒙头蜷在单床上，像是潜在更深的地底，所有的记忆、喜怒、身后的可知或不可知的事，它们都陷落。"

她昏睡的那个广州石牌的房子多么具有南方气，你读的时候，仿佛置于她身在的那个小而纷乱的有着特有的市井气息的空间里，"穿过一条条巷子，看着一模一样的景物，一家挨一家的士多店、美容美发厅、桂林米粉店、凉茶店、蛋糕房、干洗店、性用品店，手机维修店，它们都阴暗，散发着旧的、隔世的气味，黑夜来临的时候，这些巷子开始活过来，一条一条地苏醒，音乐响起，霓虹灯闪烁，涂着金粉的妓女们来回穿梭，石牌，昏睡在色情、颓废的旺盛之中"。这是生活的气味，市井的气味，以及生命本身的气味——在这样的气味的环绕中，文字会远离空洞、浮华及无根。

是不是很多人的生命中都有这样的昏睡状态——你不知道你下一刻会往哪里去，你觉得生活本身就应该是这样昏睡，那是它最舒服的姿势。但《下落不明的生活》里的人更多的时候还是醒着的，她具有触觉非凡的痛感、愤怒及忧伤。她的生活和这个时代所有人的生活一样是有速度的，一刻也不停息：流浪，游走，从此地到彼地。这就是这个永远没有地址的人了。"太多的信函被退回到邮寄者的手中，当我辗转收到邮件，我看到邮件左上侧粘贴着小纸条，查无此人那一栏中，用圆珠笔打着一个钩钩。查无此人，这不祥的气息暗合着我下落不明的宿命。我记不清到底用了多少手机号，移动的、联通的，动感地带、神州行、全球通、大众卡、如意卡、南粤卡，谁是从头到尾了解我手机号变更的人呢？我最亲的人，老父亲，五年了，他满头白发了吧？我如此频繁地变更，他为此担了多少心？"

一个格格不入者

她不断地迁移其实象征了我们这个时代大多数人的命运。我们不由自主地奔跑，也不由分说地被侵略和剥夺。我看着塞壬记述她坐在火车上，她眼中不断流动的人群，讲她在路上突然被摩托车上的人抢走皮包，她被拽倒在地上，被车拖了几米远，手肘铲得都是血。她讲到她的钱包没了，手机没了，身份证没了。回到灯光下，她的爱人为她包扎，忍不住悲伤地抱住她。这本书讲的是她自己，她自己的事情，可是，那其实也有那么多我们的事情呵。《下落不明的生活》其实讲述的是在这个快速飞转的时代里，我们每个人如何被裹挟着前行。我们愿意慢下来，在一个深夜里安静地回复成我们自己，可是这样的机会太少了。塞壬的文字其实复活了我们这个时代里特有的疼痛与鲜血。

这文字与时代格格不入，它超拔，不安，使我最终有强烈的认同感。在《漂泊、爱情及其他》中，她讲到从顺德返回广州的生活，宿舍里有很多的女孩子。"她们毫无禁忌地大声谈性，并相互交流避孕经验。"面对这一切，这个人分明是困扰的，"我总问她们，难道分手不会造成伤害吗？难道这种事情可以这样轻率处理？难道这些事不会给心灵蒙上阴影？难道……你们不愿真心爱一个？我的问题太多了。我感到沟通的困难，只是沉默"。她们工作都很玩命，热情、友好、坦率、真诚是她们的共性。这事实上便是价值观上巨大的裂变了："在她们那我看到被拓宽的生活，痛苦的领域被转移，一种来自能力、技能方面的较量是她们极其在意的。而对于情感，对她的伤害却未见有多大。"这是一代人与一代人的不同吧？我想到许多人与此伴随的不快乐，而这样的不快乐，是多么容易地被视之为"落伍""老土"和"out"。

爱着你的苦难

我感觉，塞壬的文字写得少，很慢，但讲究。你读她的文字时会分明晓得这个人是认真而严肃写作的人，每一个字里面都有她的热望和斟酌。她的文字里没有稀释、注水，是结实的、有质量的。

有很多女作家的散文，都喜欢讲自己在屋子里走来走去，也往往放大自己的疼痛，给自己的哭泣加上扬声器——我不喜欢读那样的文字，它让你觉得那是一种变相的撒娇，是以弱者的名义在文字里向读者索取。塞壬的魅力在于使疼痛不只是她自己的疼痛——她的魅力是使她"自己的疼痛"与他者血肉相连。这也是我对她那篇《转身》情有独钟的原因了。这篇优秀的散文发表在去年的《人民文学》上，获得了2008年的"人民文学奖"。在这个文字里，我看到一个年轻的女子从此走上另一种生活，也给予我们另一种生活。塞壬讲述了她1994—1998年的工人经验。国有企业的价值观，机器的巨大轰鸣声，下岗，分流，算断，一个时代就此画上句号。

我也喜欢她的《爱着你的苦难》。讲到她的弟弟："面对这样的弟弟，我会无端地悲悯，悲悯着我们活着，要受那么多的苦。我总是想起我跟他一起放的那头小牛，听话、懂事，睁着大眼睛，满是泪水。"所以，当公司里的财务小姐呵斥那不懂规矩的年轻业务员，她去阻挡，因为想到弟弟。"我看见，那样的一些人，我能闻到他们的气味。他们走着，或者站立，他们三三两两，在城市，在村庄，在各个角落。他们瘦弱、苍白，用一双大眼睛看人，清澈如水，他们看不见苦难，他们没有恨。他们退避着它，默默无语。我突然觉得这就是力量，日复一日，年复一年，这样的力量没有消弭，它只是永久地持续着。"

这力量不该被遗忘。

2009年，天津

寂寥里的温暖

——海飞的小说

　　海飞的小说读来亲切如家常。它不硌人，不触怒人，不会让人震惊，相反，它让人感到寒意中的暖和，感到宽容和善意。我读他的小说时内心是安稳的，犹如在春日的午后喝一杯熟悉的绿茶，犹如自己的左手抚摸右手。

　　当然也并不全都如此。我也感到某种隐秘的怅惘、心伤，以及疼痛。比如《蝴蝶》，比如《私奔》，比如《赵邦和马在一起》。要怎么说呢，在这些小说中，大抵有一个远方的"传说"，这个传说是故事发生的隐秘背景，是故事内部的发动机，有时候这个传说是密布在小城里的流言，有时候是一个离去的女人，或者男人。因为离去和不在场，所以有人缅怀，有人念念不忘。大幕从此拉开，故事从此开始——世俗的生活因为有了这样的念念不忘而变成了一种诗意的存在，它也使你无比确信一点：

叙述人有着一颗鲜活跳动的文学之心。而读小说的人，大多数时候是与那个缅怀者在一起感受世界的，因为被弃的身份，这个缅怀者柔软，执着，有些轴，——《蝴蝶》中那个男人杜仲，被妻子背叛后他在另一个女人慈菇身上尝试着自己作为男人的能力，以此确证自己的存在和价值。

执拗地想怀念些什么、想抓住些什么的人是落伍的。他们不懂从善如流。我很喜欢《私奔》。我注意到海飞不断地强调多年前那个叫爱琴的女人的丰满和体温，写她在床上的勤快和温润。这是个"过去的"女人，这也意味着她是这个时代的落伍者。那么，这个女人的温暖和肉感是这个时代缺失的吧？——爱琴为什么不跟更有钱的人比如王秋强在一起而要跟一个随从呢？为什么要因这一场私奔丢了性命？王秋强对这种背叛者有什么可留恋的呢。——这样的疑问是我们这个消费主义时代的逻辑系统，就如同"90后"的姑娘会一脸狐疑地问你白毛女为什么不能嫁给黄世仁是一个意思。可是，正是爱琴的不合"常理"，才使这小说难忘记。这故事让人知道，世界上还有一种不为金钱和权力，甚至也不为死亡威胁撼动的东西，那是民间传统里的情义，是"以身相许""以死相许"。我知道有很多人会怀疑这种情义的可能性，可是，不正是这种怀疑，才使得这个故事有存在的价值？他笔下还有一个场景我记忆深刻，那是《蝴蝶》中的场景：人们要慈菇赎罪，因为男人死在了她的床上。就在此时，男人的妻子甘草和这个被唾弃的情妇跪在了一起。叙述人的"文学之心"打动了我，他让我愿意相信，世界上存有一种迷人的男女之情，他们是可以生死相许的；我也愿意相信，世界上有这样的一种"姐妹之爱"，因为有与同一个男人的肌肤相关，可以达到这样的坦荡、决绝和互相疼惜。

由此，我感受到叙述人内心的温暖和良善，这样的良善和美好与沧桑有关，也与一种寂寥相关。——海飞的小说中没有英雄，没有生活光鲜的人们，他的人物大多数是边缘的、受伤害的和被忽视的。比如《赵邦和马在一起》中那个可怜而又可爱的男人赵邦，比如自称"老子"的国芬和伟强，以及他们那暮气沉沉的人生。——也正因此，海飞的良善之心便显得更为惹眼了，这是一种体恤，或者叫体贴？我一时不能判断，但是，我却深知这个叙述人不强势，他无意为他的人物指点迷津，尽管他确切地知道他们内心的窘迫和不安，知道他们的委屈和悲伤，知道那灰暗日子如何对个人生命侵袭。他的宽容理解，表现在他的语言上便是波澜不惊，他的小说语言很少会有金句跳出，但分明又与故事本身那寂寥中的温暖相谐。

读小说的时候，有时候你会遗憾，这个人怎么能这么耐心和宽容呢？怎么可以这样"不深刻""不独特""不扮酷"呢？是的，他正是以这样的宽容和理解给予了我们一个不一样的世界和情感，——借用时尚的话来说，他给予了底层以关怀？也许是吧，可是我不想这么说，我想说的是，他执拗地相信世界上的温暖、他执拗地相信这个世界上的"痴情不改"和"温暖良善"的态度让我感慨。

其实，这种对日常生活的诗意美好的书写也同样出现在另外一些"70后"作家那里，比如魏微、鲁敏、徐则臣、张楚、田耳、乔叶等人，我以为这样的对日常生活的理解和认知可能代表了一代作家对生活的认识，是一代作家的审美观。——如果说60年代出生的新生代作家们热衷于写向下的人性，那么，海飞和他的同龄人完成的则是对向上的人性的关注与凝视，或者叫呼唤。它们是宝贵的，让我们在寒意的世界里确信自身的温度，确信人应该有的体温。我必须老实承认，作为同龄人，我深切认同和喜欢他们的写作。

但是，如果我们稍加留意便会发现，那一批曾经被称为新生代的作家已然开始了他们另一种书写道路。比如毕飞宇，比如迟子建，比如麦家，比如李洱，比如艾伟，比如陈希我。我的意思是，在这些人身上，你会看到他们渴望探寻属于他们个人风格的写作之路，而这种探寻又分明有着他们个人之于社会与民族的思索与认识。那么，从这个角度上说，是不是那种温良、善意、波澜不惊的美学观正在禁锢我们"70后"一代作家的写作？——还没有哪位"70后"作家的作品如钻石般光彩耀眼，还没有哪位"70后"作家可以重新冲破一种既定的美学规范走出自己独有的那条路。

祝愿海飞，以及和海飞同龄的作家们能早日走出一条具有开拓意义的写作之路。

2011 年，天津

在财富的旋涡里

——哲贵的小说世界

脱贫者的生活

在《我对这个世界有话要说》中,哲贵说文学创作中对"商人"世界的书写是有偏见的。"这些年来,我看到太多带有明显偏见的文学作品,有些作品已进入文学殿堂,成为经典,可对'人'的描写,特别是对商人群体的描写和塑造,带有明显的偏见。"他也许是对的,因为他所生活的语境使他获得了比普通人更多的观察机会。这也意味着,他将对那些人——商人、脱贫致富者、"成功人士"、"富贵人群"重新进行改写。寻常小说中的人和人们的生活:如何获得晋升机会,如何与上司周旋,如何付昂贵的首付,如何在贫困线上挣扎……这些生活在哲贵小说中将是绝迹的,他的小说人物已经不必再为改善生活条件而奋斗了。

但是，这并不等于说金钱之于"脱贫者"毫无意义。如果你相信某些富豪所标榜的钱对他们只是银行卡"数字"的递减，如果你认为金钱对于早已富贵之人无足轻重，就太天真和肤浅了。哲贵试图书写的是金钱之于"脱贫者"的另外关系，是那种不由自主陷入金钱旋涡的生活。

《跑路》写的是卷在财富旋涡里的人们，做实业的皮鞋老板禁不住高利贷高额回报诱惑，开始了他的投机生意，500万，1000万……当他穷途末路，不得不借款维持时，真相才一点点浮出水面。《跑路》有关金钱，更有关人与人之间的信任和欺骗。小说《信河街》亦是如此。那种"不信"与"欺骗"的氛围遍布小说，每个人的信誉都在透支，像滚雪球一样，最后又一个个跑路。由金钱引发的多米诺骨牌效应在脱贫者生活中显示了它的狰狞，由金钱引发的"不信"灾难足以吞没每个人的生活。

不信任还有另一种存在方式，即造假，以假谋利。一如《雕塑》，董娜丽以不断整容的方式来确认自己，丈夫唐小河对她的行为方式分析说，"事情的真相是，在你内心里，一直有一个念头，那就是跟许娅一样去做假冒产品。可是，出了工商的事件后，你就怕了，不敢了，所以，你在再三犹豫之后，找到了给自己做整形手术这个办法，因为在这个整形的过程中，你能得到内心的安慰"。可是，这样的逻辑似乎也太一厢情愿了吧？唐小河作为男人的"幸福"生活不也因这样的作假而受益，他为什么看到假的美的就兴奋？当他振振有词地指责他的妻子时，你在小说中看到富人的聪明，也看到属于男人的无理和霸道。

这是哲贵笔下的富人生活。不动声色是这位小说家的叙述基调，他不是全知全能者，在他的小说里，人物们没有被平白地打上好或坏，黑或白的标签。事实上，哲贵和他的读者及人物一样，是迷惑者，也是局中人，他站在每个人的立场上思忖着，做出适合他们的决断。在他的小说中，我们看到的是人和人们被一只我们看不见的大手在操纵，每个人都进入了怪圈，那个大手是命运？命运之说太夸张了，也许不过是贪欲，也许不过是被利益驱使罢了。身不由己地进入财富的旋涡里，看起来他们脱了贫，但真的脱贫了？过惯了富贵日子的人，谁愿意被甩出那样的航道，谁愿意视金钱为尘埃？不过是跟普通人一样罢了，不过是比普通人追求的金钱数目更大罢了。

"我能不能做到不带偏见地进入商人的内心世界，把他们当作一个'人'，描写他们的彷徨和挣扎、欢乐与忧愁、淡定与恐慌、勇敢与异端、责任与逃避、得与失、哭与笑，雕刻出他们真实的形象？"这是这位主要书写"脱贫者""商人"的作家所思考的问题。这样的疑问或思考当然是有意义的。你知道，这世界上划分人的方式多种多样，我们、你们、他们，男人和女人，有钱人和穷人，有权人和无权人，等等。在一位写作者那里，用某种判断来把人群截然不同地分开是危险的。要浮去金钱和浮华，要浮去皮相和表面，书写人本身，书写人的内心。

也许，并没有哪位小说家敢说自己成功地写出了某一类人的真实形象，但试图抵达的努力却是宝贵的。试图浮去偏见的书写，通过各种方式寻找可能性的尝试是有意义的。

"反讽之意"

金钱不是数字，它们如此具体，是轩尼诗，是奔驰车，是玛拉蒂尼，是LV，是高尔夫生活……"物"充斥着脱贫者的生活，成为他们人生的标签和符码。"物"改变着他们的生活、人际及处事逻辑。那个叫施耐德的男人，面对继女借钱拒绝了，为了证明自己没钱，他把硕大的宝石戒指扔出窗外，告诉别人，那"宝石"戒指是假的。这个人，如此古怪。他节制、孝顺、不吃晚饭，凌晨跑步，许多生活习惯跟随他成为一种惯性，包括拒绝借钱给继女也变成一种"下意识"。

施耐德的行为令人迷惑，当然他有他拒绝借钱的理由："这些年，不断有人来工厂借钱。明说借，实是敲诈，有借没还。我说没钱，他们不信。他们手里掌握着工厂的生死大权。我不能得罪。只好想出戴假戒指的办法。他们一开口，我就说没钱。他们说你戴这么大戒指，还没钱？他们一说，我就把戒指脱下来扔到窗外的河里，说，这戒指是假的。谁也不会料到我会来这一手，都愣住了。我像一只狡猾的壁虎，自断尾巴，逃过一劫又一劫。"（《施耐德的一日三餐》）"狡猾"的施耐德揭开了自己的骗局。面对只想和他发生金钱关系的人，他便以另一种金钱逻辑来应对。他也许并非我们理解的为富不仁，他只是厌恶欺骗和贪婪罢了。

读《施耐德的一日三餐》时，感情复杂。李敬泽在《限度中的力量》中对哲贵小说评价时使用了"公正"一词，在他看来，那不是理论和观点上的公正，而是艺术上的公正。"这种艺术公正要付出代价——他省略了，或没有看到很多东西。但这种公正也有令人印象深刻的成果：他看到了别人没有看到的东西，他看到了他所写的那些人所能看到的东西，那些人在他们的限度内所能领会的真理，他们可能是，甚至只可能是这样看待和领会自己、这样看待和领会自己所在的这个世界。"

我以为，这一看法非常恰切。尤其是李敬泽提到小说中作家所省略的东西，以及作品中流露出来的深深的反讽之意，"我猜想，在很多年后，哲贵的这批小说会比现在很多在同一问题上发出慷慨激昂的声音的作品更有价值，因为他怀着同情，但又很可能是怀着最深的反讽之意，在小说中验证了他的人物的人性水平"（李敬泽《限度中的力量》）。"反讽"也许并不是小说家哲贵所刻意追求的，他的目的只是渴望公正讲述商人们的生活，但这种生活的逼真和小说人物对个人逻辑的言之凿凿的确信让人感到某种分裂、古怪和可笑。我不知道小说家是否同意这种分析，但作为读者，我们必须坦率承认，我们从小说中感受到了那种一本正经表象下的古怪和可笑，这种可笑恰恰是用最朴实的讲述态度才可以获得的。严肃与古怪，可笑和正经，公正与怪癖，这是哲贵小说的丰富处，是最有意味也最迷人处，这是小说不动声色讲述的方式所带来的。

反讽之意也出现在了《空心人》中。鲁若娃追求富二代南雨不成，最终决定嫁给另一个对她有好感的有钱人。可惜南雨听到鲁若娃结婚时并没有感觉。他似乎不进入通常的人际逻辑伦理，从来都是有"你来"，却不一定有"我往"。傲慢，冷漠，排斥他人，是这个富二代的生活状态。这是没有感受力的人。一辈子不用为金钱奋斗是多么幸运的事情。但是，如果这种幸运吞噬了一个人的感受力，吞没了一个人的感知系统呢？如果一个人的感觉系统全部因"富"而被抹平，没有狂喜，没有热爱，没有悲伤，没有欢乐，没有忧愁，没有恐惧——这样的人生是否依然令人艳羡？

没有什么比感受力更重要。一个人足够敏感，才可以领略这世界的美好和复杂。你体验到寒冷也体验到火热，体验到苦辣也体验到酸甜，所有这些感受都好过无知无觉。作为这世界的过客，拥有热爱和情感是多么宝贵。有一颗不断跳跃的心，成为一个有温度的人，便意味着作为人，你要和这世界发生一切应该发生的关系。

《空心人》的结尾处，"空心人"南雨听到鲁若娃曾为他打过胎时，"南雨觉得心里被什么东西狠狠地捅了一下"。这与其说是人物的感受，不如说是相信人心美善的叙述者本人的意愿。《空心人》令人难忘处在于它写出了一个人或一群人生活的空洞感。也许哲贵只是讲了一段情感的升灭，但在这升灭中，你分明感受到这世界那种"空心人"的存在。——为什么会有"空心"？难道是因金钱而被抽空了人心，难道仅仅是有钱人才有空心？这样理解世界和人是狭隘的。人际脆弱、人心苍白，不仅仅属于有钱人，《空心人》写的是有钱人的生活，但也不仅仅是有钱人的生活。

迷路者的"铜哨"

所谓脱贫，不过是脱离了物质的贫困罢了，并不一定意味着他们脱离精神贫困。当哲贵努力为他所要表现的人群画像时，金钱必然成为他创作的关键词，而"心"则是他创作中另一个重要意象。什么是心，这位小说家并没有给过读者答案，人心的山水过处如何复杂和幽深，并不是他的意图所在。他所关心的，他所执念的，是空心、是金属心，那是心的迷失。

一如《金属心》。如果你能想到一个人安了"金属心"后的强大——不再担心死亡随时随地的威胁，那么你便可以理解金钱如何使一个人强大了；如果你能想到一个安了金属心的人那里，一个无痛感的心如何一点点被温暖、被情谊、被不爱金钱的女人打动，你就会知道，这部小说所要表达的远大于它的题目"金属心"。——小说有关一个人的心如何因财富变成"金属心"，又如何因人性和情感而变回人的心。你能想到一个安了金属心的人突然感受到那种湿漉漉的美好吗？那是有关人性复苏、人心回暖的故事。

顺着心的方向张望，我们将越过金钱和物质的屏障，看到情感，看到心灵，看到那些与金钱和财富并不必然有关的东西。《迷路》写的是寻路，写的是这些富人在野外的生存，以及寻路中的种种挣扎。这让人不由得想到我们如何在由金钱构成的雾霾里寸步难行。

小说的结尾，麻妮娅和夏孝阳在野外宿营，夏看到了一把铜哨子。"他问麻妮娅这个铜哨子是干什么用的。麻妮娅愣了一下，对夏孝阳说，铜哨子是招魂用的，在山上时，有的驴友走失了，或者迷失本性，其他驴友就用铜哨子招他的魂；还有一个用处是招自己的魂，人在山上，容易产生幻觉，迷失自己，这个时候，用铜哨子一吹，魂魄就归位了。"

那把铜哨子如此迷人，具有某种象征和隐喻色彩，正如小说中男女主人公也意识到的那样。

麻妮娅看见夏孝阳手里还拿着那个铜哨子，翻来覆去地看。最后，他终于忍不住对麻妮娅说：

"我吹一下铜哨子好不好，反正这里也没别人。"

麻妮娅点了点头说：

"好啊！"

得到麻妮娅的答复后，夏孝阳突然又显得胆怯的样子，犹豫了两次，才把铜哨子放进嘴里。他用鼻子吸了深深的一口气，鼓起腮帮，吹出去，嘹亮的哨子声从帐篷里跳跃起来，奔腾着向白云尖深处冲去。麻妮娅的眼泪一下就滚出来了。（哲贵《迷路》）

《迷路》的收尾处让人想到很多。但也可能什么都让人想不起，因为那哨子声太嘹亮了。它在召唤，在唤醒。我们会因此神游一会儿。——是什么使麻妮娅的眼泪掉下来？是那种呼唤。想一想群山之中那嘹亮的铜哨，也许我们会百感交集。只有在这个空旷的大自然里，只有离开那么多丰饶的"物"，一个人才可能如此贴近她的自身，贴近她的心。《迷路》写的是脱贫者麻妮娅的寻找，也写的是像她一样的无数人的寻找。一个物质富足的人不一定必然是精神整全者——有钱的人，富足的人，贫穷的人，这个世界上所有的人，其实都在寻找一种精神生活的重建。《迷路》以一种象征和寓言的方式讲述了"脱贫人"的生活，也讲述了我们时代所有人的生活状态。

写出脱贫者的日常生活，更写出脱贫者生活中的麻木和痛苦；书写我们时代在金钱面前的种种困窘、焦虑和不安，也写下我们时代苍白的精神生活，以及我们对这种生活的试图摆脱。多年以后，重读哲贵这些小说时，我们感兴趣的一定不再是那些"物"了。绝不是。"物"终有一天会被更新的，使我们保持兴趣的永远是那些人、那些人心、那个人心突然痛了一下的时刻。——物随时随地会被新鲜之物覆盖，但人心的痛苦和不安却能跨越时间，抵达彼岸。

2014 年，天津

在台湾：而故事是唯一的足迹

—— 甘 耀 明 的 小 说

在城市里，建筑、秘密、政治终将会沦为尘土，只有传奇还活着。

—— 甘耀明：《杀鬼》

对历史与传奇的"穿越性书写"

甘耀明是台湾六年级生作家中的代表人物，他以擅写乡野传奇故事而闻名。《杀鬼》是这位作家重要的代表作。此书被介绍为"与张爱玲《小团圆》同获台北国际书展年度之书"、与毕飞宇《推拿》、苏童《河岸》同为《中国时报》开卷十大好书"。《杀鬼》是不是甘耀明在大陆出版的第一部长篇小说？

我并不清楚，但是，我以为，由这本小说始，甘耀明显示了他作为台湾新锐代表作家的不凡气象。

《杀鬼》的主人公"帕"是具有魔幻色彩的人物。虽然是小学生，但他身高将近六尺，"力量大，跑得快而没有影子，光是这两项就可称为'超弩级人'"。这个超人，他被父母丢弃，力大无穷，他被日本人收为义子，并取名为"鹿野千拔"，他眼见着台湾土地上发生的一切，日据时期，日本战败后，二二八事件……这是一个台湾历史的亲历者，同时，这个人物可以把杀人的大铁兽（火车）拦住，也可以与地下的"鬼王"交流。某种意义上，甘耀明在文本中创造了具有"穿越气质"的人物，他不只见证历史，也可以游走于日本人、客家人、原住民、内地人之间，也游走于人、鬼、神之间。

帕的所有经历使人意识到，这位小说家不仅是在塑造帕这个人物，他也以帕的视角，重写了新的台湾偏远之地的历史。帕并非传统意义上的国族英雄，他身上有更多的混沌色彩，这与他的祖辈刘金福强烈的本土意识形成了明显的对比。帕是没有被现代国族意识启蒙的人，在他的经验中，似乎更看重的是感受、体会。因而，无论是关于日本人还是客家人，他都没有那么清晰的意识。

这是一个理性意识并不强大的人物，也并非现代民族国家背景下成长起来的人。在大历史面前，这个乡野巨人没有强烈的国族感，他靠人的本能跌跌撞撞向前走。在这部小说中，读者当然会叙述到国族意识，但是，那种国族意识不是简单的、单线条的，它们是复杂的、暧昧的、多义的。人物常常要溢出他的国族身份。小说家似乎并不拘泥于一时一地，也并不纠结于"现实"与"真实"。某种程度上，帕是一个懵懂少年与力大无穷巨人的合体。他的懵懂性是极有意味的。——这一人物的塑造表明，新一代作家对历史、国族意识的搁置。

在大历史与乡野传奇之间，甘耀明实现了一次重要的亦真亦幻的穿越。对于这位小说家而言，"穿越"或者"跨越"是必要的和必需的。当那个被视为杀人怪兽的火车轰隆隆而来到关牛窝时，那是侵略者对台湾的入侵，是现代工具对乡野的侵占，而帕对这一怪物的试图抵抗便显得尤为意味深长。但结果是，帕并没有真的显示自己的力量，尽管看起来是他的力量阻止了他。在日本另一种方式的入侵中，他轻而易举地被成为日本人。这是有意识的隐喻还是无意识的？这并不重要，重要的是，他在有意将帕塑造成一个并不觉悟的人，也许这似乎符合当时的情形。这也让人意识到，小说家试图用一个新鲜人物来重新书写他所理解的"历史"。

正如本文所引，对于这位作家而言，建筑、秘密、政治都没有那么重要，重要的是传奇，与人有关的传奇。这也使人不得不想到，《杀鬼》所寻求的是"去历史化"，是将历史传奇化的写作，是在强烈的历史标识下重述历史、从历史中剥离出个人传奇的写作尝试。这是作家别寻异路的尝试。可是，坦率地说，读完《杀鬼》，没有强烈国族意识的主人公帕的确让人迷惑，他让人想到那种空有力量、有勇无谋的空心人。——为什么这个有着那么强大穿越能量的人，最终没有能在文本中成为"英雄"，而只成为一个穿越者，为什么帕的主体性如此匮乏以至于没有形成人物本该有的征服力？

作为讲故事人的老阿婆

如果说帕代表了甘耀明将历史还原为传奇的一种努力方向，那么老阿婆这一人物表明，甘耀明对讲故事——这个最古老表达方式的一种执迷。"死亡不过如此，重要的是活过时代，而故事是唯一的足迹。一个人活过，必然有故事。"这是小说《丧礼上的故事》"永眠时刻"中的话，它让人不由得想到那篇著名论文《讲故事的人》，在那篇文章里，本雅明认为，讲故事者是具有回溯整个人生禀赋的人，其独特之处在于铺陈自我生命。某种意义上，甘耀明笔下的那位老阿婆便是那类的讲故事者。

老阿婆幼年时因故事而得救，又因有讲故事的才能而度过人生的许多劫难，即便是临终时分，这位讲故事者也尽了她的本分——她希望儿孙们在她的丧礼上讲述故事，故事是这位老人一生的关键词。那些诡异的、魔幻的、曲曲折折而令人又不得不微笑的故事构成了这位老人的一生，她不仅以故事拯救自己，也使那些故事以另一种方式延续，从一种死亡处开始，她使生命变得有生气。阿婆这一人物的设置是整部小说最重要的线索，整部小说因她的存在而具有了象征意味。

小说中，阿婆将她的故事，将她人生中所亲见的一切都比喻为"白云电影"。这个有现代意义的比喻令人印象深刻。"阿婆躺在藤椅上，看着白云在蓝天这大舞台上的演出，幻化无穷，多点诡丽的异想，绝对是免费又好看的电影。"那是阿婆亲见的世间万象，"在风停时刻，'白云电影'下档，她闭上眼休息，手中抱着阿公生前留下的脸盆，脸盆里躺着猫。她对猫说故事，正是刚刚'白云电影'演的，情节是一匹日本时代的战马渡过家门前的小河时，遭河蚌夹了两个月，最后力竭死亡"。老阿婆是"白云电影"的编剧，参演者，也是观众。"她说完这故事，叹了一声：'这时候变成白云，飘到高处，就能看到更多故事。'接着她放慢呼吸，直到懒得呼吸，就此离开世界没有再回来。"这便是阿婆永眠时刻的"白云电影"，它定格在丧礼。从死亡开始，小说中的儿孙们将遵从她的嘱托，讲述一个个属于他们的白云电影，丧礼变成故事的狂欢，那无异于一种故事、一种生命、一种传统的延续，阿婆，这位热衷讲故事者，借由那些千奇百怪的故事而重回大地。

以"白云电影"喻比人生故事新鲜而贴切。白云是如此多变，有如我们的人生轨迹，前一天艳阳高悬，后一刻便有可能阴云密布；白云如此高远，没有谁比它看到的更多、更辽阔。当然，这个比喻里另一个词语是电影，——我们长长一生中所经历的人生故事难道不是电影？正如阿婆深信天上白云变化就像三寮坑人世的倒影，作为其丧礼故事集锦，《丧礼上的故事》毫无疑问是一部人与自然和谐混杂相处、魔幻与幽默气息并重的文艺片。

电影发生在三寮坑，"村子像早期台湾大部分的地方，生产稻米、地瓜，水牛到处走动，白鹭鸶点缀天空，淳朴安静，充满了悲欢离合"。三寮坑是奇异故事的发生地，它让人想到诸多中国现代以来作家们的故乡：莫言的高密东北乡，萧红的呼兰，沈从文的凤凰。在那些文学版图里，人与大自然融为一体，神秘，瑰丽，奇幻。而在"这一个"三寮坑里，人们说着我们听不懂的客家话，"那里的人文历史多半是客家人与原住民的冲突"，有微笑的老牛，有面盆与面线的幽默比附，有一家人为吃到猪肉的绵长渴望……

甘耀明说三寮坑是他家乡的缩影（在《杀鬼》中，家乡被唤作关牛窝）。三寮坑的故事，来源于这位当年少年的所见，以及其父母的讲述。"我生于苗栗狮潭乡，那里的山脉青壮，草木在阳光下闪着明亮的色调，河流贯穿纵谷，里面游着鱼虾，以及古怪的传说。"故事深植在内心深处，有待某一天被讲述，被倾听。——甘耀明何尝不是一位讲故事的人？"一切讲故事的人的共同之处是他们都能自由地在自身经验的层次中上下移动，犹如在阶梯上起落升降。"甘耀明的三寮坑已然是汉语文学版图中的独特所在。只是，不同的是，于甘耀明而言，乡土只是他的故事发生地和栖息地，他与它并非血肉相连的关系。

"以前的乡土主义，作者可能实际在田里从事过劳动，与土地的关系密切。现在的'新乡土'，作者没有从事过劳动，现代化过程中，农村与都市的差异愈来愈小。我只是借着'乡土'完成自己的创作。"（《"六年级生"甘耀明开始新寻根》，《东方早报》，2010年7月2日）

《丧礼上的故事》中，甘耀明也在以另一种眼光看乡土、写乡土。人与自然、人与动物的关系变得紧密、和谐。年纪小小的阿婆，"她走过牛棚，拿草逗弄牛，以示友好。她走上田埂，张开手，让随风摇摆的稻尖搔弄掌心窝"。而年老的阿婆呢，则把衰老受伤的老牛当作亲人和朋友，她唤它为"火金姑"，她脱下自己的上衣，只为给老牛覆盖下身。"我这么说了，阿婆没有衣服遮蔽上半身了，露出皱褶皮肤与快松弛到肚脐的乳房——这是养活家族的伟大功臣——阿婆这样做，是将这辈子修来功德与老妞分享，把它视为家人看待。"人与牛的亲密让人动容。

《啮鬼》中那种关于饥饿的书写大陆读者其实并不陌生。张贤亮《男人的一半是女人》中的饥饿与性、与信仰有关；莫言《透明的红萝卜》中，饥饿的黑孩令人动容；余华的《许三观卖血记》中，许三观用嘴巴为全家人炒菜的段落写出了人在绝境下的苦中作乐。这三部作品中的"饥饿"各有不同，但是，小说人物几乎都有着共同的生存年代，即"文革"时期。因而，这些作品在书写饥饿时便有了另一种政治含义。相比之下，甘耀明笔下的"饥饿"似乎更纯粹，《啮鬼》中与饥饿的纠缠只提到了一句背景，即二战时期。人物们不断追逐食物只是为了在极端环境中活下去。小说无意纠缠饥饿的政治背景，在这位小说家的笔下，饥饿就是饥饿，而不是别的什么。与饥饿进行搏斗，被他视为人的本能、本性，是与"鬼的尾巴搏斗"。这与作家在《杀鬼》中的追求相近，也与当代大陆"70后"作家创作中淡化历史意识的写作追求极为相近。卸下历史包袱是不是两岸70年代出生作家的共同追求？这是很有意思的话题。

阿婆的故事也具有魔幻色彩，她因讲故事而"起死回生"，她以故事的方式使曾祖父的生命重演，那些故事像梦一样虚幻而又充满力量；她以一种女人的毅力和爱情，引领阿公战胜七十五岁，打破那道难缠的咒语；她和古墓里的人聊天。——"她常对墓里的人说话，好得到响应。最常得到的响应，不是沉默，是路人惊讶地说：'你们聊，我先走了。'"和古墓里的人聊是恐怖的，其中也掺杂了一种现代人的幽默和诙谐。

某种意义上，作为新一代作家，甘耀明似乎对宏大主题并不感兴趣，而对另一些我们并不刻意或者忽略的事情，他谈得津津有味。这些故事中，我尤其中意《面线婆的电影院》《微笑老妞》《啮鬼》及《面盆装面线》。它们闪耀着新鲜而明亮的光泽，但是，也并不是陌生的。相反，它们让读者觉得亲切而熟悉——尽管风土人情、客家话语是陌生——但传达的情感却是熟悉的。

必须提到的是，甘耀明小说中特有一种杂糅性，这似乎与他所处的多元的台湾文化相匹配。在小说中，甘耀明也常常以客家话、闽南语、国语、日文及英文入文，这也是混搭和杂糅的另一种体现。——语言的选择并不只是语言方式的选择，还代表了一种多元文化的追求。甘耀明的写作因此变得开阔。某种意义上，对于这位新锐小说家而言，重要的是人本身，重要的是人的有趣，人身上的复杂而魔幻的生存经验。——关注人性，关注人身上的有趣、魔幻、幽默色彩，追求一种现代主义气息的乡土书写，是甘耀明重要的个人标识，这恐怕也是他成为台湾六年级生代表作家的重要原因。

我喜欢《丧礼上的故事》，原因在于它引领读者从文本重新发现陌生而熟悉的老阿婆——那位属于民间/边地的讲故事者——的意义。她的天资是不仅能叙述她的一生，她的独特之处还在于能铺陈她的整个生命温暖读者。——这位因故事而生又在故事讲述中永眠的老人使人意识到讲故事的魅力，讲故事者的生生不息。"讲故事者是一个让其生命之灯芯由他的故事的柔和烛光徐徐燃尽的人。"透过她的讲述，读者将照见肉眼所不能抵达的远方。作为叙述人的甘耀明与老阿婆的意义相近——《杀鬼》《丧礼上的故事》都是别具新鲜经验的写作，它使人重新认识远方的客家文化和客家生活，也重新理解人的情感，人与生命，人与自然，人与时间、与死亡如何相处。

2014 年，天津

为众声喧哗的澳门画像

—— 太 皮 的 写 作

在澳门文学的坐标系里

2013 年 8 月 16 日，澳门作家寂然在《文艺报》上发表《澳门小说创作的多元风景》，为内地读者勾勒了澳门文学的风貌。此文梳理了澳门小说的历史与现状。它讲述的澳门作者的生存际遇令人印象深刻："即使澳门存在很多的文学爱好者，但普罗读者每天留意香港新闻，欣赏内地的剧集，享受台湾的综艺节目，如果要阅读文学作品，他们也会优先选择内地和港台的书刊，反而对澳门文学比较冷漠。这也令澳门的作者长年处于为写作而写作的状态，作品所能带来的名利很少。然而，在毫无经济成果和成名效益的前提下，澳门小说作者的书写意愿依然高涨，他们有的持续在报刊发表小说，有的已有大量长篇作品连载刊出，有的善于利用网络平台勇敢书写，有的积极参加澳门举办的征文活动，以期获奖之后可以获得出版机会。"

毫无疑问，那是一批深怀文学之心的写作者。他们以他们的写作正在扭转着人们对澳门文学的误解："过去人们误以为澳门小说只会书写在澳门发生的故事，有时还认定澳门这么一个欠缺气魄的小地方无法出现像样的小说。那当然是未经验证的粗浅印象，人们大概忘记了这'开埠'四百多年的临海小城一度是中西文化的交汇点，人们也许想象不到澳门作为特别行政区本身已拥有某些与众不同的写作资源，只要大家认真阅读澳门作家的小说，即会发现他们不但勇于写出澳门人生活中的喜怒哀乐，还会探讨人性，思考哲学，有不少关于世界普遍意义的讨论，更有一些在写作技术上进行实验的前卫之作。当然，澳门小说也不乏通俗易懂的爱情故事、惊险刺激的冒险故事、挖掘人物灵与欲的情色书写、讲述赌场百态的写实故事。"

对于内地读者和批评家而言，小说家太皮的名字并不熟悉，也许该从小说家的个人简历说起：太皮，本名黄春年，男，澳门人，生于 1978 年底，祖籍广东梅县，父亲是印尼华侨。《凉夜月》《连理》获第四届、第七届澳门文学奖小说组优异奖，《摇摇王》获第九届澳门文学奖小说组冠军。他的三部中篇小说《爱比死更冷》《绿毡上的囚徒》《懦弱》三度蝉联《澳门日报》主办的澳门中篇小说奖（2008、2011、2014）。

《爱比死更冷》符合我们通常理解的澳门文学作品的特色，

有通俗易懂的爱情，也有灵与欲的情色描写。尽管故事主人公是澳门人，但这并不是一个特别具有澳门地方特色的作品，事实上，其中讲述的爱情可以发生在世界的任何角落，北京，南京，香港，东京，或者纽约。它有关情欲，初恋，阴错阳差，所有情人之间的故事在这里都有。于一位内地的读者而言，这部作品带来的许多元素是新鲜的，比如女主人公何艾因为不会说澳门方言而一度被同学唤作"北姑"，比如男主人公澳门男青年林朗来到上海读大学，跟当地女孩子恋爱。当然，小说的结尾因男主角对女主角的残忍杀害而令人惊骇。在这个故事里，有从内地到澳门去的青年，也有从澳门到内地去的青年，这许多地名提醒我们，书中青年的爱情有点似"南来北往"。而从内地到澳门，SARS、张国荣自杀等事件，内地人所经历的一切澳门人也在经历，《爱比死更冷》有双城爱情的性质。这是2008年澳门中篇小说获奖作品，算起来，也应该是年轻作家给读者留下深刻印象的一部作品。如果说《爱比死更冷》是作家创作的一个重要起步，那么他于2011年出版的《绿毡上的囚徒》，则显示了这位作家不凡的艺术实力，作为读者，我对后一部小说情有独钟。

勾描澳门各阶层的众生相

在新浪博客中，作家曾经感慨地说起这两部作品创作时的景况："现在身边放着自己的两本著作，分别是《爱比死更冷》及《绿毡上的囚徒》，现在感觉是有点不实在，好像它们不是我写出来似的，好像与我一点关系都没有，但的确又是实实在在由我每一个字在键盘上敲出来，然后经过很多次修改的完成品，那些情景还历历在目。写作《爱比死更冷》的时间较充裕，因为早有写书的打算，而且工作和生活也闲，但《绿毡上的囚徒》却不然了，除了定时定刻的工作外，还有一大堆私事要做，我几乎是每晚十二点过后才可以抽出一些时间写作，别人春节时在游乐，我却沉浸在书中的沉重场面中，尚幸工作的假期较多，才得以一点一点地将这本书完成。有时为情节上一些要解决的地方而困扰，晚上遛狗时绕着公园走几十个圈去苦思冥想，或者为让自己触发更多灵感，而在街上乱走，由佑汉走到议事亭，再由议事亭走回佑汉，那种经历真是让人回味再三。"

　　《绿毡上的囚徒》是匠心独运、有艺术追求的作品。它以澳门五一节游行为核心，讲述了诸多澳门人的生活。全书共分为十七章，每一章都有一个人物志，一个人物与另一个人物相关，另一个人物又与新一个人物相关，以五一游行作为中心事件，将各阶层人物次第展开，形成了一种人物图谱式写作。每一个人物都有他们独立的心路世界，但人物和人物之间的生活都互有交叠或观照，从而达到了"形散而神不散"的结构。这样的结构给人以陌生感，也使这部看似并无多少情节的小说显得风生水起。

因为游行，各阶层汇集在了一起。来到澳门三十年，依旧挣扎在贫困线上的"垃圾婆"蔡姐，被称为"新移民"的张福迎；虽然生活在底层，但乐于参加社工活动的林锡德；吸毒少年张永正；精神分裂症记者冯威廉；出身低微但美丽热情的记者张碧芝；从教师职业改为荷官，在情感生活中无法自拔的 MISS 梁；葡萄牙人后裔警察菲拿度；当地富豪之子程明；从内地来到澳门举目无亲被卷入无妄之灾的徐鄂强……

　　小说中，有渴望改变澳门现状的年轻富豪，他有他的梦想："我很想做出一些改变，我希望这改变由我来开始……其实，改变对澳门是有好处的，如果我这些既得利益者都选择改变，去拥抱更多公义，放弃特权，那么社会的总体质素就将提升得更快，换句话说对大家都有利：平民能得到更好的发展机遇并可以向上流动，商人能寻得更广大的商机，我们大家族的家业在合理基础上，也许可变得更加雄厚……"也有躲不过生活厄运的徐鄂强；既有在这座城市逐渐拥有认同感的菲拿度们，也有从内地来的蔡尧娟，在澳门生活三十年，拥有永久性居民证，"但总觉得自己的根不在这儿，自己与这城市形同陌路"。

　　各个阶层的人，各有各的甜蜜和苦恼，各有各的历史，他们与澳门一起回归，中央政府开放自由行，城市里建设了新赌场，澳门经济不断创新高，但与许多内地城市的发展一样，在 GDP 一路高歌之下，城墙遗迹却在减少，人们对幸福的理解开始变得多元。每个人物当初来到澳门的历史，每个人的家族史都在五一游行事件中被讲述——游行是小说讲述的中心，是风暴之眼，它透过各个人物的生活际遇，串联起了澳门的历史与现实。

四百年的殖民地命运，边缘感、不安和焦虑都在这部文本中。小说中张碧芝夫妇二人讨论《聊斋志异》中"红毛毡"的故事也别有意味。正是这一故事催生了她关于澳门的想象，她有时甚至会觉得"濠江小城真有这么一张大家都看不到的巨大毡子，走在街上，明明地下就是灰色的石子路，她却错觉踩到绿色的绒毛上了。也许，这是因为澳门少有传说的缘故，魔毡在她看来有与别不同的色彩"。小说题目中的绿毡的比喻恐怕就由此而来吧？在这部作品里，澳门土地被形容为绿毡一般。

澳门的所有地标性建筑提督马路、殡仪馆、市政狗房、牛房仓库、美副将大马路、旧丽都戏院、莲峰球场等都出现在这部小说中。阅读中，读者就这样一路跟随小说人物一起走过澳门的街道，也走过它的历史，走过它的现在。但更重要的是这部小说的内核。每个人物都与这个城市如此紧密相关，他们关心它的命运，他们的命运也与它的命运相关。

当时间、空间及命运全部聚集在一时一地时，便成就了这部小说的气质芜杂。社会众生相里，有情欲，有爱，有亲情，有在赌场面前欲望的苦苦挣扎，也有在贫困线上的潦倒和不安。最有意味的是小说中的某种玄幻色彩。不良少年张永正吸毒幻觉中一再出现"林则徐"，以及林则徐对吸毒少年的痛心。而张碧芝受伤后灵魂出窍的讲述也使小说有了某种飞升空间，虽然在阅读中读者会对小说灵异部分感到不适，但事实上，不仅是张碧芝，跳楼自杀的梁芳婷、徐鄂强被无端殴打时的幻觉，也都使这部小说显得别有关怀。

小说的题目《绿毡上的囚徒》使人意识到，小说有意讲述每个人物都有如这座城市的囚徒，但是，果真如此吗？正如小说最后所言："每个人都是囚徒，也不是囚徒，视乎你怎样去看。这些人甘愿戴着的镣铐和枷锁，有的是与家人的羁绊，有的是与情人的羁绊，有的是与朋友的羁绊，有的是与过去的羁绊，有的是与未来的羁绊……我们每个人，都是生而为囚徒的人，而甘愿成为囚徒，都因为心里有爱……"这些生活在澳门的人，与其说是"囚徒"，不如说是这座城市的主人，或子民，他们有着不同梦想和不同诉求，但他们身上无一例外都洋溢着浓烈的澳门气息，那种不论怎样都坚忍生活的精神，那种通过努力创造好生活的精神。读者通过这部小说，将会由此重新认识澳门的历史和澳门的现在，更认识多样的、众声喧哗的澳门人民。

更重要的是，他对社会事件与社会现状的关心。是什么使这位年轻作家如此钟情于对游行事件前后澳门人心路的追踪？这是一位小说家的社会责任使然，在"作者的话"中，太皮如是说："由于工作关系，在游行日子前后，我分别接触到本书所描写的主要人物，深入了解他们的生活、他们的经历和他们的灵魂，我或深受感动，或深恶痛绝，或深铭肺腑，我觉得我有必要将他们的故事写出来，让大家知道。"事实上，这部作品各有原型，事件及故事都接近于真实，但因为各种原因不得不做了艺术处理。这也是这部小说有强烈的现实感的原因所在。

在时间长河中，作家是刻下人类心路的人。太皮的写作亦如此。这位年轻的作家，因对五一游行那一刻深为感怀，以记录者自居，克服种种困难记录下那早已消失的时刻，他不仅为我们记下那一刻，也记下了一个历史的"活生生"，他尽最大努力，为他生活的澳门写下了令人难忘的传记。

在"70后"作家群体里

读太皮的小说的时候，我多次想到内地"70后"作家群体。近年来，内地"70后"作家都不约而同地关注意外社会事件。太皮的三部中篇小说《爱比死更冷》《绿毡上的囚徒》《懦弱》也都有凶杀、社会事件及社会底层的生活，事实上，不只是中篇，在《摇摇王》《连理》中读者也可以读到作家对澳门社会问题的关注，对城市各阶层生活的了解和熟悉。而与内地作家不同的是，太皮的写作固然以写实风格及反映社会生活为主，但诸多超现实元素与现实元素的交杂使他的文本具有了强烈的个人标识，某种意义上，太皮写作中的超现实写作使人意识到他的无边界意识，也使他的技术、想象力与社会情怀都有其强烈的独特性。当然，不可否认，在细节处理及叙事逻辑上，这位作家也有需要改善的空间。

对社会事件及社会各阶层生活的关注与太皮的生活经历有很大关系。他"中学毕业后负笈江南,在苏州大学取得文学学士学位。十多岁开始做兼职,在工厂、美式快餐店、赛马投注站和酒楼厨房打过工,大学时在《澳门日报》连载长篇小说《草之狗》赚取稿费帮补生计,毕业后从事传媒行业多年,曾当过日报、周报、月刊及季刊的记者、编辑,工作过的报刊包括《市民日报》、*Macau Business* 及《新生代》等,采访足迹遍及大江南北,曾替香港杂志撰写澳门专题报道,2008 年作为注册记者参与北京奥运会采访。目前,在澳门特区政府土地工务部门任职公务员,负责宣传方面的工作。曾参与多个社团事务,涉及民生、经济和青年方面。"(太皮自述)生活经历会影响一位作家的写作观与价值观。

如果把太皮和张楚、徐则臣、阿乙、曹寇等人的生活经历和创作放在一起,会发现太皮和他的许多内地同行一样,在用另一种方式向通常的现实主义写作惯例发起挑战。——他有不同于一般意义上的澳门作家的写作追求,你不由不对他的未来保持期许。

2014 年,天津

我们这代人的怕和爱

今天，"70 后"作家面对现实比我们想象中的更为直接、更为专注，也更为深入，他们对时代的疑难和自己的使命已经有了某种自觉。一些变化已经来到，他们开始勇敢地"向着而不是背着火跑"。

一代人选择面对什么样的现实，意味着他们选择走什么样的路；一代人走什么样的路，意味着他们将看到和书写什么样的现实。

——

《意外社会事件与我们的精神疑难》

意外社会事件与我们的精神疑难

当我们的街道失火时，我们必须向着而不是背着火跑，这样才能和别人一道找出灭火的方法；我们必须像兄弟一样携手合作来扑灭它。

——别林斯基[1]

意外社会事件

"实际我们70年代生的人都很少忤逆，父子之间存在深刻而天然的秩序，父亲像是残暴而仁慈的君主，统治、安排、照应我们的一切。……所有语言都是命令与对命令的接受。2002

1　别林斯基语，转引自以赛亚·伯林：《现实感》，译林出版社，2011，第264页。

年，我因为一个河南的电话离开家庭，我走得那么轻松，从来没想到父亲会连手也不伸出来拦一下，他只是像失势的狮王一样眼冒怒火，死死盯着地面。我就那样超越界限，从此无君无父，浪荡江湖。"[1]这是"70后"小说家阿乙在《模范青年》中对"70后"生人的看法，它也适用于概括"70后"作家二十年来的创作历程。

在经历过短暂的"美女写作"之后，"70后"很快成为"非叛逆""非忤逆"的写作者，从文学追求到文学审美，十多年来，他们都堪为当代文学的"乖孩子""好孩子"，——他们的不同在哪里？他们有与前代作家抗衡的作品，有属于这代人对世界的理解方式和写作视角吗？他们是否给当代文学带来过新鲜经验？诸多批评家在不同场合都对这代作家创作表达过担忧和质疑。

然而，一些变化已经来临。这些变化如此猝不及防，在大多数批评家依然停留在讨论"70后"作家的"成长叙事单一""沉湎日常生活""纠结个人经验""历史意识淡漠"时，一批咄咄逼人、辨别度极高的作品横空出世。这也恰印证了本文开头所引，"70后"生人突然就超越界限，"无君无父，浪荡江湖"。

变化大约始于2009年。三年以来，当代文学涌入了许多新的"70后"面孔：李娟、路内、阿乙、曹寇、葛亮、张惠雯、阿丁、任晓雯等。（在颇具市场影响的"铁葫芦"出版的《中间代·代表作》《中间代·新女性》中，这些"70"一代占了重要比重。）

1　阿乙：《模范青年》，《人民文学》2011年第11期。

他们和先前活跃的魏微、金仁顺、鲁敏、盛可以、徐则臣、张楚等"70后"作家一起构成了当代文学的"新势力"。作为个体，新的一批"70后"作家们各有特点，但创作共性也颇为醒目。关注新近崛起的"70后"作家的创作共性，讨论他们创作中的新鲜变化及变化带给中国文学的思考是本文主旨所在。

本文认为，一批关注凶杀事件及凶杀未遂事件作品在"70后"作家那里不断涌现值得关注。这些作品包括阿乙的《意外杀人事件》《鸟，看见我了》《情人节爆炸案》《下面，我该干些什么》；曹寇的《市民邱女士》《水城弟兄》《塘村概略》；张楚的《细嗓门》《七根孔雀羽毛》；徐则臣的《轮子是圆的》；鲁敏的《死迷藏》《六人晚餐》；路内的《云中人》等，这些作品大部分着眼于无辜者如何成为杀人犯，以及杀人事件的偶然性和荒诞性。

《意外杀人事件》（阿乙）关注一个外地人杀害了六个本地人的恶性杀人事件。红乌镇是故事的发生地，被害者每个人都有自己的生活轨迹，像所有小城镇人的生活轨迹一样。外地人农民工李继锡去讨薪，在3000元工资得而复失后他来到小城，因种种意外小事被激怒，他用一把水果刀终结了他偶然遇到的六人的生命。曹寇的《塘村概略》[1]追踪的是女大学生葛珊珊在塘村小学大门口被接孩子的家长当作人贩子群殴致死的社会案件，《市民邱女士》则写的是青年城管的意外杀人事件。

1　曹寇：《塘村概略》，《收获》2012年第3期。

路内《云中人》[1]由七起连环敲头案贯穿：敲头哥先后侵犯或杀害七位女性，一位过路女工，一位女中学生，一位工学院的校花，四位下班回来的外来妹。意外社会事件伴随着夏小凡的成长，小说的结尾则是夏小凡和小白之间的关系逆转：小白的父亲杀死了夏小凡的父亲，也即一个农机厂的下岗工人杀死了使他下岗的农机厂的厂长。张楚的《七根孔雀羽毛》写的是一个失婚者如何参与银行抢劫案，《细嗓门》则写的是女人林红因不堪家庭暴力而杀死了她的丈夫。

徐则臣的《轮子是圆的》中咸明亮是以车祸杀人。鲁敏作品近年也隐含着对社会事件的追踪，《死迷藏》追踪的是一位父亲突然毒死了成年儿子；《惹尘埃》中，一个男人因豆腐渣工程突然死亡；《六人晚餐》中，一家人的悲欢离合也与一座城市废旧化工厂的爆炸案直接相关。乔叶《拆楼记》关注的是当下最热点的拆迁问题，而任晓雯的《阳台上》则讲述的是被拆迁者张英雄忍无可忍想杀掉拆迁者一家，但最终发现，逼迫他拆迁的人不过也是寻常百姓，因而杀人未遂。

作家之所以关注社会意外事件，无疑与我们身在的社会现实相关。新闻媒体、现实生活中的场景使每一位青年作家不可能"躲进小楼成一统"，他们选择直面现实。在创作后记中，张楚说他在小城里总能听到各种道听途说的故事，小城的很多人都是骇人的偷情案、谋杀案、奸杀案、爆炸案、盗窃案、抢

---

1 路内：《云中人》，浙江文艺出版社，2012。

劫案的制造者。可是，"在这些案件中，他们羸弱的肉身形象总是和人们口头传诵的虚拟形象有着质的区别"[1]，因而，他想要"还原现场"，他希冀把那些被社会大众传媒固定演绎的故事拆卸，重新拼接、组装。值得关注的不是作家都属意于当下最热点的社会问题或意外杀人事件，更值得关注的是这些作家的写作视角和书写路径，他们渴望书写的是这些社会事件之所以发生的缘由，书写社会事件背后潜藏的那些隐而不显的场景。

如何书写和叙述社会事件意味着作家诠释世界的方式。不同气质的作家，选择进入事件的方式和追踪事件发生的路径有很大差异。鲁敏观看"意外事件"时，关注点是由家内而家外，《惹尘埃》中丈夫意外身亡不仅牵涉到婚内生活还牵涉豆腐渣工程；张楚讲述杀人事件时是由问题婚姻及家庭暴力说起；乔叶《拆楼记》从姐姐一家的拆迁费说起；路内则是从个人成长际遇说起。而阿乙和曹寇的观察和讲述方式殊为独特，他们都选择从外在社会事件入手，从偶然出发，文本事件与现实社会事件形成强烈的"互文"关系。这种意外事件的"社会性"更为突出，也更有冲击力，这种视点使这两位作家的创作与前面所有"70后"作家都构成强烈的对照关系。

1　张楚：《七根孔雀羽毛》，上海文艺出版社，2012，第360页。

氛围与土壤：事件缘何发生

在意外社会事件面前，这些"70后"作家并不是"时事记录者"。关注"意外"之后的"常态"生活，回到暴力开始之前、庸常表象之外的灰暗地带，是他们写作开始的地方，当然，这也正是文学的意义所在。

小说家们都关注事件中的当事人，他们的恐惧、悲哀和荒诞性命运。这些小说都书写了压倒罪犯的"最后一棵稻草"。《塘村概略》中，使葛珊珊被群殴致死的直接原因在于小学校刚刚被人贩子拐卖了两个孩子；而首先殴打女大学生的人群中即有丢失孩子的祖母。《市民邱女士》中，作为城管的"我"想在水饺摊上吃水饺，也想充满爱心地抚摸一下正在做作业的小姑娘的头，但遭遇到了水饺摊主（女孩父母）的强烈反应。"你想干吗？这是小女孩母亲的声音，我没法理解她的声音里为什么会有那大的不信任和愤怒。"[1]充满敌意的、渴望保护女儿的年轻父母与不知敌意从何而来的年轻城管之间爆发了冲突，它最后以小女孩被甩出去跌到桌角不幸死亡为结果。他人的不信任和强烈抵触成为这名城管意外杀人的导火索。

阿乙《意外杀人事件》中，最后使外地人疯狂杀死本地人的原因多重：千辛万苦讨得薪金的农民再次在火车上失去了钱款，他来到小镇报警，小镇人爱恶作剧的天性使他到达派出所

1　曹寇：《屋顶长的一棵树》，浙江文艺出版社，2012，第43页。

走了很多冤枉路；来到派出所后，被告知在火车上丢失的钱不归他们处理，民警戏弄他去找子虚乌有的铁路派出所，他再次折回……被愚弄、被欺骗的外地人最终向小城表达了他的愤怒。这些小说着眼于那些处处被挤压、处处受到伤害的人如何最终爆发，他们书写的固然是原因，但也是事件发生的文化氛围，是土壤。

书写者对时代内部潜藏的权力意识有着深刻的勾勒。乔叶《拆楼记》中书写了县城、乡镇一级被拆迁者的生活。对"公家饭"的珍惜使一位贫困妇女毫不贪恋抵得过无数年低保费之和的赔偿金，如此"不会算账"让如临大敌的拆迁者深觉可笑。在他们的理解里，穷人会为钱不要命。可是，另一种残酷事实在小说家笔下呈现："他们害怕失去安稳，害怕没有归属感，也害怕被针对，害怕被收拾，害怕被整治，甚至害怕被尊重遗忘，哪怕这尊重只是最表层的最敷衍的尊重……'光脚的不怕穿鞋的'，这是强悍的光脚人。一般的光脚人，哪有那么强悍呢？更多的光脚人，是弱的，他们看见穿鞋的人，怎么敢伸出自己的脚？"[1]

阿乙对权力之于人际关系的腐蚀有着令人吃惊的洞察力。《意外杀人事件》中，暗娼金琴花常对女警罗丹以"罗丹姐"称呼，但当她被带到派出所讲述她的妓女经历时，罗丹吼叫着让她跪下，"'谁是你的丹姐！'罗丹一脚踩向金琴花洞开的腰部，

---

1 乔叶：《拆楼记》，《人民文学》2011年第9期。

那鞋钉像是踩进脂肪，踩进肠子，踩进骨盆，像是踩进了很深的泥潭，许久才弹回来"[1]。她扯着她的头发："我们妇女的脸都被你丢尽了。"小说家态度冷峻、用词精准，一幅残酷的图景顷刻毕现。罗丹的仇恨令人恐怖，小说中的注释则意味深长："传说罗丹从检察院调到公安局是因为她与检察长的奸情被告到了北京。"对于金琴花而言，当"罗丹姐"踹向她的那一刻无疑是一种摧毁，"正是从那刻起，有个支撑着金琴花的东西折断了。这种折断带来极度恐惧，以致当她走出公安局所在的玄武巷时还在放声大哭。……我们从没见过一个人有这么大的悲伤"[2]。

作为价值观的权力和金钱在我们生活中无处不在，甚至渗入了家庭成员的关系中。《家道》是魏微发表于《收获》的小说，一旦权力失势，一个家庭迅速面对的是众叛亲离、病入膏肓、钩心斗角、世态薄凉。《青桔子》（盛可以）中，权力与"身体"开始发生密切的置换关系，桔子靠与公公的不伦关系获得家中的地位，她享受到了"胜利"，小说结尾，人人都能听到她欢快的"咀嚼声"。

《市民邱女士》完全可以把杀人视为"意外"，但小说的意义在于另有细节，这个年轻的城管在街上抢了老太太的菜摊又踢了两脚，他心里内疚回家告诉了父母。"结果是死一般的寂静。他们没有骂我。寂静持续了很长时间，父亲借着上厕所

1　阿乙：《意外杀人事件》，载《鸟，看见我了》，文化艺术出版社，2010，第14页。
2　阿乙：《意外杀人事件》，载《鸟，看见我了》，文化艺术出版社，2010，第15页。

的当口也装作洞彻世界的样子对我说：'睁一只眼闭一只眼吧，你也要注意安全。'"[1]——自私、薄凉、损人利己，这些价值观像水和空气一样在我们四周蔓延。曹寇意识到产生意外凶杀案的偶然性，还深刻意识到它的必然性。利己的、失信的时代，"作恶与受害互为了因果"。《塘村概略》涉及的是当代人内心深处对暴力的狂热。面对一个疑似"拐子"，扇她嘴巴子的是丢失孩子的祖母，踢她的是有些疯癫的被家庭虐待的老人骆昌宏，还有因为婚姻问题正郁闷因为"我高兴"便出手的少妇……没有人认为自己那一脚是最重要的，也没有人认为自己将对这样的暴力负责，他们都认为自己的一脚是成千上万脚中的一下，不会致人死亡。对人的尊严与生命的漠视，潜藏在人内心深处的暴力、仇恨、盲目都在塘村的"群殴"事件里集中显现。

不仅仅是城镇精神生活日益贫瘠和荒芜，生活在大都会的人也是如此。《铁血信鸽》《惹尘埃》《死迷藏》是鲁敏面对时代暗疾的系列作品。《铁血信鸽》关注的是全社会的养生癖，懂得养生的人就会精神幸福吗？小说书写的是作为个体的精神层面的无助和痛楚。《惹尘埃》则探讨的是"谎言"对整个社会的腐蚀。《死迷藏》从一位父亲杀死了新生儿子这一意外事件入手，书写了一个独特的人，对食品安全、生死问题的偏执性恐惧深藏于老雷内心深处，成为他的"暗疾"，或心理无意识。

写作者们持续不断地记录行凶者或受害人的精神创伤的行

1　曹寇：《市民邱女士》，载《屋顶长的一棵树》，浙江文艺出版社，2011，第36页。

为表明，"70后"作家开始意识到，以文字的方式铭记这个时代每一个个体肉体/精神双重创伤是他们写作的使命。如果不把"伤痕文学"看作"阶段文学"，这种集体地、集中地、持续地对社会事件的凝视和还原，某种程度上是另一种更有意义的、更有深度的"伤痕文学"。

重写"城镇中国"

这些故事大多数发生在城镇。小说家还原现场时都书写了城镇生活、城镇文化及城镇发展过程中所面临的精神危机。——"70后"作家从"意外社会事件"的切入极为尖锐，它直接插入了城镇中国的内部土壤，这些小说某种程度上成为城镇社会各种关系交集的标本：警民、阶级、贫富、男女、长幼关系一下子在此处显现，生存的困窘也都在此地变得更为尖锐和具体。这批"70后"新锐小说家给当代文学带来了最新鲜的经验和成果。

在分析贾樟柯电影的意义时，张旭东认为关注"县城"是重要的，"这是一个泛化的中间地带，当代中国的日常现实在其中展露无遗。县城没有清晰的边界或鲜明的城乡差异、工农差异、高低文化差异，因而它成为各种（无论是同时代的还是错置时代的）力量和潮流的汇集地"[1]。"70后"作家的写作意义与之相近。通过重建"城镇中国"风景，他们试图重建写作

---

[1] 张旭东：《消逝的诗学》，《现代中文学刊》2011年第1期。

者与社会现实之间的关系。

事实上，"70后"作家持续不断地关注"小城镇"已成为批评家的共识，诸多批评家认识到，小城镇是"70后"作家寻找到的最早的、最有持久力的文学根据地。但是，需要特别提出的是，"70后"小说家面对"城镇中国"的书写有一个变化轨迹：在最初，小城承载着年轻叙事者关于乡土清明、安静的想象，青年作家们通过建构关于美好小城的想象来抵抗物质时代的侵袭。但是，离开小城独立生活的他们很快进行了自我修正，小城镇的美好开始一点点坍塌、毁坏，他们不得不面对这个惨痛的现实场景。

"归去来"模式是鲁迅小说中的常见模式，"70后"作家也擅用这种模式。魏微是"70后"作家中最早被熟悉也被认可的小说家。异乡感即是她写作的核心，小说《异乡》中，从小城来到都市的女青年子慧，和她的女友一起被房东当作可疑的外地人或不干净的女人审视，回到故乡，回到家，她的行李箱被偷偷打开检查，因为父母担心她在外面"卖淫"。小说书写了一种亲情伦理关系如何在时代变迁中遭受破坏。《异乡》的字里行间，潜藏有一位青年女性在故乡与异乡所受到的双重创伤。魏微小城系列作品的意义则在于，经由一个女人的离去与归来，我们看到"故乡"在我们眼皮底下发生了何等的巨变，我们得以见证乡镇中国人际、亲情及伦理冲突之下的崩坏。

"归去来式"的震惊感，也出现在徐则臣的《小城市》中。

家乡某公司二十九岁女副总用"好受！"来表达她与五十二岁新郎的性经验。"'好受！'必须把感叹号放在引号里面才能表达她的幸福和惊喜。该副总普通话里夹着浓重的方言，'受'完全是个'秀'音"[1]。作为归乡者的叙述人脸红了，"他无法接受一个故乡的年轻女人用这种方式把自己的隐私摆到饭桌上"[2]。故乡的美好在性话语中一点点远去。令人感兴趣的是小说中对北京的书写，在小城市，北京是传说，也是参照。人们最为自豪处在于"这地方除了中南海和天安门，什么都不缺"。《小城市》传达了作为隐喻的北京对小城人们生活方式的巨大冲击力。在北京城的阴影之下，故乡变做异乡，北京成为怪兽；——透过回乡人的视角，读者意识到，作为交叉地带的小城市，早已变成当代中国社会文化冲撞最为激荡的场域与试验田。

《晚来寂静》[3]是另一种归去来式的书写，小说以回望的方式重看从毛泽东逝世到奥运会举办的三十年来的旧光阴。作为回忆者，李海鹏的身份更接近"拾荒人"，小说家收集的是圆石城里灰扑扑的琐屑，天气傍晚时的温暖，春天里风的气味，是绿皮火车开过贫穷的山野，少年内心的焦虑和紧张，人生刹那间的光亮和刹那之后的阴凉，被强行劳教的好朋友过早地被剥夺了自由；母亲乔雅无以诉说的永远的苦闷和绝望……早已

1　徐则臣：《小城市》，《收获》2010年第6期。
2　徐则臣：《小城市》，《收获》2010年第6期。
3　李海鹏：《晚来寂静》，百花洲文艺出版社，2011。

远离小城的叙事人不是志得意满者，孤独和寂寥追随着他，这使他得以窥到人生的颓败本相，小说家致力于为人间的落寞画像。

与"归去来"方式迥异，张楚的小城镇叙事则是作为小城中人的书写。《七根孔雀羽毛》七部中篇都写的是小城镇生活。小说《梁夏》令人印象深刻。一个叫三嫂的帮工爱上了老实农民梁夏，但梁夏拒绝了。第二天女人诬告他强奸，没有人相信梁夏的辩白。他告到村里、告到镇里、告到县里、告到市里，他跟他的邻居、哥们儿解释，反被哄笑。梁夏面对的不是女人，不是政府，而是整个社会氛围和生存境遇。没有人在意真相，没有人在意一个男人的清白。张楚笔下是一群我们以为了解却完全不了解的人群，这些人完全不是什么底层和卑微者，他们活得良善、节俭、困窘、道德，也活得自我。那是些面目含混但渴望尊严的人，是肉身中藏匿着焦躁而扭曲的内心的人，这些人是我们这个时代最普泛的人群。

"很多人在村里慢慢混，混了一辈子，总算混到清盆街。很多本地人在这里安之若素地生活着，少数县城青年则在这里感觉到被流放。也有遥远的六百里外的逃犯逃到此处，隐姓埋名，在被抓住后，要求司机播放童安格的一首歌，《让生命去等候》。然后他开始安稳地睡觉，就在吉普车后座里蹲着安安稳稳地睡着了，从此睡着了。"[1]这是属于阿乙的小城风景。2010 年突然

1　阿乙：《鸟，看见我了》，载《鸟，看见我了》，文化艺术出版社，2010，第106页。

出现的阿乙和张楚构成了构建小城镇中国的两极。张楚小说是暧昧的和纠结的，他看到此地的无聊，但却热爱他在此地生存的亲朋。而对于成功逃离城镇生活的阿乙而言，那里却是扼杀生命力和人的尊严的所在。在红乌镇、清盆乡里，每个人的生活都晦暗、封闭，生命如蝼蚁般，似乎作家面对这样的小城没有任何情感牵系，他的作品也因这样的"冷酷""无情"和"决绝"获得了极高的识别度。

曹寇擅从地方人物风貌的角度书写城乡接合部的生活，在这位作家眼里，气候、树木、植被、生活习惯、言语方式，都共同构成人物性格生长及命运变化的空间。"塘村"是曹寇作品中常出现的地名，比如《到塘村打个棺材》《我在塘村的革命工作》。新作《塘村概略》中，二十年前塘村成为城乡接合部，经济似乎繁荣起来，青壮年外出做生意，老人则以房租为生。土地荒芜，买卖兴起，外地人的到来带来城镇的热闹，但也可能成为出现人贩子的土壤。不安全感、荒芜感和对拐卖孩子罪行的痛恨，是诱发突然暴力行为的直接原因，曹寇的"塘村"里，有另一种中国景观。

从意外社会事件入手对城镇生活的重写是近年来"70后"写作最为重要和关键的变化，但这些变化在文学批评领域并未引起足够的重视。一方面是直接、赤裸、粗糙、众声交杂的客观现实，另一方面是叙述主体对这种现实的反感、疏离和试图挣脱，两种相异的元素相互抵抗、相互映照，同构了 70 年代作家笔下的"城镇中国"的图景。——当小城镇以礼崩乐坏与荒芜败落的风景共同呈现于中国文学视野时，意味着一代新锐作家与当下现实的新型关系正在形成。

一个意味深长的事实是，当代最为活跃的青年作家及文艺家，魏微、鲁敏、盛可以、徐则臣、张楚、阿乙、曹寇、李海鹏，包括贾樟柯、韩松落、周云蓬等，都来自小城镇。大部分"70后"艺术工作者都是此地生活的亲历者，他们是城镇何以变为"今天的城镇"的最有力、最直接的见证者。城镇生活之于他们，是成长的根基，是肉身中的血液，"城镇生活"来到他们的文学空间是自然而然的结果。曾经的小城镇青年身份，曾经的小城镇生活使得这代作家作品具有了充足的"地气"。

从《大老郑的生活》《花街》《鸟，看见我了》《寡人》到《越来越》《屋顶长的一棵树》《晚来寂静》《下面，我该干些什么》，一批又一批"70后"作家的持续写作，是关于中国小城镇生活变迁的接力写作，是中国小城镇生活的变迁史续写。当小说家们不厌其烦地书写城镇生活的苦闷、喧哗、无序、荒诞时，他们已经逼近我们时代的精神疑难。这也意味着，当"70后"一代开始对最普遍、最敏感、最有活力也最荒芜的小城镇生活持续书写时，他们与其父兄辈作家创作正在形成真正意义上的"抗衡"。

非故事·非虚构

张旭东认为对贾樟柯电影的最好理解，"是将其理解为对这种现实进行认知测绘（cognitive mapping）的尝试。它们刻画了中国碎片化社会空间内部的特殊拓扑学：关于县城或县级城市的拓扑学"[1]。阿乙、曹寇及李娟的创作都有这样的"拓扑"特色。

《寡人》（阿乙）收录的是片段文字，一种忠实于"真实"的写作，大部分文字都与小城镇生活有关。派出所警察与小偷交流，前者戏弄后者；健步如飞的父亲突然中风；表姐考了八年没能进入大学；高中自习回家路过的看守所改成了大宾馆。作家像拿着DV一样，逼近那些曾深刻刺伤他的人事，放大，变形。曹寇《屋顶长的一棵树》中收录了"非小说十则"，新作《生活片》中，则更多的是简明的生活片段。村子里一位老人去世后大办丧事，演出中既有烟火生气，又有鬼魂共舞的感觉，像是一场摇滚演出；被我视为爱人的聋哑姑娘；一位叫棉花的女网友的交流；热衷于教研员而不想调换工作的张老师……他们热衷于比照生活书写，寥寥数语，刻画一个人的状貌际遇，勾勒一种情境，一种现实，而非一个故事。

这样的写作让人想到电影创作领域的纪录片，以及使用DV拍摄的手法。事实上，这两位作家都进行过"非虚构"的尝试。

1　张旭东：《消逝的诗学》，《现代中文学刊》2011年第1期。

《模范青年》是阿乙对个人警校生涯的追溯，"我"与"周琪源"都实有其人，共同毕业于一所警校，却有完全不同的命运。英雄主义、公仆形象、戏剧冲突、生死较量在阿乙作品里都消失了，一切都变得混沌。这是作为人而非作为公务员的警察。曹寇《水城弟兄》也是非虚构作品，它取材自广为流传的真实发生的故事"七兄弟千里追凶"。作品呈现的不仅是偏僻之地的弟兄们为他们死去的兄弟追讨凶手的故事本身，也呈现了凶手及受害人所居住的山村环境，那里的"穷山恶水"，那里的贫苦、荒芜、寂寥。

李娟是散文作家，也是一位典型的以非故事、非虚构的方式书写现实的70年代作家。《我的阿勒泰》《羊道》都是她的非虚构代表作。她写外婆和妈妈的片段令人难忘，叙述人是女儿，是外孙女，娇憨、生动，但又深情。年迈的外婆拄着拐杖天天赶牛，一扭身牛们又来了，她便和那些动物说着话，唠着嗑；妈妈也独自一人拎着小桶，桶里满悠悠地盛着洁白细腻的酸奶；在夏牧场上，小耗子在草丛里试探着拱一株草茎，外婆拄杖笑眯眯地看着。李娟用一种青年女性的本色声音为当代文学勾勒了非风光意义上的新疆阿勒泰生活。

在当代中国，"非虚构"突然出现缘于写作者强烈"回到现场"的写作愿望，但当下流行的"非虚构作品"与阿乙、曹寇、李娟的"非虚构"具有差异：前者显然追求一种对现实的介入，其中有某种强烈的济世情怀；后者的写作之所以令人印象深刻在于他们对小城镇生活的忠实记录，没有济世，没有启蒙，他们追求的是极简、深刻、零度写作。

他们的写作追求"诗性"和艺术性，这些小说家身上葆有先锋文学传承而来的文学形式与语言的探索精神。"毫无疑问，艺术首先应当是艺术，然后才可能是一定时代的社会精神与倾向的表现。一首诗，不论它包含了多么美好的思想，不论这首诗对当代的问题做出多么强烈的反应，如果其中并没有诗意，那么其中就不可能有美好的思想，也没有提出任何问题。"[1] 因为这样的追求，现实在他们笔下各有"诗意"：阿乙的小城是灰暗的、破败的、薄凉的；曹寇写塘村时带着某种幽默和温柔的反讽，他的笔力深刻而舒展；张楚面对他的小城则是体贴的、善意的但也不乏机锋；李娟则是俏皮的、活泼的、天真的。借助这样的写作，现实与文本在这些作品中呈现了某种奇特的关系，——文本为现实提供了某种镜像，它是现实的一种反映，但这种反映并不是直接的，并不是一比一的关系，场景和人物都烙上了写作者本人的视角。

这是躲避了"文学惯例"的写作，是不依赖于强烈的戏剧冲突而是将生活本相还原的写作，是还原一个人眼里的世界，一个人眼里的生活的写作。它固然是基于个人经验的写作，但并不是只关注个人生活的写作。这是经由个人感受而切入现实的写作。客观真切地呈现"我"眼中的世界，毫无保留，但这

<hr>

[1] 别林斯基：《一八四七年俄国文学一瞥》，《别林斯基选集》第六卷，上海译文出版社，2006，第586页。

种呈现同时也是有限度的和主观的，叙述者并不隐藏这些。但这不是新写实主义，他们显然并不认同这样的生活。这是在叙事者隐形态度观照之下的写作，他们以此消除对生活的平庸模仿。

"它既不是对世界原封不动的模仿，也不是乌托邦的幻想。它既不想解释世界，也不想改变世界。它暗示世界的缺陷并呼吁超越这个世界。"《无边的现实主义》中对卡夫卡与现实世界关系的分析某种程度上也可用在作为小说家的阿乙和曹寇面对世界的态度上。也许人们会将这样的写作归于朱文等新生代作家的影响，但这一代作家与新生代作家的不同在于，生活在他们这里说不上是被厌弃的，他们也缺少愤怒青年的激情。他们无意成为文化精英，他们似乎更愿意承认作为个人的灰暗和卑微，阿乙在他的自序中自言是"活死人"，曹寇在采访里多次自认是"屌丝一族"，都表明了他们对叙述人身份的想象。

作家是民族独特记忆的生产者。每一代作家，每一位作家都在寻找他们面对世界的角度和方式。历史、革命等宏大话语在"70后"作家的小说中看不到，在整个70一代作家那里也几乎是匮乏的，这是由成长语境决定的，这是在80年代末、一场动乱之后迅速成长的一群人，在他们的生命经验中，某些宏大话语早已远去，某些过往永远尘封于底。留下的是生活本身，是现实本身。他们所做的、所能做的，是写出他们看到的生活、他们看到的现实，记录下"这一个"生活、"这一个"现实。

但是，这并不意味着这些作品必然是"历史意识稀薄"的作品，也并不意味着这是主体性匮乏和令人失望的作品，——如果读者的历史观念不是断裂而是完整的，将会意识到，这些"70后"作家书写的是近二十年来我们时代、社会和人的困境与精神疑难。

我们眼前的一切都应该被视为我们的"那些历史的产物"、我们的"曾经故事的结果"。何谓"历史意识"？"历史意识"不仅指的是对过去的"不忘"，也包括我们对所经历的当下记忆的"记取"。从对意外社会事件的持续关注开始，这些"70后"新锐小说家已经开始正面强攻我们的时代，他们直接而毫无遮拦地进入了城镇中国的腹地，也进入了基层现实的内部。

写作者的立场之困与精神疑难

曹寇说，"我反复强调的是，我只能写自己熟悉的人和事，我不为自己的局限性感到羞耻。此外，我也比谁都清楚，粗鄙不仅是我笔下人物的属性，我自己也是一个粗鄙之人，而且后者对于前者没有任何优越感可言"[1]。鲁敏认为："许多的写作一直在承担着道德伸张者、阶层代言人、时事记录家的角色，这是一种不自觉的选择，源自长期的写作训练，源自对文学'载道'传统的投靠。"[2] "阿乙认为，自己不是也不可能是公共良

---

[1] 《曹寇：只写自己熟悉的人和事》，《南方日报》2012 年 4 月 8 日。
[2] 鲁敏：《没有幸福，只有平静》，《小说选刊》2009 年第 3 期。

心的向导。他不能为任何人提供精神吧啡，或者药房里的一瓶药，如果非得说个什么，那么他只能是冰冷的医生，讲述他所感受到的现实。"[1]乔叶则坦言："在创作过程中，我有意克制着自己的道德立场，那种所谓的道德立场，不是冷眼旁观，就是高高在上。我做不到，也站不稳，不仅因为我的乡村之根还没有死，也不仅因为我是一个农妇的妹妹，更重要的是：我一向从心底里厌恶和拒绝那种冷眼旁观和高高在上。"[2]

以上发言表明，这一代作家都在共同摆脱一种正面的、代表某种道义立场的作者形象，他们不喜欢将作家视为精英或启蒙者（这可能使诸多强调社会责任感的批评家普遍感到失望），因而，在讲述意外社会事件、讲述小城镇生活时，这代作家几乎都未曾将作为个体的"我"与社会及环境剥离出来，他们倾向于与那些普通人一起，因为他们本身就是普通人。这也是他们能够写出与众不同的、具有质感和说服力的"城镇中国"的缘由所在。

"70后"作家都更为关注人性的"灰色地带"。"70后"小说家对人更为宽容，对人性的理解更为宽阔和弹性，对人性卑微的书写更深入。《塘村概略》中，曹寇对人性有深入的识别力，年长警察老王对年轻所长不屑；谨慎青年警员张亮对老王的曲意迎合；没上过大学的赵志明对大学生葛珊珊嗤之以鼻，而那些殴打葛珊珊的人也都各有人格缺陷。这基于小说家对人

1　阿乙：《鸟，看见我了》，文化艺术出版社，2010。
2　乔叶：《拆拆〈拆楼记〉》，《文艺报》2012年7月16日。

的另一种维度的理解，曹寇书写人身上的灰色、懒惰、自私，不带感情，不审判，不嘲笑，仿佛这些有如人身上的斑点、胎记一般，与生俱来。相比而言，阿乙对人性恶的认识和理解更为尖锐和刻薄。事实上，关注、揭示并探索人性之隐秘是"70后"小说家一直以来的共同追求。魏微对世道人心的反复追问、金仁顺对现代爱情里人与人之间情感深渊的临近、盛可以对人性黑洞的不断探底、鲁敏作品中对现代人暗疾的追踪，都应视为"70后"作家对人性黑色地带的不断探秘。

对人性的探秘各有其路径，但如何平衡作家主体性与价值立场关系时，"70后"一代也各自面临着作为写作者的立场之困和精神疑难。以鲁敏《惹尘埃》为例。肖黎的丈夫因一次事故而去世，留下了"午间之马"的疑团，肖黎是谎言的承受者，但同时也是谎言的制造者（她与施工单位合谋使自己的利益最大化）。"谎言"是这部小说的核心，它弥漫在都市生活的每一个角落。小说前部分，肖黎像是一个堂吉诃德一样跟风车战斗，但她也被环境改造，女主人公最终由受骗者主动成为乐于受骗者，她承认并接受"谎言"是生活不可缺少的一部分。这样的结局未免令人吃惊。鲁敏曾经做过反省："我一心以为我会愤怒到底，不合作到底，继而在一片乱糟糟的灌木丛中走投无路，不知所终……最终的结果是：我老老实实地认同了这个以'谎言'为关键词的混沌世相，并甘愿跟它一起跳起了进退自如的'交际舞'。"[1]《惹尘埃》让人再次想到如何处理现实与写作的关系问题，在深刻意识到我们时代的精神难题时，作家如何具有主体性？

阿乙面临的困难则更巨大。他在长篇小说《下面，我该干些什么》创造了一个彻底的坏人，主人公认为身边每个人都是有罪的，"你们给他高考压力，给他地域歧视，给他白眼，给他孤独，给他外乡人的身份，给他农业户口的待遇，给他奴隶般的命运"[2]。小说故事在现实生活中并不陌生，但文本读来却并不令人满意。小说家将他对现实生活的种种看法生硬地转换为他的人物认识并将一种与年龄不符的缜密赋之于他，小说家没有将自己的思考与人物和作为现实的土壤相融合，这样的写作最终使人物成为作家的传声筒和木偶，因而，小说也并没有强大的说服力。打上了存在主义、反体制、"拟加缪"式标签的作品在当代中国因稀缺而夺人耳目，但作为一位有独特美学追求的作家，其作品付出的显然是文学立场的代价。

"一个作者，还是一个正义的作者？"阿乙说他要选择前者。这样的主张并不稀奇，因为这似乎也是整个"70后"小说家的自觉选择。这部小说的问题不在于对恶的深入展现，而在于对良善的毁灭的视而不见。换言之，写作者只站在杀人者的立场而规避受害者的立场时，意味着另一种道德／趣味的"偏狭"，意味着在一个恶性暴力事件面前，作家的悲悯和同情被"遮蔽"

1 鲁敏：《作者自白》，《小说选刊》2010年第8期。
2 阿乙：《下面，我该干些什么》，浙江文艺出版社，2012年，《前言》，第165页。

了。诚如别林斯基所言："除眼界狭隘或精神幼稚的人，没有人能命令诗人必须为美德唱赞歌，或写讽刺作品惩罚罪恶；但每一位才智之士都有权要求一个诗人的诗作或者为他提供时代问题的答案，或者至少使他为了这些沉重的、难以解决的问题而内心充满悲哀。"[1]

这些"70后"新锐小说家致力于揭示时代生活中最具体、最世俗、最庸常、最灰暗的一面。他们的主人公通常是：城市游荡者，无业者，下岗者，农民工，小职员，中小学教师，失婚者，被拆迁户，妓女，派出所民警，小偷，凶杀犯，洗头女郎。像贾樟柯的摄像机定位于平视他的拍摄对象的高度，这些作家面对写作对象时也是平等的，写作对象潜藏在他们的身体里，作家即是这些人中的一员。——尽管这些"70后"新锐小说家笔下人物都是低微者，但用当代文学中所谓的"底层文学"命名却是失效的。对象还是那些对象，人物还是那些人物，事件还是那些事件，但写作目的和阅读感受完全不同。他们小说文本与现实之间的"互文"关系，他们拒绝道德阐释的写作姿态也使当下文学批评中的某种通用价值判断体系逐渐面临挑战。

《请问你认识一个叫王奎的人吗》是曹寇的一部短篇，小说中，王奎的名字在不同的场合里出现，采石场、路边的野店、出租车、大货车司机、火车站候车厅里。小说的结尾是一则报

1 转引自以赛亚·伯林：《现实感》，译林出版社，2011，231页。

纸上的消息，一个民工在为雇主安纱窗，不小心掉下来，名字叫王奎，三十三岁。"王奎"无处不在，却又具体可感，他是和曹寇们一同成长的沉默的兄弟。

王奎最终消失不见，但他的际遇让人无法忘记。今天，如果我们讨论"70后"作家对于当代中国及当代文学的贡献时，应该追问的是，在这代作家的文本中，是否潜藏有中国发生了什么、正在发生什么及我们遇到的精神困境是什么的表述。人们内心中那些恐惧、痛楚、无聊、疤痕被深深铭刻进了年轻一代的文字里。在这批逐渐成为中国文学中坚力量的新锐小说家那里，正潜藏有被我们时代习焉不察的灰暗。"70后"小说家面对现实比我们想象中的更为直接、更为专注，也更为深入，他们对时代的疑难和自己的使命已经有了某种自觉。一些变化已经来到，他们开始勇敢地"向着而不是背着火跑"。

一代人选择面对什么样的现实，意味着他们选择走什么样的路；一代人走什么样的路，意味着他们将看到和书写什么样的现实。

2013 年，天津

先锋派已得奖，年轻一代
应该崛起

2015 年 8 月 16 日十点半，听到评委会主任宣布第九届茅盾文学奖得奖名单时，我最直接的感触有两个：一，当年那批先锋作家终于获得了最大限度的认可；二，新一代作家应该崛起。

也是那天下午，获奖名单在媒体宣布后，"70 后"作家弋舟发了条朋友圈："格非、苏童同时加冕，昔日先锋文学至此修得正果，同时也喻示着尘埃落定，烟消云散。"作为文学中人，弋舟敏感地意识到，茅盾文学奖成为那批先锋作家的最后归路。虽然 2010 年和 2014 年苏童和格非已经先后获得了鲁迅文学奖，虽然两人同时获奖实在出于巧合，但也的确如他所言，当代文学史上两位著名先锋派作家共同获得茅盾文学奖深具文学史意味，未来，将会有更多的人意识到这一点。

《江南三部曲》是格非的多年潜心之作，每一部的发表都引发读者的热议和批评家的讨论。以"花家舍"为地理坐标,《江南三部曲》对于近百年中国历史的理解别有路径,在切近历史、现实表达精神处境时,格非在可能与不可能之间寻找到了如何谈论历史和几代人精神疑难的方式,小说典雅、绵密、结实,深具文学品质,从始至终都深受评委一致青睐。继《河岸》重写"文革"之后,《黄雀记》是苏童以写意的方式对80年代以来中国人生活的勾勒,从保润的捆绑到祖父的"丢魂",从潮湿阴郁的南方到疯人院里的各色人群,小说具有隐喻性和荒诞感,每一个读过《黄雀记》的人都会认识到,独属于苏童的艺术想象力再次降临,他恰切地寻找到以诸多隐喻来讲述这时代变迁的种种。

想当年,余华、苏童、格非曾给予中国文学以强有力的冲击,那时他们是最年轻的新锐,甚至比今天当红的"70后""80后"作家都年轻。从《桑园留念》《妻妾成群》到《河岸》《黄雀记》,从《唿哨》《敌人》《欲望的旗帜》到《江南三部曲》,近三十年过去,两位先锋作家的创作都发生了重要变化。格非试图在古典文学传统中寻找资源,进行哪怕文学内部最微小的革新;苏童则以重返香椿树街的方式重建个人的历史意识与现实感。——看起来变了,其实也没有变。也许经历的时代和生活不同了,讲述的历史和人物变了,不变的是一代卓有追求的作家对文学品质和先锋精神的守持。

先锋文学精神的影响是巨大的,阅读四年来的长篇小说会发现，不仅仅《江南三部曲》《黄雀记》，从提名作品《北去来辞》《耶路撒冷》，参选作品《三个三重奏》《空巢》及"70后""80后"作家作品中都能强烈意识到先锋文学的回响。这些作品看重作品的表现形式，渴望形式革新，同时，作家也在力避"形式主义"而寻求与现实的对接，寻找先锋实验落地的可能。

格非、苏童的同时获奖使我们重新思考先锋文学如何别寻异路又不丢失文学的先锋性，重新认识作家三十年来如何持续创作，又如何艰难超越自我。由此，我们不得不想到今天新一代作家如何成长。

其实，本届评选的热点话题之一是新锐作家及其作品。从252部到80部，从80部到40部，从40部到30部，从30部到20部，从20部到10部，从10部到5部的六轮投票中，每一轮都有关于新一代作家作品的争论，大到历史背景、谋篇结构，小到语言及细节处理。这些令人印象深刻的作品包括《耶路撒冷》《认罪书》《六人晚餐》《天体悬浮》《南方有令秧》《我们家》《马兰花开》《花街往事》《镜子里的父亲》等。而这些作品中，有5部非常顺利地进入了30部大名单。笛安的《南方有令秧》、乔叶的《认罪书》、鲁敏的《六人晚餐》及田耳的《天体悬浮》，都曾带动过评委对新一代作家的认识。在饭桌上或电梯里，常会听到评委们对年轻作家作品的赞叹。几乎每一位评委都认识到新一代作家普遍崛起这一现象。——在文学层面，什么是对一位作家的认可？莫过于作品被许多同行反复细读热烈讨论。

遗憾的是，以上作品中，只有徐则臣的《耶路撒冷》进入了提名名单，只有这位年轻的作家受到了评委们的普遍认可。那么，对于其他年轻作家而言，没有提名，投票情况也不公布，作品只被私下讨论意味着什么？意味着作品被深度理解，作家被重新认识。——我们如何评价一位小说家的文学影响力，如何深入认识一位作家的文学价值？不是通过年龄，也不是通过行政地位，而是通过他的作品，只有通过阅读才能理解他、熟悉他、认识他、衡量他。作为成熟的、并不以鼓励青年作家为目标的国家级文学奖项，茅盾文学奖看重作家的持久创作力、作家长期以来累积的文学口碑、作家对中国文学的开拓性贡献，换言之，获奖作家首先应该是一位好作家；当然，同时也很重要的是，他这四年也的确写出了立得住的好作品，在某个方面代表了中国长篇小说的成绩。

虽然我们没有能在媒体上看到"70后""80后"新锐作家在本届茅奖评选中的排名，但他们作品的品质已被同行嘉许，我想，那应该是新一代青年作家在同行中累积文学口碑。——今天，许多人看到五位作家的获奖，却殊不知这五位作家中至少有三位曾多次参评并落选。具体到格非和苏童，也是此前一部部作品构成他们的文学口碑，加上此次获奖作品中所表现出来的文学品质最终赢得评委信任。

当然，讨论新锐作家崛起时，如影随形的另一话题也不可避免，即青年一代作品的新异性何在，他们为中国文学输入的新鲜血液是什么；以及，如果不强调年龄，如果不是因为作家的年轻身份，某部作品会被关注吗？这样的质疑一直伴随评选始终。

按时间推算，茅盾文学奖终有一天会授予今天的青年作家们，不是四年后，就是八年后了。可是，能否得奖并不是作家的写作目标，也不比文学本身重要。重要的是写出好作品，重要的是这代人能否像当年的先锋作家给予中国文学新力量。

我的意思是，当我们谈一代文学新锐的崛起，自然是指代际更替，但也应该包括对新一代是否能推动中国文学的变革、更新的考量。而在今天这个时代，变革愈加艰难。因此，也是从这个意义上说，先锋作家修成"正果"是事实，而新锐一代应该崛起也只是我个人的美好期许。

2015 年，天津

写下去，写到我们能写到的那一步

2014 年，一些小说作品打动过我。我试着回想那个名单，当然，我知道这个名单必定是不全的。这些小说是：《世间已无陈金芳》（石一枫）、《所有路的尽头》（弋舟）、《人罪》（王十月）、《走甜》（黄咏梅）及张楚的非虚构《野草在歌唱》。当我写下这些作者的名字，不期然发现，他们和我一样，都是"70后"一代。

这些小说都不是让人快乐和轻松的，作为读者，你无法笑出声来。读它们的某一时刻，我曾经坐立不安。《世间已无陈金芳》里，陈金芳如此生动鲜活，她的人生浮华得像泡沫，虚荣，豪赌，欺骗，她是我们时代无处不在的土豪翻版，而她本身就是巨大的谎言。对这个人，石一枫没有廉价的同情和伤感，他冷静而克制，也正因此，这个人物才变得复杂、独特而具有时代标本意义。《人罪》中有两个陈责我，他们都已人到中年，一个是法官，一个是杀人犯，但法官有什么资格决定另一个人的命运，当年不正是他顶替了那个"罪犯"上大学吗？两个农家子弟，因为有人滥用权力，他们的命运立刻发生了翻转。王十月有独属于他的时代感，他将两个人的命运残酷地并置在一起，使我们不得不直视，不得不面对这个像铁板一样的现实。我也看到《走甜》里那个中年女人，她身上的风油精味道吓走了那个对她有爱慕之情的年轻男子，时光和年龄就这样无情地横亘在那里，黄咏梅是冷静的，没办法，人生就是这样残酷，它一下子摧毁了这个女人的爱情，甚至连幻觉也不允许，她这样指给我们看。

还有《所有路的尽头》中的邢志平，这个活得滋润的书商为何而死？因为，他纵有大把金钱，依然难以改变那本该深刻书写的记忆和历史，这让他深夜耿耿难眠，这让他最终纵身从楼上一跃，在这个人物命运的追溯里，你能深切感受到作家弋舟弥漫文本的痛切之情，这个人物身上，写着作家本人对时代和一代人命运的深切思考。还有《野草在歌唱》，那三个爱文学的男人在街头抱头痛哭，那场面深深刺痛读者——张楚写得细密多情辗转，在一个巨大的黑乎乎的泥潭里，人如何自救才能活得像人？

这些小说是镜子，影影绰绰照着我们自己。每一位作家都在这部小说里，他们选择着自己的角度和立场：张楚回望岁月时有那种无法抑制的疼痛和无能为力之感，《世间已无陈金芳》中，"我"是这篇小说中最有意义的存在，他是闲人，但也是清醒的人，这个隔岸旁观者注视着漩涡里挣扎的陈金芳，他尽可能不成为那个落水的人，但他早已无法把她从水中救起了；还有那个在爱与良知之间最终选择良知的杜梅；那个面对邢志平的备感绝望而孤独的刘晓东……

当然这些小说并不完美，有些甚至有非常明显的瑕疵，但我必须得坦率承认，我被这些文字中的软弱、失败、沉痛、负罪感打动。想来，这些文本的叙述人都已人到中年，用心的读者会感受到他们在文本中的真诚，他们在尽其可能和读者一起面对这个时代，面对这个世界的诸种荒谬、荒芜和人性的黑洞。没有谁比邢志平更可怜，他除了钱一无所有，当一个时代被翻过，他甚至无法确认他自己的存在；陈金芳看起来如此光鲜如此虚弱又如此无知无畏，但她说到底不过是那些幕后新的"经济人"的一枚无足轻重的走卒罢了；谁会在乎那个叫陈贵我的小贩的死去？律师和法官最终走到了一起，那个最大的受害者就那样消失了，除了在新坟上添上花环还能怎样？这就是这个世界的残忍。还有那三个献身文学的中年男人，谁能知晓他们在深夜如何数尽内心伤痕？

石一枫、王十月、黄咏梅、弋舟、张楚，是我们时代疼痛的刻印者。那些生活在偏僻之地的、那些裹在金钱旋涡里的、那些耿耿难眠被忧郁困扰的、那些被不幸命运推向无底深渊的人，来到他们笔下。我们借此触到我们时代的病灶。——人到中年，你越来越体会到人的孤独、卑微、渺小，越来越看到命运的强悍、时代的不可抵挡、世事的不由分说。但也越来越体会到写作何以为写作、人何以为人的那些东西。

是谁说过的，"70后"是最没有运气的一代？也许。但哪个年代的人又敢说自己最幸运？没有人可以选择他的命运和时代，一个作家能做的，就是使自己成为能成为的那个写者。近五年来，"70后"已经成为当代文学领域最勤勉和最沉默的写作中坚，不仅是中短篇创作，长篇创作中也有《耶路撒冷》（徐则臣）、《认罪书》（乔叶）、《六人晚餐》（鲁敏）、《天体悬浮》（田耳）这样优秀的作品问世。他们以属于他们的方式言说，记下我们时代微弱和痛切的声音。因为他们越来越了解，写作比沉默更有意义，面对时代比背对时代更有价值。

也许我们离我们心中的经典还有那么大的距离，也许老天爷并没有给我们这代人以天才和运势，也许时代使我们必定成为夹缝里苟延残喘的群落。但是，还是要写下去。用文字把自己救起来。只有写下去，一切才有可能——才会有人知道我们这样活过，我们这样伤过，我们这样深思过，我们如此这般不甘过。那些用心写下的文字依然会在某一时刻闪光、证明，这里曾经有过严肃的写者，他们认真活过，也从来没有放弃过。

我们常常觉得我们处于特别的时代，但也许不是。我们跟其他时代的子民一样，都不过是身在此山中的过客罢了。作为写作者，我们能把握和感知的，恐怕也只有书写本身。"我只想嚎叫一声，只想嚎叫一声／一个被掠夺一空的人，连扔匕首都没有力气"，那位身有残疾的诗人余秀华写道。这个走投无路的人最终以诗的语言从疾患中逃出，她以书写确证她作为人的整全。

——不论哪个时代，写下去，写到能写到的那一步都是作为写作者的尊严所在。

2015 年，天津

路内、张楚、张莉对谈：
在夹缝中生存未必是坏事

好作家都是持火把者，能照亮我们看不到的地方

张莉：感谢上海国际文学周，邀请路内、张楚和我一起进行对谈。我们三个都是"70后"，记得我开始写批评的2007年，路内出版了他的《少年巴比伦》，张楚的写作也是刚刚起步。九年来，我们见证了彼此的成长。虽然今天是《持微火者：当代文学的25张面孔》的首发会，但我还是希望从这本书开始，聊聊我们对当代文学的理解，聊聊身在局中的心得与困境。这对我们三个人来说是很好的机会，特别感谢他们两个的到来。

路内：很早以前我就看过张老师写的很多评论，《持微火者》是一本蛮犀利、蛮烫人的书，我很推荐这本带有随笔性质的文

学评论集，尤其最后两篇对于"70后"作家综论的文章，非常好。刚才我问张老师能不能写一部关于"70后"的专著出来，她说有这个计划，我很期待。

张楚：2007年我跟张莉老师第一次见面。她那时刚博士毕业，我也刚发了几篇小说而已。这些年大家都在成长，而且这成长是看得见的。这是很美好的一件事。《持微火者》这本书我很喜欢。她的观点独到，会从一个非常小的切口进入作家的内心，作家周晓枫说张莉有通巫的能力，"她的评论有温度，有深挚的体恤，不是处理晶体或标本那样的冷静和冷淡；她怀有慈悲，看穿作品里的灵魂，像看到浸泡在孕妇羊水里的裸婴"。我非常赞同。昨天我跟她说你应该写小说，她虽然出身学院但文笔灵动优雅，想象力跟小说家的逻辑也很相像。她有所评有所不评，是有自己底线和坚守的批评家。

张莉：这本书写了二十五位作家，其中上部关于十二位作家的评论在2013年《名作欣赏》的"张看"专栏发表过，之后收到很多读者的来信。我意识到随笔式写作可以和作者产生共鸣。那时候出版社就想把这个书出来，但我觉得还缺一块，因为当代文学不可能全是著名作家的身影，批评家还应该寻找正在成长的作家，所以就有了下篇十三位作家。

文学批评是有预言性质的工作，也是有风险的职业。我在中文系教当代文学史，常常感觉到时间的残酷，十年，二十年，五十年，一个批评家穷极一生写了五十年的评论，但他关注的作家和他本人的评论很可能在文学史上一个字都留不下。这让我困惑。

什么是批评家的意义？为什么有现场批评家的概念？在我看来，同时代批评家有同时代批评家的优势。同时代批评家可以理解这个当代作家为什么写这个凶杀案，为什么给它这样一个结尾，他有哪些话说了，他有哪些话不敢说，不敢说的原因是什么，这个秘密只有同时代人最了解。现场批评家是写下对作家作品最初理解的那个人。现场批评的意义在这里。

之所以起《持微火者》的名字，是因为，我认为一个好的写作者是一个持微火者，他的笔像火把，照亮了我们不曾看到的地方。我写的作家，无论是著名作家还是非著名作家，在我眼里都是持微火者。通过他们的火把我看到了身在的现实，我从中受益，所以才会做这个批评工作。

每一个批评家都是有偏见的，他们有个人趣味

路内：有这么一个寓言：有一个城市每天晚上十点宵禁，十点之后走在路上会被卫兵打死，有一天九点五十分一个卫兵打死了在路上走的人，另一个卫兵问他为什么，他说我认识这个人，这个人十点走不到家。这个寓言当然有很多解读方法。

从某个角度讲，现在所谓的青年作家可能每个人都希望自己成为那个在九点五十分被瞄准的人，如果到了九点五十九分还没有人开枪这是一个非常沮丧的事情，这是一个自我的感受。另外，当你发现九点五十分街上还有很多人没回家，这个卫兵到底是什么样的心情，也是一件非常有意思的事。现在批评界谈到"70后"作家这个整体，口气越来越谨慎，隐藏着深深的苦恼，因为九点五十分了他们还在街上转悠，凭经验知道他们十点也到不了家。

我开始写小说之前，别人问我怎么想去文学界，我说文学界清静，我写小说三四年之后才发现文学圈子人很多，非常多。在当代还分两个层面，一个层面是成名作家（是一个文学意义，所谓的成功作家是一个世俗意义，我有一点讨厌成功作家的定义），还有一个层面是青年作家，文学青年在水面偏下，两种层面有各自不同的心态，不同的场域。除了从文学意义上看这些人，在文化的意义上也值得探讨，这个文化本身代表了我们这个时代——这一代人的成功是在北上广买了房子然后升值十倍，值得庆幸，我觉得这种世俗成功影响到文学层面，比如探讨80年代文学的时候认为那是个升值年代，文学股暴涨（这种理解很浅薄）；回过来探讨当下，那也很容易解释啦，时代原因嘛，文学是垃圾股。但这个思维方式不好，当作家设定了文学升值的时间或空间之后，文学的本来意义正在丧失。关于这个，张莉也谈到，作为批评家的身份，怎么去观察一个作家。《持微火者》谈到的青年作家，或者正在成为著名作家的青年作家，有些部分批评得很克制，但作为作家一看就明白了，她在讲什么，她为什么要这么讲。

张莉：很感谢路内看到了我在《持微火者》中的克制，我很认同。批评家的任务是把你看到的同时代的拔尖作品推荐给读者。这些作品不一定是媒体上或者网络上非常出名的作家的作品。现在某某著名作家的新作品一出来，就有很多作家追踪评论，这是保险的行为，因为这样的作家已经进入当代文学史，只要追踪他，你的评论就有可能留下来。但是，那些水面之下的作家呢，那些更为年轻的一代呢？如果批评家发现更年轻的优秀作家才最宝贵，当然，这很难。

在很多人看来，作家出了一个作品，一个批评家推荐了他，作者从批评家的文字受益了，这只是表象。但没有一个工作的快乐仅仅在于只利他不利己，作为批评家，我要坦率承认，我在阅读某个作家时获得快乐，我之所以写一个作家，首先在于这个作品有艺术性，另外也在于这个作品里面的某个东西是我想写而写不出来的，它触动了我去思考。换言之，因为这个作家写得好，还因为他的作品里面隐含了我想表达的观点，所以我要写。

张楚：我本来准备了一个问题，但是张莉老师已经自己先说了。《持微火者》这个名字，像是纳博科夫起的一样。你在一篇随笔中也谈到，山路上的火把在黑暗中忽明忽暗，被风一吹可能灭掉，但是风过后又亮起来，照明了别人的路。这是多么美多么善意的意境。我想问张老师一个问题，你对好小说的理解是什么？从一个评论家的角度你怎么判断一部作品？现在小说太多了，你怎样去把控认识它？

张莉：我更看重作家的写作技术，语言、形式及结构，等等。我看重作品的艺术性，作家的理解力和想象力，我厌恶想象力平庸的作品，非常厌恶。我读小说的时候，常常会中途停一下，猜一猜这位小说家该怎样安排人物的命运，下一步他会怎么做。如是者三，如果我都猜对了，我对这部作品也就没有什么兴趣了。反之，这位作家的写作路径和所表现的都是在我阅读和写作经验之外的，给我智力上很大的挑战，我就会非常有兴趣阅读，因为它使我葆有好奇之心。每一个批评家都是有偏见的，他们有个人趣味。我想我也一样。

坦率说，现在做文学批评越来越难了。批评家评价一部小说，要有纵的坐标，要在文学史的框架里面考量，但同时还要有横的坐标，就是放在同时代的世界文学的领域里去评价，这需要很大的阅读量，对每一个批评家都是挑战。

增强"去爱这个世界"的能力

路内：我们三个都是"70 后"，2007 年我第一个小说发表，张楚好像也是那个时候开始。我一直认为批评家都是年纪大的，最近几年是杨庆祥老师，著名的"80 后"批评家，我就想"70 后"批评家呢？有一个非常恶心的说法，"'70 后'作家是夹缝当中的一代人，被文化、商业夹在中间"，这个说法不能摊开来讲，一讲就是世俗成功学。实际上我觉得文学和商业的夹缝不可怕，可怕的是文学和文学的夹缝。但我想知道"70 后"批评家是否也被局限在某种夹缝中。

张莉：批评领域也有非常重要的代际划分，比如，"50 后"的批评家和"50 后"的作家一样，已经成为当代文学中举足轻重的人物。"60 后"作家呢，是"60 后"批评家推进的。那么，到了 90 年代末，"70 后"作家出现了，批评家在哪里？除了谢有顺老师，其他"70 后"批评家都还未出现。一直到今天，在大家眼里，"70 后"批评家似乎也没有完全成熟。可"80 后"批评家早已经风生水起了。这样看来，"70 后"批评家的位置好像很窘迫。这可能就是在夹缝中生存的意思吧。很多人都说"70 后"一代很悲催，我以前也这样想，现在不了。写作到底是个人行为，跟群体无关。有的人成熟得早，有的人成熟得晚，重要的是写出好作品，而不是靠口号，或靠行为艺术站到某个时代的风口浪尖上。

话说回来，夹缝有什么不好呢？夹缝也许是时代给你写作生活的馈赠。站在夹缝中看社会，对写作者来说未必是坏事。很多人羡慕"80后"，你看他们一来已经完全适应市场经济了。可是，反过来说，对于一个写作者来说，"不适应"才会让人写出优秀作品。不同时代给予不同人对生活的理解方式，应该认清这个方式，珍惜它而不是埋怨它。我觉得"70后"许多人认识到了那种夹缝中的生存、那种尴尬，但是，还没有更多人在作品中去表达。这一代人似乎更喜欢自我规约和自我限制。我们时代有许多值得书写的地方，但"70后"的书写并不让人满意。想想2016年最大的"70后"已经46岁了，可还在被称为青年作家、青年批评家。为什么大家这么称呼你？因为你还没有让人感觉成熟的作品，没有让人意识到成人的姿态、担当的姿态吧。这是我目前理解到的。争命名没什么意思，写得好，一代人埋没了，一个人也会留下来；写得不好，一代人受到过瞩目也依然会被翻过去。所以，最近我也在想，也许到了一代人需要反省的时候。对了，我很想知道，作为作家，你们遇到中年危机了吗？

张楚：中年危机是一种生理现象，不光文学从业者如此，各行各业应该都如此。激素分泌的减少直接影响到我们对这个世界的眼光和心态。少年时期是羞涩的、懵懂的，对世界是一种初恋的心态，青年时期则是勇猛的、近乎蛮横的，想把自己和这个世界一起燃烧；但是到了中年，应该有的身体体验、情感体验和其他类型的体验；大部分都尝试了，不管结局如何，心态总归是澄明的、波澜不惊的，而恰恰是这种貌似美德的澄明和波澜不惊，让我们丧失了体验多维世界的冲动和激情，散发着秋天的肃杀之气和初冬的暮气。对于作家来讲，我觉得这是很危险的时期，必须调整自己的思维方式，增强"去爱这个世界"的能力。如果顺其自然，可能作品也会变得疲沓和机械。其实我特别羡慕国外的作家，他们很多人到了六七十岁，还对写作保持着旺盛的热情。除了跟激素分泌有关，跟自信心有关，可能更跟他们对这个世界的处理方式有关。比如玛格丽特，70岁了还能写出《情人》；菲利普·罗斯 64 岁写了《美国牧歌》，65 岁写了《我嫁给了共产党人》，67 岁写了《人性的污秽》，77 岁写了《复仇者》；门罗更不用说了，73 岁才出版了《逃离》。反观中国作家，超了 65 岁还能激情澎湃写小说的，能有几个人？中国的作家很容易沉湎于世俗，与这个世界互相嵌入得严丝合缝，这种过度聪慧和过分入世，可能是妨碍中国作家延长写作寿命的重要缘由。我想，作为一名即将步入中年写作的作家，应该向欧美作家学习，不再学写作技巧，而是学处理和这个世界的关系的方式。

张莉：说得非常好，我很赞同。写得不好跟中年没关系，跟夹缝也没关系，不能哀叹和抱怨。

"没有新的东西注入进来，内在僵化，小说会越来越难写。"

张楚：我觉得按代际划分作家并不科学，再过五六十年谁还知道你是几〇后？现在谁能说清楚海明威是一九几几年的，福克纳或三岛由纪夫又是一九几几年的？我们只记得《战地钟声》《白象似的群山》，只记得《八月之光》《喧哗与骚动》，只记得《金阁寺》和《天人五衰》。但是这样划分，评说的时候相对方便，代际这个说法就顺口叫下来了。或许这也是所谓的中国特色吧？很有意思，"70后"这波人正好处于前不着村后不着店的地方，往往被称为"沉默的一代""夹缝中生存的一代"，听起来很悲催，也很卑微。

我读中国当代小说挺多的，同龄人的读，前辈的也读。我想过为什么我们是沉默的，为什么我们一直在门缝里面探头探脑地张望却没有坦然地走出来。其实我个人觉得，这一代作家的作品，无论是从艺术角度还是从故事层面，都已经很成熟了，而且有他们自己在语言和文本上的追求。他们不太注重宏大叙事和历史意识，更关注细微生活中的褶皱。文学杂志的式微也影响了"70后"作家的影响力，20世纪80年代的文学杂志可以卖到脱销，据说《人民文学》和《收获》一期就能卖一百多万册。那个时代，大家对文学有特别大的期盼，用文字抚慰心灵，找到情绪宣泄的出口。那时的作家很幸运，赶上了文学黄金时代，培养了一大批固定读者。如今的时代是一个网络时代，读书人少了，年轻人都看网络小说，读者开始分流。其实纯文学作品对读者是有要求的，最起码要有基本的阅读审美能力，这样他才会对貌似简单日常的文字有一个更深入的内心感受。八九十年代的作家也赶上另外一个黄金年代，就是电影的黄金年代。电影《红高粱》一获金熊奖，全国人民都知道有一个很牛的作家叫莫言。但是第五代、第六代导演已经没有第四代导演的文学情结，以前经常出现的历史镜像，土匪、乡磨坊、红灯笼、黄土地，统统都消失了。现在基本上都是城市商业电影，分类又很细，找几个小鲜肉主演，简单又省事，利润也高。很少看到有"70后"作家的作品通过电影途径获得持久的影响力。

路内：在写作初期，我觉得写作顶多是个人的事情。但你跨入的时候就发现文学批评是存在的，共同体是真实的，不免对其他作家有一种观察，不免对自身有一个反射出来的感受。随着第一部、第二部的小说出版，文学的压力会呈现出来。明智的作家会对自身有一个反省，如果不反省，第一是不明智的作家，第二是天分特别高的。我还不属于文学天分特别高的作家，多多自省是有好处的。我觉得1991年之前中国的文学从五四开始中国文学和政治事件贴得非常紧，不需要用年份划分作家，因为可以清晰地用政治事件划分。但是1992年邓小平视察南方谈话之后中国没有什么大的政治事件可以确立某一个时代开始，某一个时代结束，变得只能用年代，我曾经开玩笑说我是 1973 年生的，逢三我正好满十岁，同时政府换届，另一个篇章就开始了，这个合在一起了。

很奇怪的是，在中国，没有明确的政治事件，作家会失去一个时代的参照。这对长篇小说的写作来说，可能是困难的，也可能是意义薄弱的。新中国成立之后革命文学的叙事到 80 年代改革开放思想解放，到 90 年代思想的离散混乱状况，到 2000 年有一个很大的变化就是互联网、传媒的加速发展。那以后，一切都变得模糊了。20 世纪的头二十年，仅仅关于中国历史的书就可以摆满一个图书馆，但 21 世纪这二十年只需要几本年鉴就解决了。事件的高度同质化也是可怕的，十年前我们谈的是房价，十年后还是房价，问题没解决，意义却在加速流失，而纯粹无意义的后现代主义也变成了"无意义"的重复。没有新的东西注入进来，内在僵化，小说会越来越难写。

张莉：先说代际，虽然我现在也使用"70 后"这个称呼，但是我已经变得很谨慎，除非特定场合和特定语境，否则我很少会说哪位作家是"70 后"了。而且，坦率说，任何一个文学史上的命名都是权宜之计，"50 后""60 后""70 后""80 后"此类称呼都不例外。随着我们年龄的增长，以及新一代作家的出现，命名很快就失效的。说个更难听的，也并没有哪一代人肯定会出大作家的说法，如果"70后"一代写得不好，淘汰是自然的，不是吗？再往远看，放在一百年的框架里，我们和"50后""60后"也是一代人，文学史并不是以十年为界的，所谓一代人，有可能是五十年，也有可能是一百年。在古代文学史，是以几百年一个朝代为界讨论的，不是吗？但是，话也得反过来说，讨论任何问题都要有具体语境。今天，当我们讨论"70后"一代如何在夹缝中生存时，我们不只是光盯着我们这代人，我们其实也把我们放在了更大的场域。我们为什么焦虑不安？因为我们看到，面对同时代作家、面对传统，我们这代人有很多缺陷需要正视，我们需要面对我们写到了哪里，我们写得怎样这些问题，我们最终讨论的是这个问题。

路内的梳理我很同意。文学跟传媒的结合我说不好，但我觉得网络里的文字和纯文学还是不太一样的。第二个说法我很同意，每一个作家，只要你讲故事，就没有办法跳脱你的意识形态，去政治化其实也是社会行为的一部分。"70后"及其后的作家们喜欢强调个人化写作，不认为自己的写作是社会行为的一部分，这是我们写作的困局。当我们强调我不写革命、不写历史时，我们想要强调的是什么呢？当我们强调日常生活的美好，强调物质生活的重要时，我们又在说什么？也许我们逃出了一个网，进入了另一个网，那就是金钱之网。当年朱文写《我爱美元》，是一种对抗，他前面是有墙的，但是，之后呢，90年代之后整个时代的人都知道钱太重要了，比理想重要多了。

我们写作时要表达的到底是什么。

很多小说都在写学区房、单位关系，写如何去赚钱，等等。但写作者并没有意识到，这种对金钱与物质的沉溺有可能把每个人变成原子化的个人，这时候作家的写作，不管你同意不同意，都已经变成一种社会行为。在我看来，这就是这一代作家与前辈作家的差距：看不到更广泛的世界，感受不到更广泛的问题，并且，很多人安于现状，并不自省，这让人遗憾。

"作家身上会有闹钟，闹钟差不多会在每十年的时候响起"

路内：我觉得作为"70后"的作家来讲，其实在写作中间遭遇的问题还是很多的，有一个感觉差不多时间写下来了，算是跑了一圈，十年第一圈跑下来以后，打个比方说，作家身上会有闹钟，闹钟差不多会在十年的时候响起，也有可能八九年吧，有一种文学意识会对作家提出要求，还有意识形态，广义的政治意识，在里面起作用。

别人问张莉老师为什么要关注当代文学垃圾现场，对于作家反而是另外一个问题：你为什么不关注当下这个世界。哈罗德·布鲁姆说人的一生很短，只有七十年，所以我要帮你们挑出一些经典作品来，但是照着那样读就不用看当代文学了，因为即使是他挑选出来的经典也足够普通读者读几十年。

我不太爱看别人攻击底层文学，觉得没有意义。广义的底层文学是一个意识形态的范畴，它并不一定代表了"粗糙"；相反"雅"是很要命的，狭义的"雅"恰恰是在贵族的家臣手里玩弄得最好，但他们是家臣。前几年，我觉得中国的农村文学应该让位了，换换都市文学吧，这两年越来越觉得都市文学很反动，它被限定为一个通俗文学的概念。但反过来看农村题材，又觉得它们的当代性并没有完全释放出来。就文学的当代性而言，我觉得它很重要，它有别于当代题材，可是也不得不面临当代题材的挑战。80年代的作家面临着一个崩溃的文学世界，但现在，更加坚固的传统已经形成了。文学界大概每30年要封神，封一代神，面对一个不断在封神的结果，这种情况怎么办。

张莉：如果这个"神"的作品是有问题的，那么总有一天会坍塌的，我相信。作品最终是与时间博弈的，不是由谁来封的。刚才说到我们大家都关心的问题，读者为什么不爱看当代作家的作品。我听到一种说法，读者认为作家写的现实跟我们经历的现实不一样，或者觉得，作家根本不关注我们的生活。而当代作家呢，会觉得我愿意隔一个距离看时代，这似乎也没有问题。作家有自己的道理。我认为，好小说不一定要写现实。但是，要有现实的观照。不同的人写历史，呈现的面貌是不一样的。一个好的作品不在于你是否写身在的现实，重要的是用什么样的眼光看你所写的事物。

比如《安娜·卡列尼娜》，托尔斯泰当时看到一个女人卧轨的新闻，他想写这个女人，当时并不同情她，但是写完之后对她有深深的同情。为什么会有《包法利夫人》这部作品？是福楼拜看到新闻，一个女人借钱还不了债，服毒自杀了，他有对人性的好奇和渴望，所以就写出来了。

现在大家都说新闻重要，甚至还有一种说法，现实比小说精彩得多，我们为什么要看小说？想想《安娜·卡列尼娜》、想想《包法利夫人》，为什么今天我们仍然爱看，因为这些小说写出了人的处境。包法利夫人渴望遇到理想中的爱情，所以不断地出轨。你看，一个人想要的生活和实际的生活差距就是如此之大。而今天，我们的新闻报道里也在不断印证着当年"包法利夫人"的际遇。今天，我们发现现实和小说惊人的相似。——谁还记得当年新闻里那个女人叫什么？但我们永远记住了包法利夫人这个人物，因为福楼拜，爱玛永远变成一个真实存在的人。每当我们看到类似情况的时候，就会想到爱玛，想到安娜·卡列尼娜。安娜嫁了一个公务员丈夫，生活无忧，出轨了老公也不管，而且还给情人生了一个孩子，她有什么不满意的？但是她卧轨了。托尔斯泰想写的是什么呢？写的是人的精神疑难，写的是人的终极困境。小说从现实出发，但是要有跨越现实的能力，要有抵达人的精神处境的能力，这是衡量一位作家是否伟大的重要标准。

评价一位作家的优秀，恐怕不是他写了多少本面对现实的小说，重要的是他要写出我们时代人的精神疑难，五十年、一百年之后人们读起来还会有精神上的共振。《狂人日记》我小时候特别讨厌读，上了大学之后，有一天发现鲁迅太牛了。那小说中有一句话"从来如此就对吗"，只这一句话你就会知道这个小说家多了不起。那是1919年。鲁迅让这个狂人说出了"从来如此就对吗？"这就是一个小说家的力量。今天文学式微是一个事实，但也很可能是我们作家自身能力的不足，每个人都遇到了困境，写得不好。有时候我想，所谓天才，有可能就坐在我们身边，也有可能在苏北的或者陕西的某个山坡上放羊，有一天他突然认识到我们时代的疾病或者苦痛，他抑制不住内心的激情，拿起笔来写作，我们这个时代的大师就出来了。

这种情况可能一百年都不会出现，也可能大师出现了并不是你，但是，你不能因为可能不会出现而不去写。世界上最有意义的事情是"知其不可为而为之"，每一个小说家都知道自己有可能成不了大师，但是，还是要写下去，对吧。我们要写下的是对我们这个时代的理解，爱、恨、苦痛和不甘，我想，这也是我们时代那些写作者一直写作的原因。

张楚：说得特别好，把我说得很清醒。你刚才谈到《包法利夫人》我特别有感触，因为这本书写在一百三十年前了。这么多年来为什么很多人还在推崇这部作品？张莉老师一语中的，它写出了女人心中的欲望。

张莉：不仅是女人心中的欲望，也是人心中的欲望。

张楚：对。这本书我刚读过一遍，当然已经记不清是读第多少遍了。前几天讲课，讲的也是《包法利夫人》。刚开始读时你会有陈旧感，上来就是各种景物描写和人物肖像描写，当然，可能不会有作家比福楼拜更擅长这些了。可是你慢慢沉浸到文字里之后，就会渐渐侵入包法利夫人的内心世界。她就是一个从小在修道院长大、喜欢读爱情小说的姑娘，对未来充满了浪漫想象，想嫁给一个白马王子。父亲腿摔折了，医生包法利给她父亲看病。包法利也很有意思，找了一个比他大二十岁的寡妇。为什么呢？因为寡妇有钱。后来发现寡妇的钱早就被人骗走了，包法利他老妈就和寡妇打架，把寡妇气死了。包法利是很平庸的医生，没有什么追求，也不浪漫，女人都喜欢浪漫是吗？刚开始她觉得包法利风度翩翩，对父亲也好，两个人就结婚了。婚后才发现丈夫是个没有品位、庸俗的男人。很多时候，人的情感永远是处于不满足的状态。包法利夫人一直渴望着有更充盈的灵魂来占领她的肉体和精神，成为她的主宰，所以她才会不断出轨。现代社会不也是这样吗？

其实人性可能几千年都没有变过。人都被欲望所驱逐、主宰，有的变成奴隶，最后失去自己，有的则蜕变成真正的自由主义者。为什么过了一百多年，我们还在读《包法利夫人》，还在读《安娜·卡列尼娜》？因为这些作品里传递出永恒的人的本性。我前段时间看了很多美剧，发现了一个特别有意思的状况，就是美国人的电视剧里有很传统的道德说教，即使是在《绝命毒师》《犯罪心理》这样的商业片里面，也要传递出对经典的致敬。《绝命毒师》说的是一个高中化学老师得了绝症，发现老婆又怀孕了，就想在死之前捞一笔，给孩子和老婆留下一笔遗产，于是他开始制毒品。其中有一集，他和一个化学博士在地下室制毒，化学博士送了他一本书，送的是惠特曼的《草叶集》，这个制毒师星期六有空就在阳台上翻看，后来这本诗集还成为警察破案的一个重要线索。《末日孤舰》说的是，世界末日来临了，病毒席卷了全世界，一艘科学考察船到南极找病原体。有意思的是，两个科学家早上吃饭的时候，在餐厅聊的不是人类的命运，而是马克·吐温的小说。一个时代如果人人都以金钱、以功利主义、以实用主义为人生准则的话，这个民族是没有希望的。作为一个写作者，我觉得他首先要保持一个清醒的头脑，认识自己，认识他人，认识世界。不绝望，也不亢奋。

路内：我顺着张楚说的往下讲一点，我觉得文学作品是给你焦虑感的，不是为了让人感受。我记得有一个作家说过，把人感动哭了的小说其实没有价值。这个说法我同意，但是把人吓得毛骨悚然的严肃文学同样也是没有什么价值的。这是一样的，这个问题在于当文学作品给人以焦虑感，会使读者改变自己，而不是用文学安慰自己。

打个比方说，一个服务员读过文学作品以后就不会再想做服务员了，但是看电影什么的还是会安心做服务员，好处就是这个人知道当下自身的局限，他会想要改变自己。坏处是这个世界如果都这样就没有人做服务员了。生态还是有一点问题，文学的理念和意志是少数人的东西，不像电影是一个大众化的东西。

新闻很难打动我，是因为它无法让我产生焦虑感。但是你去看纪录片就会产生焦虑感，因为新闻和纪录片是有差别的，新闻是一个离真实性特别近的东西。其实纪录片和小说是在同一个层面上的，而电影完全是一个幻觉式的东西，本质上是一个幻觉强度更大的作品。

2016 年，天津

张莉、葛亮对谈：
和而不同——关于时代与语言的那些事儿

语言就是内容

张莉：关于"时代与语言的那些事儿"，其实可谈的很多。我要坦率承认，我特别看重作家的语言，我甚至觉得语言代表了一个作家的尊严。有一天我读到孙犁的话，他说，语言是第一要素。语言是衡量、探索作家气质、品质的最敏感的部位，真是于我心有戚戚焉。我觉得一位作家终生都是在为创造一种独属于他的语言而劳作的。为什么我们说鲁迅伟大，很重要的原因在于他是一个"开天辟地者"，他的语言有创造性，当时没有人这么说话，没有人这么写，但他这样说、这样去写了，他的语言成为现代汉语写作的典范，我们从他的语言里能看到他的全部文化修养。一位作家成熟的重要标志在于他寻找到属于他的语言体系。作为写作者，想必你在写作之初也有过关于对语言的理解。

葛亮：鲁迅创造了一种语体，并且对后世影响深远。难能可贵的是，他的语体系统可以和他的小说主题乃至结构水乳交融。我们如今读《狂人日记》《孔乙己》依然可以感受到他语言的开先河意味。最近重看鲁迅翻译厨川白村的几个作品，感觉鲁迅在语言上真是个"自在"的人，所谓批判性文化品格，为话语外在被他用得十分生猛。鲁迅对厨川的观念，有举一反三之功。在小说叙述方面，我却欣赏他的节制与间离感。多少与他的回望姿态有关。这一点对我是有启发的。中国的语言，有集腋成裘的特性，经过现当代两次文化断裂后，很多积淀而成系统的东西，被打乱了。再以相对较粗暴的方式加以整合，变得千人一面。这个时候，回望变得特别重要。

张莉：有件事情特别有意思，每周一早上，我从办公室去教室上课，要穿过一个回廊，那里有同学在练习播新闻。每次路过我都注意观察他们，他们当然是长得不一样的，可是，他们发出的声音却那么相似。怎么说呢，早上的他们虽然是众声喧哗，但又是众人一腔。

这让我想到读我们的期刊小说。把作家的名字拿掉，我能分辨出多少个作者呢？我很怀疑。但是，我们还有另一些作家，不管他的文字发表在哪里，只要是他写的，哪怕是只言片语，你都能认出来，这个是谁，那个是谁。他们有属于他们的语序，他们的语感，他们浸透在文字里的神气。这样的作家，是令人尊敬的。——如果一个人写了那么长的文字却没有自己的腔调，读者从他的文字中分辨不出是他写的，那么这位作家的生命力在哪里，他的文字的独特性在哪里呢？我常常想到这回事儿。作为读者，我要坦率说，语言是我判断一位作家最重要的尺度。

葛亮：任何作家的脱颖而出，才分和先天的辨识度自然重要。尤其在语言方面，这几乎成为构成作家个人风格的通行证，因为它如此先声夺人。不过，成就一个作家的语言，内在与外界重要性相当。作家身处的文化环境，也决定他的风格构成与延展。在中国现当代，每一个文学潮流的形成，似乎都对作家群体性语言风格构成推动。乡土文学、京海之争，寻根文学，新历史主义乃至新写主义，多少有些磨蚀了作家的个性。当然也有气质鲜明的，比如新感觉派的作家，每个成员无论前后期都表现出求新的本能。从另一个角度说，对作家而言，外力有一体两面的作用。编辑的力量，尤为重要。雷蒙德·卡佛，在语言的精谨度方面一直为人称道。但我们现在也知道，这是来自他的编辑大量地删订。从某种意义上说，他成就了卡佛。最近在看的一个影片《天才捕手》，名编珀金斯和托马斯·沃尔夫的宿世传奇。其中有一个饶有意味的情节，珀金斯大刀阔斧地将《天使望故乡》删去了九万字。其后五千页的《时光与河流》，引起了编辑与作家之间最激烈的争执。最终一段有关爵士的对话，达成了他们对文学的共识，关于打破常规与标准。一个好作家的个性之源，真的与编辑有关。编辑帮助这个性的塑成，收放有度，尊重与约束，而非放任。

张莉：徐怀中当年给解放军艺术学院的学生上课说过一句话，他说"语言是作家的内分泌"，内分泌是什么意思？我想，就是属于作家自己而不是其他什么人的东西。作为写作者，我们得找到自己的这个东西，特别要躲避那种千人一腔，千人一面。我的意思是，我们每个人都生活在话语体系里，写作者尤其如此。作家的工作，其实就是用自己的语言造房子，透过这个房子，表达他们对世界的所爱所恨。或者说，语言就是作者认知世界的方式，表达价值观的渠道。当一个人开口说话，我们就知道他是什么样的人了——一个满口学术话语的人，你立刻知道他的生活状态；一个每天都在说着最时尚网络话语的人，你会了解他对网络的熟悉程度，甚至会了解到，他已失去自我，被网络绑架。一个追求去口语化的写作者和一个追求口语化的写作者，代表了他们不同的写作观和审美价值尺度。

葛亮：是的，当语言内化为作家的审美追求，已然成为读者对其进行判断的标的了。这是一种有趣的成见，或者被称为"声腔"。俞文豹在《吹剑续录》讲了个著名的段子，说："东坡在玉堂日，有幕士善歌，因问：'我词何如柳七？'对曰：'柳郎中词，只合十七八女郎，执红牙板，歌"杨柳岸，晓风残月"。学士词，须关西大汉，铜琵琶，铁卓板，唱"大江东去"。'东坡为之绝倒。"苏东坡之所以这么问，看得出是颇为自负的。这幕士的聪明之处，在于说出了语言特异性的价值，不臧否高下，而在风格的辨识度本身。当然我刚才也说了，这是种"成见"，便是其间有意外。苏轼也写过《水龙吟》"春色三分，二分尘土，一分流水。细看来，不是杨花点点，是离人泪"，并无半点豪放的意味在里头。这就是所谓好作家的语言特性，既有一以贯之的东西在里头，也有旁逸斜出、让人捉摸不到的东西在。当代的作家，有时有种语言惰性，也是因为环境变化快，来不及打磨，一旦形成风格便不断强化，形诸立场。求新求变的东西少了。

张莉：语言内部是有力量的，我觉得。在文学世界里，这个人说这种话而不说那种话，这个人说的是这个做的是那个，我们马上会在内心里给人物画像的。比如读《繁花》，小说中最有意思的地方在于突然一个北方话的出现，读者马上会意识那种突兀，那种不搭，会意识到北方话与南方生活内在的抗衡。还比如《北鸢》，突然一个进步青年开始说话，他所用的语言表达，他的语言腔调立刻与其他人物的语言之间展开角力，我们感受到的是话语的冲击。但是，又不只是话语的冲击，那种冲突是全方位的，生活观、价值观、恋爱观，以及历史观。即使他们说的都是日常话语，但内在的角力和革命已经展开。这就是语言本身的能量，是语言最有意思的地方。

葛亮：这里面有个语言选择的问题，其实很有意思。《故文十弊》曰"叙事之文，作者之言也，为文为质，惟其所欲，期如其事，而已矣；记言之文，则非作者之言也，为文为质，期于适如其人之言，非作者所能自主也。"可见，在文本内部也是存在语言砥砺的。最鲜明的大概就是整体的叙述语言与人物语言之间反差感。也就是你所说的角力。《红楼梦》的基准语言结构是大雅的，但一个刘姥姥的出现，并未拆分甚而颠覆这结构，反而令其萌生出新的活力。这令我不期然想到鲶鱼效应（Catfish Effect）。小说发展到了明清，日臻文人化与艺术化倾向，呈温雅之态。这时出现来自民间的语言元素东奔西突，会激活它。在《北鸢》这部小说，始于民间而终于民间。在语言的层面饶是如此，许多有关家国的主题，都以民间的话语表达。比如小说开首，昭如带文笙投客栈。店主明哲保身，心惶惶说，"打十几年前五族共和，说是永远推翻了皇帝佬。可四年后，便又出了个姓袁的皇帝。"这份历史观的困惑，鲁迅等知识分子自然也有。而从民间的角度呈现，则更为朴素，直观可感。卢冯两个大家族里，云嫂、徐婶等人对周遭时事的议论，既与广场阶层至于庙堂的话语有交集，但又有许多矛盾甚而相悖之处。是一种有意义的"不和谐"。他们的言语会在小说的叙事脉络中凸显出来，构成语言乃至意义层面的反差感与张力。《北鸢》中引入了一系列的方言与俚语，民国时期的语言体系本来就处于变动不居的过渡状态。从某种意义说，语言的呈现与交互也成为社会与时代风貌的一枚切片，不可小觑。传统与现代、新与旧既融合又制衡的关系，也可通过语言窥得一斑。

张莉：优秀作者要找到属于自己的东西，要找到与他的内容表达相契合的语言形式。最近几年，我也在写随笔体的评论，什么是属于我的那个部分，我想表达的内容与我所选用的语言是相配的吗，这个问题一直困扰我。

葛亮：在《北鸢》中，我希望阐释一个主题，是"可能性"。每个人都在寻找适合自己的东西，也在不断地调整。对文化传统的归宿与背离，在时代中的隐现，都是选择。像毛克俞那样一个角色，实际是相当艰难的。在艺术观，爱情观乃至革命观都受到冲击，最后他的回归既是个人选择，也是大势所趋。"未成小隐聊中隐，可得长闲胜暂闲"，你无法去准确评估这一选择本身的意义，因为它是开放式的。语言也是一样，《北鸢》中的语言特性不是结论式的，因应于主题，是开放形态的。既有稳定的一面，也承载变数。所以去寻找语言的过程，本身也是动态的，或许是不断调整中的。

面向传统的写作

葛亮：《持微火者》里面有一个词我读了很感动，你在评述某位作家时用了这个词，叫做"刻舟求剑"。无论是小说作者也好还是做批评也好，有时候我们走得太急，有时候可能过于关注潮流运转。这四个字让我感动之处，因为它表现出来的，是我们对于作家、对于文学在某个点上的一点点"拙"的肯定。"拙"是"大巧若拙"的"拙"，这个"拙"恰恰是我们现在所需要的，就是说有时你需要停下来，让自己慢下来，你可能需要花一点笨功夫去看待你所面对的文本，去看待你曾经经验的时代。我觉得这一点相当重要。这本专著的标题本身也是一个提纲挈领的意象，"持微火者"。文学并不一定是光明的康庄大道，有时也会进入到幽暗的阶段，这就需要我们有足够的耐心，足够的胸襟和体谅去点燃一点点微火，去照亮他人的同时也照亮自己的观念。

张莉："持微火者"这个意象，你的解释很好，尤其你说"照亮他人的同时也照亮自己的观念"这一点。内心深处，我一直觉得那些好作家好作品于我而言是持微火者，他们带我走过暗夜，让我觉得不孤独。小时候我特别不喜欢"刻舟求剑"这个词，觉得是个坏词、贬义词，指的是不知变通嘛。但是，现在，读书时间越久，写作时间越久，越觉得这个词有意味。有时候笨拙也好，不知变通也好，未必是坏的。还有"尾生抱柱"这个词，那个人有点笨拙，但却有一腔子热血，有一般人没有的血气。我们的人生，包括写作，其实靠的就是那么一腔子热血，一种执念。

葛亮：我刚才特别提到了一个概念，就是"拙"。我觉得我祖父的一生，包括他治学的过程，身体力行地诠释了这个概念。祖父一生最重要的著作《据几曾看》，20世纪40年代在四川江津完成。他当时潜心于这部著作有差不多六年时间，实际出版则在半个世纪之后了。我在不同的场合和机缘之下都说过，这本书的出版是他的老友王世襄先生极力促成。当时我在这件事上看到了，无论是作为一个学者还是一个普遍意义上的人，对于人生也好，艺术观念也罢，职业态度也罢，他均有一种极大的耐心。我觉得这种耐心是很重要的，是做人必需的沉淀之道。作为祖父的孙辈，我在学问上面自然无可望其项背，但多少我希望能够在他身上能够继承一些东西，就是这份沉淀。所以在我的小说里，包括语言方面，含有向他致敬的内容。

这种沉淀其来为何，当然一方面是教育，包括一些阅读经验，来自我的父辈，因为我小的时候他非常强调我看笔记小说。笔记小说不光在语言上对我有直接的影响，同样在史观构成层面有很多推动。胡适先生曾经讲,笔记小说的价值,即是"可补正史之不足"。所以某种意义上来说,它为我打开了一扇窗,去怎么样看待历史。包括《东京梦华录》《耳新》《阅微草堂笔记》。《东京梦华录》里面有一种"式微而回顾"的观念,讲的是当时北宋南迁之后的事情。在构建一个昔日的都会的同时,在里面看到对于所谓"百工之策"的依赖,看到的是当时整个时代民间的复兴,这个角度对我影响非常大。《阅微草堂笔记》也是一样,有一个民间的立场。鲁迅先生非常喜欢《阅微草堂笔记》,他就说这个书"测鬼神之情状,发人间之幽微,托狐鬼以抒己见"嘛。它讲的虽然是鬼怪的事情,但仍然是借由民间的立场在投射那个时代的人性。这对我此后的创作观影响蛮大的。

张莉:作家的立场很重要。

葛亮:我读《持微火者》心有戚戚,是因为其中有一节,提到贾平凹先生小说《废都》开头的段落,讲两个人去郊外传说中的杨贵妃的墓,挖一些土装到陶罐里面。这陶罐里面长出异卉,无人能识。那个段落我看了就非常有感触,其行文十分典型地取径于民间笔记体,印象深刻。

张莉:是的,《废都》的开头。两个人一日活得泼烦。去挖土,装在一只黑陶盆里。"没想,数天之后,盆里兀自生出绿芽,月内长大,竟蓬蓬勃勃了一丛。但这草木特别,无人能识得品类。"

葛亮:是的,正是"无人能识"四个字打动我,这种民间的态度或者说民间立场的切入,它带有一点点"神力"的观念,从某种程度,也在解构我们对于正史的"必有来处"的成见。这些东西在影响史观的同时,也在影响到我对于语言的选择,我需要具体的语体去衔接刚才讲到的民间非正史的叙述形态。黄子平教授讲过,对读者而言这部小说的语言如久别重逢。这是从批评家的角度而论。从我自己的立场,这种对传统的衔接感是必须的,因为我必须寻找语言去匹配我所去要勾勒、呈现的时代。而这个时代并非仅仅从一个当下人的角度去"再现",而是直接地作为一个在场者去呈达的过程。我希望我的小说语言本身,已构成了勾勒时代的某些榫节跟砖瓦。比如中间涉及大量的对话,"期于适如其人之言"。《红楼梦》的语言丰富性,就是在于它记人之语和作者之言是两个系统。在我写《北鸢》的时候也考量到这样的因素,你需要去寻找某些语言去跟时代的在场感进行衔接。

张莉:回到现代中国的语境里面,通过这样的语言表达,作家来带领我们回到那个现场,这就是在场感。那在场感有两种,一个是找到当年的物和景,另外一个是当年的语言,由语言表达人物的内心世界。作家的语言选择,不一定是作家非要使用这样的语言，很可能是由它的内容决定的，因为当你写当代题材作品的时候，显然不能使用《北鸢》的语调。所以，这就是语言形式和内容的相得益彰。也就是孙犁说的，"好内容必须用好的文字语言表达出来，才成了好作品。"语言和作家要表达的内容要互相成就才可以。所以，当有人告诉我某部作品故事讲得不好，语言还不错；或者语言很好，故事讲得不好时，我是怀疑的，因为我觉得语言和故事不可分离。

葛亮：是的，结合我的创作而言，我的长篇小说和短篇的语言选择，各有倾向。这和我们看中国园林是一个道理，欣赏大园如拙政园和小园"网师园"的方式，显然不一样。因为长篇聚焦于历史的关注与爬梳，我多以"静观"方式入笔，节奏相对舒缓静和，在某些章节上也会流连徜徉，是急不得的。而中短篇则不同，因为多写当下题材，且勾勒时代截面，需要更为清晰有致的结构意识，对应的语言风格是"动观"，起承转合的推进感无疑更鲜明。对语言特性的要求也不一样，有些穆雅的遣词造句未必适合。所谓"言未尽而意已达"固然重要，但语言对读者的牵引感，其有效性同样不可忽视。

张莉：去年，在上海书展，我遇到了英国作家迪莉亚。当时我们对谈的问题是"今天我们为什么要读莎士比亚"。但是，她似乎一直在跑题。她谈黑皮肤黄皮肤演员不被允许进入主流舞台，不被允许上台演莎士比亚；她也谈到以塞拉利昂语演莎士比亚剧的重要性。我特别了解她，虽然她和我的对谈里一直在跑题。我想，作为一位写作者，她太渴望别人了解她的痛点了。作为黑人，她无法不关注种族政治；作为非英语国家的人，她无法不关注语言以及由语言引发的身份政治。那天，和她的对谈我很感慨，此前，我从未有那么强烈的感触：作为写作者，我们所写下的每一句话、所选用的每一种表达都在代表自己的价值观、美学立场、国族立场，甚至，作家所使用的语言和她所争取某种权利也紧密联系在一起。

葛亮：是的，西方世界的作家，许多倾向于以文学表达民族／政治诉求。但文学本身还是有其亘古不变的审美标准，是逾越这些界域和立场的。黑皮肤的演员不被允许进入主流舞台，而"奥赛罗"却是最为经典的莎剧形象之一，这本身就构成了某种艺术悖论。对一个读者而言，莎士比亚的意义还是在其作为文学根基的价值，泛政治化的诠释毕竟是后之来者。在我心里，莎翁和乔叟、威廉·布莱克都一样，代表的是英国的文学之本。去年在纪念他的同时，我们中国人也在纪念汤显祖四百年的诞辰。可见续接文化传统，不是一时一地的事情，是有其普遍意义的。

张莉：我看汪曾祺重写《聊斋》里面的《双灯》，两个人有这样一段话。是狐女对书生说的，"我喜欢你，我来了。我开始觉得我就要不那么喜欢你了，我就得走了。"书生问她，"你忍心？"她回答，"我舍不得你，但是我得走。我们，和你们人不一样，不能凑合。"你看，这些话，又平淡简朴，又干净美好，不染尘埃之气。其实里面不只是对话，还有情感，有一种"相看两厌"之前果断离开的执念，我读了非常喜欢。汪曾祺当年是写在我们这个时代的，但是，你读着这样的话就会意识到他在我们时代之外。当汪曾祺选择一种典雅语言的时候，他已经表明了他和时代的关系：我有我的要求，我有我的美学，我并不是跟着"你们"走的。

葛亮：我很佩服汪曾祺先生，我觉得他对于现代汉语、具体在小说领域有很大的贡献。他将中国古典文学中的情韵或精髓，以现代白话的方式转译来了。这实际上难度很大，但他举重若轻。

张莉：汪曾祺和沈从文之间最美好的关系，就是他继承了沈从文的文学理想，继承了他在语言美学方面追求。今天看来，沈从文的存在固然照亮了汪曾祺，但另外一方面，要知道师生之间是呼应的，汪曾祺也同样在以他的作品照亮沈从文。我们看到汪曾祺的时候，也看到了沈从文留下的传统。

最初读完《北鸢》，我在想，这部小说到底哪里让我感慨？

我想到的是一种呼应。刚才你提到你的祖父，其实你在书中也提到把这本书献给祖父。作为祖辈，葛康俞教授他已经去世了，但是这本新诞生的《北鸢》在某种程度上其实是照亮了他，我们要重新看他，要看他和他的那一代人的美学追求。布罗茨基说，一个好的小说家的写作，不仅是面对后来人和同代，更重要的是面对他的前代、面对先驱的写作，我觉得这个说法特别好。你看《废都》《春尽江南》《人面桃花》《生死疲劳》其实都是面对先驱的一个写作。在文学传统里边，作为文学史链条的一部分，一个写作者怎样成为自己，这些非常重要。

翻译体文学对语言的影响

张莉：去年和人大创意写作班的同学有过关于"语言"的讨论，小说家孙频提到一个问题，她说她注意到许多国外翻译来的小说，语言非常相近，你甚至分不清这个作家和那个作家的语言有何不同。我觉得这个问题非常好，她非常敏锐。译本表达的相近性，一可能是外国作家本人语言表达习惯的相近，还可能是译者之间语言风格的相互传染所致。今天我们似乎完全陷入了翻译体中，从翻译体跳出来是很难的。你是作家，做研究，你知道，我们写文学批评也极容易陷入了一种翻译腔，似乎在大家的理念里，只有这样的说话才够得上严谨。可是，转念一想，其实并非如此。文学批评的语言也应该有多样性，也应该有个人性，你看伍尔夫、桑塔格，包括福柯，他们的语言风格多么不一样，我们为什么要在一个地方打转呢。我一直以来就很困惑。不过，我们完全不受翻译体影响也是不可能的，我们大家都是读外国文学成长起来的，所以怎么样与自己身体里的翻译腔相处是个特别值得琢磨的事情。

葛亮：我觉得这是一个非常微妙的事情。因为我父亲学俄语，所以我看翻译小说，还不是从欧美小说，而是从旧俄小说开始。记得最早的时候看的是《罗亭》，多少还是会影响到我的小说的观念，不止是在语言方面，可能最重要的一点是有关于小说的格局。当然也包括一些人生观上的东西，因为《罗亭》强调的是德与人的概念。你会通过这些小说去确定或感知到，个人在时代中间的位置，这个对我来说影响蛮大的。当然也，后来写一些小说，比如在我写《七声》的时候，也可见早期的一些欧美小说影响的积累。比方说安德森的《小城畸人》、奈保尔的小说《米格尔街》等都对我有影响。形成某些创作意念，比如在一个人的成长过程中，如何以个人的节奏去应和时代节奏。

体现在语言方面，对我最有影响的可能是德国作家聚斯金德，我们比较熟悉他的是《香水》这部小说，但他在我自己的阅读史上留下印记的是《夏先生的故事》。小说是通过一个孩子的眼睛，去看待他周遭的那些我们对之抱有成见的一些人物。比方夏先生，在很多人眼里是非正常的一个人，但是通过这样一双没有成见的眼睛你可以体会到，这个人生命间的某些点是如何应和你的成长的。我觉得这很重要，你会加强对人性一种体恤的立场和概念。后来我写《七声》会感觉到，从一个抽离的角度入笔的重要性，你和这些人的生存处境、成长状态是不一样的。但你怎样去进入到他的生命，这些阅读经验对是有帮助的。

另外还有个作家石黑一雄，对我的影响是来自于他本人所处的一种讲述位置。他是一个在英国长大的日裔作家，但是他跟很多作家不一样。我曾经有连续几年的时间，在海外华人文学的这个界域里面做研究，所以对很多海外华裔作家和华裔写作，都有些了解和感知，比方说谭恩美、赵健秀、汤婷婷等。你会发现这些作家非常强调自己华裔背景，以一个华裔身份，匕首投枪式地去抗争他们所处的白人世界。但石黑一雄是不一样的，他是把自己置于国际性的文化结点去构建他的文本的，我们比较熟悉的《长日将尽》也好，《浮世画家》也好，都是这样。他将他的东方气质与元素，放置于他对于所谓小说美学及形式上的探讨。他的作品是用英文写作的，但是你可以在他的英文行文中体会到东方性。我觉得这一点殊非难得，不只是把它当作一种主题上的东西，比方我强调我是日裔的身份，是少数族裔的身份，然后去建立自己的位置，而是把它置于语言打造的层面。所以正如你刚才所说，对一个作家最早的好感是建立于他的语言。你在这种英式表达里可以体会到东方性的存在，体会到美感。陈丹青先生曾经讲过的，西方人对东方的好感是来自于一种"高贵的消极"——你在他作品里面是可以体会得到这一点。这对我的影响蛮大的。

我在写小说特别是长篇小说的时候，有时候会慢下来，这种慢下来可以理解为是一种自然而然的沉淀的过程，但其实也是一种不由己的选择，慢下来更符合我对语言打造的美感考量。

张莉：我不排斥翻译作品，我思考的是怎样在外来语言与自我语言之间找到那个平衡点。鲁迅和周作人本身也是翻译家，但是，他们作品的语言依然有中国性。当然，中国性之外，他们也从外国语言中汲取营养。"文革"之后，穆旦、杨绛，他们也是译者，除了他们的译本，他们个人的作品中也保留了非常好的语言风格，属于他们个人的语言特点而不是那种译者腔。今天我们可不可以从外国文学作品中获得好的东西，同时又不被它吸附呢？我们小时候都觉得鲁迅的文章是最难背诵的，也非常不朗朗上口，还有些不顺的地方。但是，当我们越来越成长，当我们懂得语言内部的千山万水时，我们就会发现，原来这些拗口，这些不顺畅，是这位作家的语言追求。他在有意打破我们寻常的语言习惯。那么，这是怎样形成的呢？我觉得可能与他翻译家的身份有关，他在寻找另一种表达，而这种表达又与我们的惯性思维相对立。作为翻译家，鲁迅在异国语言里找到了一些好的东西，他借它来对自己的母语进行了改造。

关于"方言"

张莉：讨论语言，好像必须说到方言写作。我得说，有一种方言我很喜欢的，比如老舍先生的那种地道的北京小说，读的时候特别熨帖。包括王朔的小说，也有很多方言，也并不惹人反感。但是，有一种方言小说，我读起来比较"隔"。这种"隔"一方面是因为可能设置的语言障碍太多了，让我进入不了，另一方面也在于，我对作家大量使用拗口的方言心怀不满，我每每读到这样的小说，就会放弃，想想，不看也罢。所以，我觉得方言之于小说，其实是双刃剑。

葛亮：我觉得方言对于小说的构建，是个十分微妙的东西，"多一分太白、少一分则太赤"的感觉，这个度在于哪里。你是借助它去构建、营造进入的小说叙述情境的肌理，有时候可能是一个城市，有时候可能是一方地域。但同时要考量的一点就是，这也可能牺牲掉它的普适性。我经常讲到一个例子，《海上花》是我很喜欢的小说，但因为我自己不是吴语区的人，所以读这个小说多少还是有些障碍的，遑论北方的读者。但这是个有意思的尝试，所以我在写《浣熊》时也考量到这一点（使用了部分粤语）。岭南文化相当重要的一部分就是它的语言文化，粤语系统相对完整地保留了中古唐音，这使得粤语是和"信达雅"结合得比较好的一种语言。比方说我们都说天下雨了，广东话说"落雨"，非常简洁，也能保留它本身在情境上的美感。所以我希望去构建这样小说情境的过程，可以方言的介入去保留它的鲜活和一些文化原味。但这也是一个挺大的挑战，用我们现在的话来说，就是怎样可以做到不违和。

我想《红楼梦》给我们做了极好的范例。学者金正谦虚做过统计，《红楼梦》前八十回，有1200多处用到南京的方言。我作为一个南京人，在读这个小说时对此了无知觉，说明它非常好地契合进了文本的语言系统。《红楼梦》里有两个著名的南京人，皆出于史侯之家，一个是贾母，一个是史湘云，其中贾母斥责她的孙子贾琏的时候讲了一句话，说你小子灌了黄汤，不安分守己挺尸去，倒打起老婆来了。这个"挺尸"和"黄汤"都是老南京话。小说中还提到什么小杌子（小凳子），包括什么孤拐（颧骨）也都是南京的俚语。但它非常好地嵌入整个小说中，在《红楼梦》非常优雅的、精谨含蓄的行文和节奏里面，你丝毫感觉不到它突兀。所以它在方言运用上是堪称典范的文本。

刚才你对沈从文先生和汪曾祺先生已经做了一个很好的评述，这两个作家作为中国现代和当代的文学史上经典的作家，都是运用方言的高手，包括湘方言的使用，也包括高邮本地方言的使用，我们都不会感到有一丝的刚才讲到的违和和突兀。所以方言最大的好处就是在于，它能够将一些地域文化的最精粹的东西保留下来，同时也不牺牲它在传统的文学链条上的精华部分。这个是很可说的一个话题。

张莉：虽然我不喜欢读那种有强烈方言色彩的小说，但是，我同意你刚才说的，就是怎么样把你方言当中精粹的部分让它化在作品里边。我不喜欢通篇全是方言的写法。当一个作家刻意表白"我是方言写作者"的时候，我会警惕。我觉得最好的方式，就是像刚才我们讲《红楼梦》，里面有很多你说的方言，虽然我不知道那是南京话，但我看得懂。这就是你刚才说的一个作家的体恤。他的体恤在哪里？他首先认识到，他的写作是希望更多的人知道、了解、认识，他不能认为读者听不懂我的话是读者的问题。

另外一个方面，现在很多人以为，用方言写作其实是对抗普通话，这是有问题的。我们还说《繁花》，其实它是复活了南方语言的非常优美的调性，但是你很难说它是完全用方言写作。大部分作家都是用普通话写作。《繁花》用了方言，但所说也不是完全的上海话，还包括吴语、苏州话。比如陶陶说"我们吃杯茶""你有事体"，这其实都是上海话，但它是改良了的，作为北方人我们也看得懂。

金宇澄把他理解的那种上海的或者南方人的那种精神，那种对美的追求或者那种顾盼神飞的东西全都表现出来了。他写上海，克制地使用了方言。一些比如"侬"或者"吃杯茶""有什么事体"，这些是我作为一个北方人也懂的。这样的小说家是体恤的，也是值得尊敬的。余华也好，毕飞宇也好，他们也会强调自己普通话不好，不太听得懂北方话什么的，但是他们并没有在自己的作品里面大量使用方言作为标签，我觉得这是特别值得尊敬的。

葛亮：我觉得方言的意义就在于你怎么样看待它，你可以把它看作为一种写作的素材，但是不应该把它幻化成一种政治的工具。这种艺术上的考量和所谓政治上考量是不同的。包括在一些地域。有时候是会用方言写作来作为文化对抗的工具，借以强调自己的某些政治身份。从普适性的语言审美的角度，这对方言写作及地域文化系统本身也是一种伤害。

张莉：对，他写完以后还要在底下来个注释，然后我看不懂，我还要在底下看注释。作家以此来证明他的一个边缘身份，这个我不太认同。

葛亮：我觉得这种对方言的使用，脱离了艺术再现的界域。适用方言更多的是一种顺其自然的考量。我曾与苏童老师有过一次对谈，特别提到了这一点，当时读者问到他说你会不会考虑用方言写作，苏童老师回答得非常的风趣，他说我不会考虑的，因为这会丧失大量的读者。归根结底，任何一种语言的使用，仍然要有潜在的读者在场。作品的表达要以不牺牲、不影响作者和读者的交流作为前提。这一点还是很重要的。

新词与旧词

张莉：新词这个东西我觉得特别重要，我们讨论时代与语言的关系，它是其中应有之义。我们每一个时代都会有很多很多的新词涌现，比如1906年的时候张之洞有一篇文章，今天看起来完全是吐槽，里面说现在年轻人真是不学无术，他们居然会使用什么"机关""团体""报道""宣传"，然后说这些词对我们的国文构成了一个很大的污染，世风日下，等等。他说这些新词肯定会腐朽的，但是一百年之后这些词成为我们的日常用语。所以，这件事首先提醒我，新词有它应该存在的一面，当一个时代旧的语言的容器盛不下我们新的思想的时候，就会有一些新的词语出现。那么作为语言的使用者，比如作为作家，他应该掌握这个词汇并且给它以生命。比如说鲁迅《故乡》里面提到说杨二嫂像一个圆规，"圆规"当时就是一个新词，你看，今天它变成了一个常用词，这是一个方面。

另外一方面，我认为小说家必须具有一种对语言进行披沙拣金的能力，他要预知，一些在他的作品里面出现的词能够一直存在下去。小说家有一种可以让词语"死去活来"的能力，有一些语词已经死了，比如说"北鸢"，它从《南鹞北鸢考工志》

这里来。这个词如果不是因为你用它作书名，我想我们在座的所有的人都还要查查字典。你打捞起了一个旧的，或者说已经死去了的词，然后赋予它新的意义。

这是一位小说家特别重要的工作，要擦亮我们语言宝库里的一些词语。一些旧的词语本来黯淡了，然后作家通过自己的打磨给它以光亮，一个优秀的写作者要意识到自己对于汉语的一个责任。这样的作家很多的，比如说"推拿"这个词以前就是推拿，但是现在变成了毕飞宇小说的一个标签，一个标志性的东西；比如说"人面桃花"，比如说"活着"，再往前推比如说"呐喊""彷徨"，都被作家赋予了一个新的意义。我们作为写作者，每个人都有自己的常用语，而汉语也是一个庞大的基金库，我们写作其实是从汉语基金库里获取属于我们的词。有一些词我们是要褪去它的历史定位，有些词我们要给它打上历史的定位。《北鸢》通过使用"北鸢"这个词重新回到历史语境，通过解释"北鸢"基本上可以解释你对很多问题的理解。"持微火者"这个意象，也有我想传达的东西。

葛亮：对，语言当然有个推陈出新的过程，但它有标准。我觉得这标准其实很简单但也很永恒，就是时间。我想到了较为典型的例子。白话文运动期间发生了很多事情，它是个运动，同时也是革命。我们知道任何一场革命有组织者，也一定有拥趸与反对者。但这个关系是非常微妙的，白话文运动中的一员骁将是胡适。但是也有很不认同他的一个人，是国学大家章太炎。有个很著名的段子：当时胡适写完《中国哲学史大纲》之后，曾经手书一封，毕恭毕敬地递送给了章太炎，但是章太炎的回信十分微妙又不客气，他的开头是"适之你看"。我们现在看可能没什么，但是对胡适打击挺大的，因为当时的语境下，正常应该是"某某大鉴"这样的格式，他说"适之你看"，这对胡适倡导白话文是一个非常大的嘲讽。当时白话文运动经常令人诟病之处就是"信而不顺"。章太炎这个例子很典型，就说你这话说的是对的，但怎么听怎么别扭。很多年之后我们再来看这件事情，白话文运动给我们留下了很多好东西，我们现在建立的这样完整的汉语认知书写系统，是基于当时的白话文运动。但仍然有一些传统的东西留下来了，例如这种典雅的、带有敬语的称谓表达，比方说"某某大鉴""某某台鉴"。

所以，有些东西是不矛盾的、可以并存。新的东西有，旧的东西也仍然存在。所以我相信刚才你讲的关于语言的打捞。有时我们觉得一定是旧的要去，新的才能来。不一定。这也是一个大浪淘沙的过程。有些东西出现的同时，也在保留旧的东西。这点鲁迅先生也讲过，他有篇文章《并非闲话二》，是针对陈西滢的，里面有这么一句，"歌颂'淘汰'别人的人也应该先行自省，看可有怎样不灭的东西在里面。"其实就是这么一回事。"适之你看"和"某某大鉴"它其实就包含了一个悖论式的、对于新旧词汇的观念在里面。

刚才你也提了很多的例子，不少当代作家也在将一些传统的好东西，以一种打捞的方式呈现在我们面前，同时施以它一个新的语境。比方韩东前些年出了本小说叫《小城好汉之因特迈往》，"因特迈往"是个典型的旧词，好多人都不知道它作为成语的意思。但他放在这样一个非常当代的、一个砥砺性的语境里面，既引起我们的兴趣，也赋予它这种新的活力。我觉得其实这体现新旧词汇间的非常微妙的关系。

但是，我刚才讲到了对语言一个很重要的检验标准就是时间。这些年每年都在出现网络新词，甚至还出现一些新的成语式的东西，比如"人艰不拆""不明觉厉"，我们现在都知道它的意义，甚至有时候开玩笑也在用，但是它能够存活多久，我觉得是需要时间来检验的。

张莉：今天很多人都有一种观念，只要是新的就是好的，以证明自己与时俱进。但是，当成千上万的新词语涌来，有些词语肯定是"一过性"的，之后就消失了。作为一个语言的使用者要判断哪些词是"一过性"的，哪些词有可能留下来。这是考验一位艺术家的感知力，他要有预见性，比如最近流行的"香菇蓝瘦"，在我眼里就是一过性词语，不会保留到以后。我自己对某些新语词有警惕，我也厌恶那些有偏见的词，或者是与我的人生观或者是价值观不太一样的，比如说"小鲜肉""滚床单"。想想，如果说小说主人公说"滚床单吧"，然后另外一个人说"滚！"那下面必得有一个解释，才能够回到那个历史语境，才可以理解其中的含意。否则一百年以后的读者会完全不明白是什么意思。

当然，我们这个时代也会有一些新词汇留下来，因为汉语言之所以能够生生不息，它一定是要不断扩充的，所以我告诉自己要有开放的心态。我现在对那些新词很敏感，每看到一个新词就想一下，有没有可能会成为一个留下来的词。那些针对女性所用的一些词汇，包括"剩女"这样的词，我个人避免使用，我通过避免使用这些词来表达我对它的不认同。

葛亮：这也是一种必要的态度。

张莉：对，不用就代表我不认同这里的价值观。如果一个作家在他的作品里频频出现这样的词，我会警惕，我会觉得他不是一个对语言敏感的人。汉语写作，不仅仅是说有些词是新的或旧的，重要的是写作者的排列组合能力。有的人写文章每一个字你都认识，但是连在一起你不知道他在说什么。鲁迅的很多词，是很简单的排列，"无穷的远方，无数的人们，都与我有关"，每一个词都认识，但是整句话却是全新的，这是新的一个现代人的情怀；还比如说"从来如此就对吗"？就这一句话便代表了他对很多事物的一个理解。《北鸢》小标题"家变"、"流火"，这些词我们知道这些词是从哪里来的，同时也知道它用在作品里也是合适的；是恰切的，同时也让我们知道题目是"其来有自"。

葛亮：说到这个话题，我想起最近在看的一部日本电影《编舟记》。这个电影的题材满冷门的，但却很动人。它说的是一个辞书编辑部在编纂一本叫做《大渡海》的词典的过程。这个过程用去了整整十五年。之所以旷日持久，除了每个参与编纂者，皆以匠人的严谨心态去对待工作。但更重要的是，这本词典一直以开放的编辑理念在对待词汇。在编纂的过程中，不断有新词出现，但收入之后，在编辑程序中又迅速地凋零，淡去，成为过时的词语。所以，这令到这本词典的编辑不断受到所谓与时俱进的挑战，但同时也在见证着词汇经历时间考验后的尘埃落定。

我想，这部电影可视为某种隐喻，是我们对待有关语言"新""旧"的辩证问题。作为一个小说作者，这是我们都无法忽视的课题。张之洞的预言在当下仍然会构成困惑。在全球化的语境之下，语言表意的功能性变得相对轻率，因为它需要及时地传递最新也最一目了然的信息。这是我们都必须面对的事实 我在《小山河》序言中，写了这么一句话。"在旧的东西里，看出新的来，从新的东西里，看出旧的来，都是自以为有趣的事情。"事实上，对语言的打磨与打捞，或许也正是这个过程。《北鸢》中，我作了一些语体上的尝试。在此之前，我看了大量的晚清乃至民初的小说寻找语感，作为准备。如《新小说》《小说林》等，能发现的，不只是故纸岁月的沉淀，还会发现一些经久不衰的东西。如你所言，所谓文字古雅的感觉，和晦涩偏僻并非一定关联。中国语言的终极美感，往往来自常识。我恰希望可在常用的词汇中，寻找与传统的衔接。同时，可能笔记体小说读得较多，我也很重视民间的资源。很多来自民间的词汇，在时间的链条上惊人地绵延。比如明万历年撰成的《燕山从录》，最后一卷《长安里语》收了当时的北京土话，"臊么搭眼"等俚语到现在也还在用。这就是词汇的生命力。但是有些词意也在变化，比方你刚才提到的"老婆"这个词，在这本书里头被收入"詈语"，是专指风尘女子的。作家虽然不是语言学家，对词汇的沿革专研至深。但于其中的流变，还是需要一种相当的警醒与敏感才行。

张莉：你刚才讲的时候，我就想到周作人在《中国新文学的源流》里面举的例子，他说新的词汇和旧的词汇，要看在这个语境里面它合适不合适，比如说"二桃杀三士"，这个"杀"其实就是一个古代的词，比如说张艺谋的电影里面"杀不杀？杀！"如果用白话文就是杀死、害死，但显然不如"杀"这个词。反过来说，有时候一个新的语境里面，旧词也是不能新意。比如说有朋友特别着急发来微信有事想见，我们迅速赶去了，是坐飞机去的还是坐轮船去的很重要。飞机本身就是新词，在今天不可替代，飞机还意味着速度，意味着你对事件的情感浓烈程度。所以使用新词或者旧词，很重要的原因是适不适合，而不能说因为它是新的我就用，或者因为旧的我就用，不应该是这样的。

葛亮：作家本身的敏感度非常重要，当他使用，甚至创造一些新词的时候，首先他内心必须是有信心甚至某种笃信式的执念。我想到，阿城先生在《遍地风流》中有一篇《峡谷》，里头描述一匹马驮着一个人过来，他说这匹马是"直"腿走来。这个"直"字的用法，在一般人看是非常冒险的，似乎不符合马匹行走的一般机理。但是他把这个词用出来之后，你会觉得非常的形象且贴切，因为它在山路上面以极密的步子走动。这个就来自于作家对事物的敏感度，包括他对这个词本身的精谨而不落窠臼的认知。

张莉：我想还是要精确。当然，也包括简洁，既准确又简洁。一个作家能否在最经济的篇幅里面表达最准确的意思，是非常重要的判断标准。你的书名《北鸢》《朱雀》《七声》《戏年》，总是十分简洁，但又确实令人印象深刻。有什么经验分享吗？

葛亮：关于书名，我实际上常感到头疼。这一点我们聊过也有共识，在文字上面还是有一些强迫症，包括书名在文字结构乃至韵律上的节制感。

张莉：对，你一直要求自己的题目短。

葛亮：对，希望是短小但是又有力，准确，又能打破我们对于某些词汇的成见，这是挺难的一件事情。特别是你看我大量的书名其实是两个字的，既不是一蹴而就，也不是说你经过长时间考量，熬到油枯灯尽，就一定能够想出一个好书名。有时候可能也是一瞬间的机缘，比方说《北鸢》就是。

张莉：《北鸢》这个书名是没有动手之前就有的还是在写的过程中出现的？

葛亮：开始是没有的，就在写这样一个有关于风筝的故事，但在这个过程中间可以讲是机缘造化，不期而遇地看到曹雪芹先生的另外一部作品《南鹞北鸢考工志》。不假思索，立刻就把"北鸢"提取出来做了这个小说的书名。《浣熊》也是如此，2008 年香港有个过境台风就叫浣熊。它是一个台风的名字，同时也是一只动物，某种意义上来说，浣熊在我的头脑里是一双谛视的眼睛。我们无论是作为文字的撰写者，还是仅作为"人"的自我界定，都不由自主地将自己权威化。有时候我们会觉得人类是唯一有权力去代世界发声的，或者代世界表达、呈现的角色，万物之灵嘛。但其实不是，有其他的眼睛在看着，比方说我刚才讲到的浣熊或者猴子。换一个角度、换一个位置去思考、看待这个世界，可能有不一样的结论。这个就是我以它做书名的一个原因。

张莉：最近几年我一直在读《鲁迅全集》，鲁迅先生的书名，《而已集》《朝花夕拾》《呐喊》《彷徨》《故事新编》，有力，简洁又准确。

葛亮：又打破了某种词汇乃至语言的成见。

张莉：鲁迅使用的词本身很美，而且别人也没有任何重复的可能。起书名这个事情，我有执念。你看鲁迅的书名，用的词不大，也没有架子，但就是过目不忘。我喜欢从书名琢磨他，他为什么要选这个做书名，他想表达什么，这些题目是否承载了他的表达。我认为从作品题目可以看到作家语言的修为。题目是作家文学世界的一部分，与作家一辈子如影随形，而且，题目也会流露出作家的美学追求，代表他的文学观和价值观。

2017 年，北京

以文学立身，以文学立心

这不是即时的、粗糙的、日日更新式的写作，这些作品是他们潜心三年、五年甚至七年时间写就，每个汉字里都凝结着写作者的心血，都经过斟酌思量、细心推敲，都经过时间的历练和沉淀。这是对时代和历史有所思考的写作，小说家们关注人内心的深度、人的希望与疼痛，爱和恐惧；他们书写的是我们耿耿难眠无以言说的那部分；他们在尽可能思考我们这个时代生而为人的意义，写下我们生而为人的尊严所在。

——

《以文学立身，以文学立心》

以文学立身，以文学立心

——关于 2016 年度新锐长篇

这是虚构作品最有魅力的地方：它能"无中生有"。——世界上原本没有那个人，但因为有了小说家的想象与虚构，这些人来到我们眼前。你知道，当代文学的版图里，每年总会有几个小说人物的到来让人欣喜，突然间他们就在我们眼前开始呼吸、行走、讲述，像闪电般强有力地裹挟起我们的情感风暴。

2016 年，我们的单行本优秀长篇小说固然有《望春风》（格非）、《匿名》（王安忆），但我更想讨论那些新锐作品。——2016 年 1 月到 2016 年 10 月，路内《慈悲》、张悦然《茧》、黄惊涛《引体向上》、葛亮《北鸢》，成为当代长篇小说领域里的新地标。当然，要特别说明，以上这个名单仅指单行本长篇作品，而这个名单必定也是不全的。

我们多么渴望新作家和新作品！在今天这个被重重雾霾笼

罩的天气里。如果你有淹没在长篇小说浩瀚海洋的阅读经验，如果你总是被一些同质化小说重重包围，你就能明白那种期待和向往，那种在晦暗天气里阅读时的某种隐秘喜悦了，你也将明白，那些新鲜的、有异质元素的作品的意义，它们代表了中国文学的生生不息。

读《慈悲》《茧》《引体向上》《北鸢》，你会深刻地意识到，在我们这个时代，总有一些写作者在奋勇逃离那熟悉的写作气味和写作圈子；在一个仿佛封闭并有可能彼此传染的屋子里，总有人试图打开窗子。《北鸢》里对风骨与尊严的书写、《慈悲》里对慈悲和爱的理解、《茧》中对罪与恶的追问、《引体向上》中对宇宙与灵魂的认知……代表了今天的新锐写作者们努力挣脱"地心引力"、向着文学星空拔地而起的决心。

《慈悲》：一个人如何比他的时代更久长

2016年1月，我们看到了水生，他来自路内长篇小说《慈悲》。他太与众不同了，我们几乎马上就认出了这个人。水生的一生遇到灾荒、饥饿、疾病，遇到有毒气体，坏运气，以及如影随形的贫穷。生活无数次伸出利爪试图把他拉进泥潭，这些泥泞完全可以把一个人一点点吞掉，完全可以把一个人变成"滚刀肉""浑不懔"。如果水生不自我挣扎，很容易变成一个灰头土脸的人、一个削尖脑袋向上爬的人、一个把别人踩在脚下的人。

但他没有。他一点点挣脱。在他漫长的人生里，在那个有毒气体的环境里，他遇到师父，遇到玉生和复生及根生，即使外在世界再坏，他内心也保持了完整。

水生仁义、仗义、清醒，有所做有所不做，是平凡生活中有魅力的人，是平民中有英雄气的那种人。那种与意志和情怀有关的光照亮了水生和他所生存的环境，照亮了当代文学作品在表现工厂生活时所留下的空白。想想《乔厂长上任记》里的主人公吧，他是雄心勃勃的人，是改革年代的弄潮儿；《大厂》里的吕建国，是改制时代的管理者，他有他的迷茫和苦楚。这两部著名小说，都是写作者们处在工厂当家人视角所写，他们写出了作为管理者的抱负、为难、承担。而《慈悲》不是。《慈悲》与之相对。——《慈悲》写的是作为工人阶层，作为被管理者的日常生活。路内把我们拉回到读者中间，拉回到车间里，拉回到工人的家门口，拉回到他们破旧的饭桌前。它要求我们和工人在一起，看工厂改革、工厂改制，看工厂领导们的种种面容。《慈悲》里，有工人们为了活下去与命运所进行的种种搏斗。

尽管小说家并没有刻意强调，但《慈悲》依然呈现了五十年中国工人的际遇，这是五十年来工人眼见的工厂荣衰的变迁。将《慈悲》与《乔厂长上任记》《大厂》两部有文学史意义的作品放置在一起，会看到不同代际作家之间关于工厂生活的对话，那是写作者不同立场和价值观的一次深有意味的交锋。由《慈悲》提供的视点往回看，才会看到中国文学如何与中国工厂的光荣与衰落同步，会看到中国文学如何写下工厂的体面、欢乐、没落与灰暗。

《慈悲》的语言简洁、有力、深刻，决不拖泥带水，也绝没有感伤气。这与并不枝蔓的内容正好相得益彰。事实上，水生与玉生之间的情感平凡而朴素，写得别有深情。他们与复生的相处是小说中最夺人心魄的所在。

读《慈悲》，会发现那个青春的、躁动的叙述人慢慢没有了毛躁气，从《少年巴比伦》到《慈悲》，叙述人发生了重要的变化。他变得温和、宽容、仁爱。由此，读者意识到，路内是有情义的，对时代心怀警惕、有所思考的写作者。作为小说家，路内一个猛子扎到了我们所未知的历史深海里，他迅速而强有力地抓到了那些被忽视但又重要的部分。

就当代文学史而言，路内贡献了一部忠实记录此时此刻的作品，那里有五十年来中国工人的生活史；同时，这也是能超越此时此刻的作品：他写下的是一个人如何面对他的苦和难，如何以慈悲之心宽待那些苦和难。这是小说最弥足宝贵之处。——以《慈悲》开始，路内撕下了自己身上"残酷青春写作"的标签，他以令人惊讶的克制和简笔创作了他写作生涯中具有里程碑意义的作品，他也以此向读者有力地证明了属于新一代写作者的勇猛和无畏。

《茧》：探到历史的隐秘与深暗处

2016 年 8 月，我们读到了《茧》，张悦然的新长篇。整部小说叙述绵密，丰盈，元气淋漓，作为读者，你会在阅读时不断感叹，这部跨越五年写就的长篇很可能意味着张悦然另一个黄金写作期的到来。

《茧》为我们带来了一个有魅力和担承意识的青年女性——李佳栖。实际上我们很容易从人群中分辨出这位女性，她是我们通常认识的那种文艺女青年。但是，我们很快发现自己判断有误，有一种力量从李佳栖身上长出来。那是一个人对于过往历史不断进行深挖的力量。

李佳栖在重新记取属于她的个人历史。"钉子"是《茧》中的罪恶之源，它出现在 1967 年的一个雨夜。医院领导程守义被红卫兵批斗殴打，昏迷后太阳穴里被人趁机�进了一个钉子，从此成为植物人，这是这部长篇小说的核心事件。而李佳栖的爷爷则是事件凶手。

这是关于民族历史的"故事新讲"。当李佳栖面对病床上有着院士光环的爷爷问出"你觉得自己有罪吗"的时候，她身上有了属于她的光亮。这是黑暗历史的追问者，也是承担者。历史秘密在这个执拗的姑娘那里像剥洋葱一样层层剥开。面对罪恶之源，面对人性的深渊，她并不闪避。

《茧》是有思想能力的作品，小说家在尽可能地构建年轻世代面对历史的众声喧哗，在尽可能写出年轻世代面对历史的复杂认知。面对历史，李佳栖不是审问，不是批判，不是指责，也不是质疑，而是同情，她相信他们的忏悔，她理解他们的负罪感，并且，她不把自己从负罪者阵营里剥离出来。程恭理解历史的方式是寻找爷爷为何被害的原因。他试图站在施害者的角度去理解；历史氛围固然是可怕的，但更可怕的是人的趁机作恶与主动作恶。但沛萱并不面对真相，她切割了"自我"与罪恶历史的关系；李佳栖男友唐晖则将"历史"与"现实"的关系、将"我"与"年长者"的关系切割。——事实上，面对历史的冷漠态度也不只是年轻一代，更是我们身边大部分人的想法。

选择历史这个脚手架来完成个人艺术创作的蜕变，是属于张悦然式的自我更新。她借助历史打开了自我。这种打开并不是那种简单的走出公寓似的打开，这是对有关"个人"和"我"的理解力的打开。一切的过去都与"我"有关。——他们的善恶荣辱与"我"有关，他们的痛苦忏悔也与"我"有关。

如果你能了解张悦然这个名字之于"80后"一代及青春写作的意义，你便能深刻了解她在《茧》中所发生的巨大转变，也会更了解这位小说家如何自我设限，如何自我突破的。作为最具代表性的"80后"小说家，张悦然以这部沉稳、扎实、有理解力、有光泽的二十七万字长篇作品完成了蜕变，重建了新一代青年之于历史的想象。《茧》的出版也表明，年轻一代对历史的书写并未停止，也许，从未停止。

《引体向上》：向着辽阔星空奋力跃起

还是在 2016 年 8 月，我们听到一个男人对他的心肝宝贝说："亲爱的，我们离开地球，去宇宙。"于是，他开着车、带着妻子一起飞跃，来到了宇宙。这是黄惊涛《引体向上》奇崛的开笔，小说家黄惊涛的勇猛处在于直接让他的人物向远方而去，毫不留恋，毫不迟疑。

多么感谢黄惊涛的决断！我们由此看到我们身处境遇的不堪：地球上的我们斤斤计较，我们匆匆忙忙，我们有如被蒙上眼睛的驴子一样，在一个轨道里按部就班、麻木前行。这是反科幻的科幻小说，带着一种奇异的光，它使我们不由自主地反观我们的一切。这个男人是多话的，是调侃的、风趣的、幽默的，也是喋喋不休的。

"我告诉你，宇宙中所生成或所发明的东西中，其他的大多都带有寒意，比如机器、政权，乃至民主，但是有两种事物，始终能带来温暖，一种是爱，一种是故事。人类这种残暴而又没有出息的东西发明了一切，但只有在这两点上他们做出了正确的创造。"

他以狂想挣脱人类身上无形的绳索："我假设没有立交桥、环路做摊大饼式的同心圆结构，那些道路不会高过路边居民的屋顶；我假设那些居民在做爱时，不必担心被高架上风驰电掣而过的司机偷窥，假如他们可以尽情地享受，而不必让汽车声吵到了耳朵；我假设那些司机不会因此而分神，那里的道路上不会有突发的车祸……"

今天的中国长篇小说创作是旺盛的，也是过剩的，大多数小说语言粗糙，故事简陋，人物命运总有某种轨迹可寻。但《引体向上》独辟蹊径。黄惊涛如滔滔江水般的话语能力实在让人惊艳。尤其是《引体向上》中宇宙情境与语言表述相映成趣，既滑稽又庄严。一如李敬泽在序中所言："他像太空漫步的哈姆雷特，这时他面对的不是墓园可笑的骷髅，而是争利于蜗角的人世，背负青天朝下看，一切都是嗡嗡叫，而唯一被放大、被呈现的声音，只有他自己，思考的、感伤的、评述的、宣叙的、柔情蜜意的、冷嘲热讽的、悲怆且深长的……""这情境和角度使话语获得了辽阔卷曲的空间，在这个空间里，喧嚣与寂静、庄重与放浪、灵与肉、矛和盾，相互对抗相互转化，亦此亦彼，亦真亦假，宇宙是舞台，话语呈现为漫游太空的戏剧。"

当然，逃离地球并不是最美好所在，当二人来到无名之星，一个变成了聋人，一个则被毁坏了眼睛。最终，妻子落到了人群熙攘的星球，她遥望远处的星空，再也无法与他相聚。

《引体向上》是今年被媒体与读者严重忽视的长篇作品。——某种程度上，黄惊涛像极了那个上天入地、冲撞天庭的孙悟空。作为写作者，笔就是他的金箍棒。只是一个跟头，他和他的人物就翻到了宇宙中，由此，我们得以重识小说作为"稗类"的魅力。黄惊涛使我们再次确认，小说从来都不是正襟危坐于庙堂之上的，它本就应该嬉笑怒骂，荤腥不忌；他使我们不得不承认，《引体向上》是让人返回自由之身和自由之心的作品，是今年文学排行榜的"遗珠"。

《北鸢》："高平曲折，皆成山水之象"

来到 10 月，我们遇到了葛亮和《北鸢》。我们看到那两位气质脱俗的民国儿女——文笙和仁桢在城墙下相遇。她对他说"我认得你"，他同样回答，"我也认得你"。少女的手划过少年的手掌，那是美好的属于古老中国的一幕，那里有属于中国人的羞涩、柔情和让人心头一软的东西，是独属于中国人的情爱传达。

作为读者，你很难想到，在 2016 年下半年会有这样一部作品问世。这是中国文学传统内部生长出来的作品。小说家以工笔细描的方式勾画了 20 世纪 20 年代至 1949 年前的民国人物图谱。虽然以家族故事为蓝本，但葛亮挣脱了家庭出身给予的限制，以更为克制和理性的视角去理解家史与国史，显示了一位青年作家不凡的文学抱负。

葛亮勾画的民国面影与我们所期待的民国叙述保持了某种距离，它暧昧、混沌、萧瑟、孤独，但也暗有生机。在那个时代里，人应该怎么走路，未来在哪里？是全身心投入时代主潮，还是冷静远观，不即不离？小说家触到了历史人物的基础体温。寄居他乡的昭如母子亲见小湘琴因私情暴露瞬间变成新鲜的尸体；年幼的仁桢眼看着阿凤倒在她孩子的身上，终生难以忘记死亡的擦肩而过；半痴呆的昭德夺走了敌人的凶器，选择和他们同归于尽，只留下"哥儿，你的好日子在后头呢"的遗言……那里有大乱离时代命运的无常，也有我们最朴素最日常的情感。

葛亮写出了民国人的信仰与教养，《北鸢》展现了藏匿在历史深层的、有如微火一样的中国气质：温和、仁义、正直、柔韧。什么能抵挡得了时间呢？一些东西冲刷而去，另一些东西则留了下来，成为结晶体。小说家是岁月微光的拾捡者。那不只是拾捡，也是一种理解。——他试图理解彼时的人们，试图理解潜在历史内部的民族气质，他引领读者一起，重新打量生长在传统内部的、被我们慢慢遗忘的文化资源和精神能量。

《北鸢》的难度在于使用了典雅的民国语。但并不是单纯的还原。这是接受了现代文学传统的新一代写作者的尝试，他试图在旧语言形式上注入新能量，以使现代汉语焕发古雅、诗性的魅力。显然，这样的尝试是成功的，小说由此具有了既古典又现代的调子；由此，小说抵达了中国诗画艺术的"写意性"。克制，内敛，清淡，静水深流最终成为《北鸢》之美。无论是从语言还是就美学风格而言，葛亮的写作与今天的当代长篇写作潮流都不相融，但是，正因为独异，正因为不融，也才更显宝贵。某种意义上，《北鸢》是当代文学的惊喜收获，它构成了当代文学的异质力量。

特别要提到的是，这些小说的语言独有光泽。路内小说的简洁、深刻；张悦然小说的繁复而诗性；黄惊涛小说的戏谑与幽默；葛亮小说的雅致，以淡笔写深情，都让人难忘。借助有个性、有魅力的语言，这些小说家将生活在遥远之地的、不为人知的人们的生活呈现在我们面前。这不是即时的、粗糙的、日日更新式的写作，这些作品是他们潜心三年、五年甚至七年时间写就，每个汉字里都凝结着写作者的心血，都经过斟酌思量、细心推敲，都经过时间的历练和沉淀。这是对时代和历史有所思考的写作，小说家们关注人内心的深度、人的希望与疼痛，爱和恐惧；他们书写的是我们耿耿难眠无以言说的那部分；他们在尽可能思考我们这个时代生而为人的意义，写下我们生而为人的尊严所在。

"唯有文学能持续地清晰地记录我们力争卓越的过程。"约翰·契弗说得多好。——《北鸢》《慈悲》《茧》《引体向上》里，写有这时代的新写作者如何摆脱那些附着在自身的"泥泞"的历程。由此，小说家刻下的是那些有腰板的人、心存慈悲的人；秉烛夜行的人，刻舟求剑的人；生机勃勃的人、心存善好的人。当然，很可能这些作品也都有遗憾和不完美，但这一点儿也不妨碍我们对路内、葛亮、张悦然、黄惊涛的理解和认识。——
作为写作者，他们以文学立身，也以文学立心。

2016 年，天津